Der Lottogewinn

HENRYK BOLIK

Der Lottogewinn

und andere Geschichten aus der Residenz

Roman

Bibliografische Information der Deutschen Nationalbibliothek:
Die Deutsche Nationalbibliothek verzeichnet diese Publikation
in der Deutschen Nationalbibliografie; detaillierte bibliografische
Daten sind im Internet über https://portal.dnb.de/ abrufbar.

Überarbeitete und ergänzte Neuauflage des Buches „Finale" 2018.
Satz, Umschlaggestaltung, Herstellung und Verlag:
BoD – Books on Demand, Norderstedt

ISBN: 978-3-7534-5010-0

Inhalt

Der Lottogewinn

Es gibt nur wenige, die bei dem Wort Lottogewinn nicht interessiert aufmerken. Der Traum vom großen Geld ist unter den meisten Menschen weiter verbreitet, als jede andere Illusion. Obwohl für das Glücksspiel »6 aus 49« die Wahrscheinlichkeit eines Hauptgewinns von 1 zu 140 Millionen ausdrücklich benannt wird. Das ist nicht wahrscheinlicher, als mitten in der Sahara eine gekühlte Flasche Coca-Cola zu finden.

In unserer Residenz lebt aber eine Dame, welcher ein solches Wunder widerfahren ist. Elisabeth, eine junggebliebene 82-jährige Mitbewohnerin hat angekündigt, am heutigen Abend das Geheimnis ihres Lottogewinns preiszugeben.

Hier ist ihre recht ungewöhnliche Geschichte:

»23:49 Uhr, 1:18 Uhr, 3:04 Uhr, 4:32 Uhr, 6:22 Uhr und 8:01 Uhr. Exakt zu diesen Zeiten musste ich eines Nachts die Toilette aufsuchen. Um die Blasenentzündung besser behandeln zu können, wollte der Arzt meines Vertrauens wissen, wie oft ich nachts aufstehen muss. Deshalb habe ich eine detaillierte Dokumentation erstellt, wobei ich unsicher war, ob er die Angaben so genau brauchte.

Am nächsten Morgen fiel mir beim Betrachten der Messreihe auf, dass im Minutenbereich sechs Zahlen zwischen 1 und 49 vertreten waren: 1, 4, 18, 22, 32 und 49. Die Assoziation »6 aus 49« lag auf der Hand! Schnell ließ ich mich zu der Schlussfolgerung hinreißen, meine Blase würde mir die »sechs Richtigen« für die nächste Lottoziehung mitteilen!

Ich spielte nur ab und zu Lotto, vielleicht einmal im Monat und dann die Geburtstage meiner Lieben, also nur Zahlen zwischen 1 und 31. Der Gedanke, dass meine Blase in bester Absicht mit mir Kontakt aufgenommen hat, ging mir nicht mehr aus dem Kopf.

Dann fiel mir im Supermarkt auch noch das Plakat der Lotto-gesellschaft ins Auge, auf dem verkündet wurde, dass bei der nächsten Ziehung zusätzlich 40 Millionen Euro aus dem Jackpot ausgeschüttet würden. Diese Nachricht musste ich doch als ein weiteres Zeichen werten, dass etwas Höheres im Gange sei. Je länger ein möglicher Lottogewinn meine Fantasie beflügelte, umso wahrscheinlicher erschien er mir.

Ich war damals Mitte 70 und führte ein glückliches Restleben, wohnte im eigenen Haus, leider allein, da mein lieber Mann schon gegangen ist. Es gab aber Freunde, die ich regelmäßig traf und mit denen ich einen sehr vertrauensvollen und herzlichen Kontakt pflegte. Meine finanzielle Versorgung war zufrieden-stellend, Geld war für mich kein existenzielles Thema. Trotz-dem setzte mir der Gedanke an einen möglichen Großgewinn mächtig zu.

Ich fing an, mir auszudenken, was ich mit dem Geld wohl an-fangen könnte, ob und wie es mein schönes Leben noch schöner machen könnte. Aber ich fragte mich auch, ob ein so großer Gewinn am Ende nicht mehr Schaden als Nutzen mit sich brin-gen würde. Unterdessen verfestigte sich der Verdacht immer mehr, dass mir, nur mir, die sechs Richtigen der nächsten Lotto-Ausspielung schon zwei Tage vor der Ziehung bekannt sind. In meinen wenigen lichten Momenten musste ich mir aber ein-gestehen, wohl nicht mehr »ganz dicht« zu sein. Trotzdem ließ mich das Thema nicht wirklich los.

Nach reiflicher Überlegung kam ich zu dem Entschluss, meine Freunde in das Abenteuer einzubeziehen. Wenn sich das Leben schon ändern sollte, dann wenigstens nicht nur meines. Zusam-men mit ihnen würde so ein Gewinn ganz bestimmt viel mehr Spaß machen.

Also lud ich sechs Freunde, mit denen ich durch nahezu täg-liche Kontakte sehr verbunden war, kurzfristig zu einer »drin-genden Unterredung mit Rhabarberschorle« auf die Terrasse meines Gartens ein.

Die vermutete Botschaft aus der Blase löste bei meinen Gästen zunächst ein riesiges Gelächter aus, verbunden mit Verunsicherung und Skepsis. Mein Angebot eines gemeinschaftlichen Vorgehens weckte dann aber doch Interesse. Am Ende setzte sich schließlich die Einsicht durch, dass das Unmögliche nur möglich werden kann, wenn man der Blase eine Chance gibt. Schnell wechselte die Stimmung vom berechtigten Zweifel zum unberechtigten Enthusiasmus.

Obwohl die Chance, sechs aus 49 und die richtige Superzahl zu treffen, nahezu Null ist, entschieden wir uns am Ende einstimmig für das Abenteuer, ohne recht zu ahnen, worauf wir uns da einlassen und was daraus entstehen könnte. Dabei war der allgemeine Tenor: Wenn es nicht klappt, haben wir nichts verloren; wenn es doch klappt und dann zu kompliziert werden sollte, können wir ja den Spuk leicht beenden, zum Beispiel durch großzügiges Spenden. Ehrlicherweise muss man aber zugeben, dass die Aussicht, über Nacht Millionär zu werden, jeden von uns irgendwie elektrisiert hat.

Um den gemeinschaftlich angestrebten Gewinn auf den Weg zu bringen, trug ich die »sechs Richtigen« in zehn unterschiedliche Scheine ein, mit jeweils einer Superzahl zwischen Null und Neun, die ja auf jedem Formular schon aufgedruckt ist. Damit war sichergestellt, dass der Jackpot, trotz richtiger Gewinnzahlen, nicht an uns vorbeirauscht. Wenigstens diese Unwägbarkeit konnten wir preiswert ausschalten, sodass sich die Chance auf eins zu 14 Millionen verzehnfachte.

Wir pilgerten gemeinsam zur Lotto-Annahmestelle in unserem Supermarkt, gaben die Wettscheine ab und teilten den Einsatz gleichmäßig untereinander auf. Damit war unter Zeugen klar, dass nicht einer allein, sondern wir sieben gemeinsam mit einem Supergewinn fertig werden mussten. Vorausgesetzt, dass sich meine Blase nicht geirrt hat.

Die Ziehung am Samstagabend verfolgten wir natürlich gemeinsam am Fernseher, voller Spannung, ziemlich aufgeregt und mit einem vorauseilend organisierten Glas Sekt für jeden. Obwohl keiner von uns ernsthaft an einen Erfolg glaubte, bereitete die gemeinsame Erwartung viel Vorfreude.

Und ob ihr es glaubt oder nicht: Unsere Zahlen wurden tatsächlich gezogen! Und zwar genau in der Reihenfolge, die meine Blase vorhergesagt hat: 49, 18, 4, 32, 22 und 1. Die Superzahl war die sechs, was aber egal war; die hatten wir ja auf jeden Fall auf einem der abgegebenen Scheine richtig!

Erst nach einer unendlich lang erscheinenden Zeit der allgemeinen Lähmung konnten wir begreifen, was passiert ist! Danach brach ein orkanartiges Jubelgeschrei aus, dass durch heftige tanz artige Verrenkungen ergänzt wurde. Ein solch unkontrolliertes Verhalten hat sich in meinem Wohnzimmer nie zuvor zugetragen! Bei dem Freuden gehopseund -Gesinge wurden wir nicht nur heiser, sondern kamen einander in vielerlei Hinsicht näher! Es gab Umarmungen, Wangenküsse, auch Paar Tanzen und noch vieles mehr in der Art. Das war angesichts der ins Rollen gekommenen Entwicklung bestimmt hilfreich, da unsere Seniorengruppe dadurch ein gutes Stück weiter zusammengewachsen ist.

Nachdem das mit dem Jubeln erledigt war und wir wieder zu Atem gekommen sind, kehrte eine seltsame Nüchternheit ein. Wie sollte es jetzt weitergehen?

Unvermittelt standen viele Fragen im Raum. Jedem war klar, dass eine Rückkehr in unser bisheriges Leben ab sofort wohl nicht mehr ohne Weiteres möglich war.

Bevor wir das Geschehene aber konkret begreifen konnten, musste erst einmal geklärt werden, mit welcher Summe wir es zu tun haben werden.

»Da der Gewinn auf alle Spieler mit den richtigen Zahlen aufgeteilt wird, feiern möglicherweise zur gleichen Stunde tausend andere wie wir, und am Ende reicht es für den Einzelnen nur für einen zweiwöchigen Urlaub im Schwarzwald oder auf Mallorca«, bemerkte Lothar, unser Notar und Pessimist vom Dienst.

Ein pragmatischer Redebeitrag kam dann von Gudrun, unserer lustig-listigen Krankenschwester:»Auf jeden Fall sollten wir uns zuallererst bei Elisabeths Blase bedanken, das ist wohl das Mindeste! Ich schlage ein großes Glas Salbeitee auf ex vor.« Dagegen hatte keiner in der Runde etwas einzuwenden, außer mir natürlich. Unter brüllendem Gelächter musste ich einen Becher des ekelhaften Tees austrinken. Das nennt man echte Freunde!

Wir, vier Frauen und drei Männer, waren eine lockere Freundesgruppe, alle um die 70 Jahre alt. Wir lebten im gleichen Ort, alle allein, bis auf Max und Ludwig, die als Schwule einen gemeinsamen Haushalt hatten. Was unsere ehemalig ausgeübten Berufe betrifft, waren wir sehr heterogen zusammengewürfelt: eine Krankenschwester, eine Bankkauffrau, eine Polizeikommissarin, ein Notar, ein Schauspieler und ein Koch; ich selbst war Journalistin. Wir sahen uns unregelmäßig bei Konzerten, Theateraufführungen, Veranstaltungen unseres Ortsvereins und bei sonstigen Festen. Jeweils am dritten Sonntag im Monat wurde bei jedem Wetter eine Wanderung mit anschließendem Essen unternommen, wobei in der Regel keiner fehlte. Wenn einer mal krank war, wurde ein Hilfs- oder Besuchsdienst organisiert. Das hört sich nicht nur gut an, es war auch gut. Abgesehen von spontanen Treffen rückten wir uns aber kaum auf die Pelle.

Jetzt waren wir zuversichtlich, dass das gewonnene Geld unsere Idylle nicht zerstört!

Als Initiatorin der Lottoaktion nahm ich direkt am Montag Kontakt mit der Lottogesellschaft auf, um das weitere Vorgehen abzuklären. Ich wurde sehr freundlich zu einem Herrn Koslowski durchgestellt, der als sogenannter Gewinnbetreuer standardmäßig den, in der Regel unerfahrenen, Gewinnern hoher Beträge »Erste Hilfe« leistet.

Nachdem ich dem Gewinnberater die Nummer unseres Spielscheins durchgegeben habe, bestätigte er ohne Umschweife, dass unsere Tippgemeinschaft den Jackpot geknackt hat und dass der Computer nur einen Schein mit den richtigen Gewinnzahlen plus Superzahl gefunden hätte. Wir könnten uns auf eine rekordverdächtige Gewinnsumme freuen. Das sollten wir aber, bitte, sehr, sehr leise tun!»Kein Wort zu niemandem!«, warnte er nachdrücklich.

Er bot sich an, uns zu Hause zu besuchen, um alles Weitere zu besprechen. Bis dahin riet er noch einmal zur absoluten Verschwiegenheit, ansonsten wären Missgunst, körbeweise flehende Bettelbriefe, aufdringliche Journalisten, Anlageberater und Verkäufer aller Arten die Folge.

Die Gewinnbetreuung fand schon zwei Tage später in meinem Wohnzimmer statt. Herr Koslowski ist mit seinem Kleinwagen vorgefahren, die Millionäre sind einigermaßen pünktlich zu Fuß eingetrudelt. Als Getränk gab es meine begehrte Rhabarberschorle.

Zu Beginn überprüfte der Gewinnberater, ob alle Zahlen auf dem Spielschein stimmen.»Ich muss das machen, routinemäßig«, entschuldigte er sich fast.

Als wir ihm die Geschichte unseres Lottogewinns und dann unsere Sorgen über mögliche Nebenwirkungen der geballten Geldladung anvertrauten, musste er grinsen und zugeben, so etwas noch nicht erlebt zu haben.»Dann kann ich mir ja die üblichen Empfehlungen sparen: Erst einmal keinen Porsche kaufen, den Job nicht sofort kündigen, nicht mit Geld um sich werfen usw.«, meinte er und wiederholte noch einmal, das Wichtigste sei, mit niemandem über den Gewinn zu reden. Mit unserem ruhigen Leben sei es sonst sofort und für immer vorbei!

Herr Koslowski hatte noch einige Beispiele über»misslungene« Gewinnverwendungen parat und deckte uns mit gut gemeinten Ratschlägen ein. Als er am Ende die vorläufige Gewinnsumme von ca. 44 Millionen steuerfreier Euros nannte, fiel mir mein Glas mit Rhabarberschorle aus der Hand und Gudrun verschluckte sich ordentlich.

Ansonsten war es eine gelungene Veranstaltung! Nachdem der Gewinnberater sich verabschiedet hat, trat unvermittelt eine längere Stille ein, die jeder von uns dringend brauchte, um das Geschehene halbwegs zu verinnerlichen. Da wir alle genug Lebenserfahrung hatten, wussten wir, dass nun ein geordnetes Vorgehen notwendig war. Das bedeutete, dass für unsere Gruppe eine gewisse Struktur geschaffen werden musste, womit insbesondere die Festlegung von Verhaltensregeln, die Zuweisung von Zuständigkeiten und die Verwaltung des Vermögens gemeint waren.

Da keiner als Vorsitzender auftreten wollte, verständigten wir uns auf mich als Sprecherin und Margret, unsere ehemalige Bankkauffrau, als Schatzmeisterin. Die Aufgaben für uns beide waren zwar zunächst nicht ganz klar, aber immerhin waren wir ab sofort so etwas wie ein Verein.

Anschließend führten wir über die Verwendung und Aufteilung der Gewinnsumme wir eine sehr lebendige Diskussion. Es war beeindruckend, wie viele Möglichkeiten sich auftun, wenn sieben Personen eine große Geldmenge ausgeben sollen. Nach langer, teilweise recht humorvoller Debatte stand fest, dass zur Bewältigung der großen Aufgabe ein differenzierter Ausgabenplan erstellt werden muss.

Als Erstes legten wir fest, dass jeder von uns eine Million erhält, die er selbstständig verwaltet und mit der er sich seine vordringlichen individuellen Wünsche erfüllen kann, wie zum Beispiel ein neues Auto anschaffen, dem Enkel ein Moped schenken, eine Reise nach Patagonien unternehmen und solche Sachen.

Auch der Vorschlag, einen Teil des Gewinns für humanitäre Zwecke zu spenden, fand die volle Zustimmung aller Neumillionäre. Hierfür sollte jeder von uns eine weitere Million erhalten, die er nach eigenen Vorstellungen an Bedürftige oder Organisationen seiner Wahl verschenken konnte.

Allergrößte Zustimmung fand aber Gudruns Vorschlag, einen

ansehnlichen Betrag für unsere Gesundheit beiseitezulegen. Mit diesem Geld sollten alle Kosten gedeckt werden, die uns im Zusammenhang mit Krankheiten künftig entstehen könnten und die von den Krankenkassen voraussichtlich nicht bezahlt würden. Hierzu zählen insbesondere Krankenhaus- oder Kuraufenthalte als Privatpatienten, Honorare für Heilpraktiker, Medikamente für Naturheilverfahren, Pflegekosten und solche Dinge.

Für diesen Gemeinschaftsfonds wurden sieben Millionen abgezweigt, rechnerisch für jeden von uns eine. Natürlich war unser Wunsch, dass dieser Fond lange Zeit unangetastet blieb.

Die verbleibenden 23 Millionen sollten in eine Art Stiftung fließen, deren einzige Zielsetzung die Finanzierung von Anschaffungen und Unternehmungen zur Steigerung der Lebensfreude unserer Gruppe sein sollte. Keinem von uns war zu diesem Zeitpunkt klar, dass es gar nicht so einfach ist, 23 Millionen für Herzenswünsche auszugeben.

Klar war aber, dass eine vertragliche Lösung notwendig war, um eine möglichst reibungslose Umsetzung unseres Aktionsplans zu erreichen. Deshalb sollte zeitnah ein entsprechender Stiftungsvertrag entworfen werden, wozu sich Lothar, unser ehemaliger Notar, bereit erklärt hat.

Da die Millionen verteilt waren, konnten wir uns am Morgen nach der turbulenten Diskussion völlig entspannt zum Frühstück im ersten und einzigen Hotel unseres Städtchens treffen. Das Aufgetischte war zwar nicht schlecht, aber es fehlte vieles, was Ältere am Morgen gerne trinken und essen, zum Beispiel frisch gepressten Orangensaft oder Rosinenbrötchen. Immerhin gab es Sekt, wovon jeder ein Glas trank, sodass sich eine recht lockere Stimmung entwickelt hat.

Lothar machte, vom Sekt beflügelt, den Vorschlag, den Laden einfach zu kaufen und dann für ein ordentliches Frühstücksbuffet zu sorgen.

In wunderbar beschwingter Laune kreisen die Gespräche an unserem Tisch natürlich um die kommenden Aktionen. Schön war vor allem, dass keiner mehr über das Geld redete, es war ja alles geregelt!

Damit wieder etwas Alltag in unser Leben einkehrt, haben wir uns am Ende des Frühstücks eine vierwöchige Ruhepause verordnet, in der nur der Geldtransfer von der Lottogesellschaft durch unsere Schatzmeisterin Margret organisiert werden sollte. Lothar wollte an dem Vertrag für die Stiftung arbeiten. Alle anderen konnten sich ihrem normalen Leben widmen, wie zum Beispiel Arzttermine wahrnehmen, Enkelkinder verwöhnen und solche Dinge.

Vier Wochen Lottogewinnabstinenz haben uns gutgetan, wodurch wir wieder einigermaßen zur Besinnung gekommen sind.

Nach der Pause ging es beschwingt weiter. Das Geld stand zur Verfügung, der Stiftungsvertrag war unterschriftsreif. Ein Manager wurde angestellt, der sich um die Stiftung und alles, was damit zusammenhing, kümmern sollte. Er hieß Siegfried Teufel, war damals Mitte 40, machte einen guten Eindruck und war gerade frei, weil sein Arbeitgeber insolvent geworden ist.

Nachdem die Millionen für den Eigenbedarf und für die Spenden wie verabredet geflossen waren, stand das Ausgeben des ausschließlich zu unserem Vergnügen vorgesehenen Geldes an. Darauf freuten wir uns natürlich sehr!

Der Plan war, dass mithilfe des Geldes jedem von uns ein Herzenswunsch erfüllt wird, wobei aber alle anderen nach Möglichkeit daran teilhaben sollten. Die Kosten für diese Herzenswünsche sollten den Rahmen von ein bis zwei Millionen pro Aktion nicht überschreiten, es sei denn, es würde im Einzelfall etwas mehr kosten. Die Aktionen sollten nacheinander und keineswegs parallel abgearbeitet werden. Auf diese Weise dürften wir wohl für viele Monate oder gar Jahre mit der Erfüllung von

Herzenswünschen beschäftigt sein. War das nicht eine großartige Perspektive?

In den folgenden Monaten haben wir bereits einige großartige Aktionen realisiert, weitere waren in Vorbereitung. Den Ersten und besonders nachhaltigen Herzenswunsch hat Gudrun vorgebracht! Gudrun war früher Krankenschwester und ist es nach ihrer Pensionierung geblieben, dann aber nur noch für den »privaten Gebrauch«. Sie war der Inbegriff von Hilfsbereitschaft und sozusagen unser Engel der Zuflucht. Ob Unpässlichkeit, Fahrradsturz oder Husten, vor weiteren Schritten war erst einmal Gudruns Meinung wichtig. Sie war mit uns allen auf eine wunderbare Art verbunden, wir alle liebten sie.

Gudruns Herzenswunsch war, irgendwo im Süden Europas, nicht weit von einem Flugplatz entfernt, ein geräumiges Haus zu kaufen, es gemütlich einzurichten und als Erholungsoase für uns alle, und warum nicht auch für weitere Feriengäste, vorzuhalten.

Es ist erstaunlich schnell geglückt, ein wirklich schönes Anwesen in der Nähe des Flughafens von Siena zu erwerben. Ein vertrauenerweckender Pächter für den Hotelbetrieb mit kleinem Restaurant wurde schnell gefunden. Die fällige Renovierung mit Umbau forderte den Bauleuten sehr große Anstrengungen ab und schlug sich auch in unserer Herzenswunsch-Kasse entsprechend nieder, aber es hat sich wirklich gelohnt!

Wer auch immer aus unserer Gruppe Lust auf Entspannung im sonnigen Süden verspürte, dem stand nun jederzeit ein komfortabler Platz in der »Villa Toskana«, wie Gudrun sie getauft hat, zur Verfügung. Die Unkosten für den Betrieb konnten durch Vermietung der jeweils nicht belegten Räume leicht erwirtschaftet werden.

Das Anwesen wurde von uns sehr gut frequentiert, meistens waren zwei bis drei von uns dort und genossen die Sonne, die

Kultur und den Wein. Gudrun war sehr oft in der Villa, sie liebte die Toskana und das Haus über alles. Wenn sie nicht gerade auf einem Kulturtrip unterwegs war, kümmerte sie sich um das Haus und den von Blumen geradezu überwucherten Garten. Sie war sozusagen die Seele der Villa und bekannte mindestens täglich:»Mein Herzenswunsch ist vollständig in Erfüllung gegangen!«

Wir haben verabredet, uns einmal im Jahr in unserem kleinen Paradies zur Jahreshauptversammlung zu treffen. Dann sollten die notwendigen Entscheidungen getroffen und Planungen für das nächste Jahr besprochen werden.

Das Wichtigste bei unseren Zusammenkünften aber war unser freundschaftliches und vertrauensvolles Miteinander. Natürlich durfte bei jedem Treffen die Aufforderung, eine Tasse Blasentee auf ex zu trinken, nicht fehlen.

Der zweite Herzenswunsch war vergleichsweise schwerer zu realisieren. Unser Lothar war vom Golfspiel besessen, und er wünschte sich nichts sehnlicher, als einen eigenen Golfplatz, um von Startzeiten unabhängig zu sein, wie er seinen Wunsch begründet hat.

Lothar war früher Notar und war ein eher unauffälliger Zeitgenosse. Er war hochgradig wortkarg und redete nur, wenn er etwas Substanzielles beizutragen hatte. Ansonsten konnte er sehr interessiert schweigen. Bei Grundsatzdiskussionen blühte er jedoch auf und ergriff souverän die Initiative.

Als Lothar seinen Wunsch nach einem eigenen Golfplatz äußerte, blieb uns erst einmal der Mund offenstehen. Bis zu diesem Zeitpunkt hatten wir noch nicht ganz realisiert, dass mit unserem Budget selbst die verrücktesten Wünsche erfüllt werden können.

Um uns zu beschwichtigen, ruderte Lothar erst einmal zurück und sagte:»Neun Löcher reichen auch, für achtzehn müsste ich ein E-Kart anschaffen.«

Da Golfplätze nicht zu den besonders häufig gehandelten Immobilien zählen, gestaltete sich die Suche nach einem geeigneten Objekt zunächst recht zäh. Es war schlicht und ergreifend keiner im Angebot. Selbst der professionelle Makler hatte in seiner langen Karriere noch keinen Golfplatz vermittelt. Schließlich schlug er vor, einen großen Rübenacker in der Nähe zu kaufen und eine neue Golfanlage darauf zu errichten. Der Plan war aber von Anfang an zum Scheitern verurteilt, da für ein solches Vorhaben ein langwieriges Bewilligungsverfahren mit zahlreichen Umweltprüfungen, Bürgeranhörungen etc. erforderlich war. Das hätte viele Jahre gedauert, und ob es am Ende genehmigt worden wäre, stand in den Sternen. So lange wollten und konnten Lothar und wir nicht warten.

Unerwartet erreichte uns aus heiterem Himmel doch noch ein Angebot: Ein solider 18-Loch-Platz mit DGV-Zertifizierung, eine gute Autostunde entfernt, wurde als Pachtobjekt für zehn Jahre von einem Club, der in Zahlungsschwierigkeiten geraten war, offeriert. Personal und das gesamte Equipment waren in dem Angebot eingeschlossen. Die einzige Bedingung war, den Clubmitgliedern von den nicht benötigten Startzeiten ein Kontingent abzugeben – natürlich gegen ein angemessenes Greenfee. Dem hat Lothar ohne Weiteres zugestimmt.

Wie es in unserer Satzung stand, sollten alle Mitglieder unserer Gemeinschaft von den erfüllten Herzenswünschen etwas haben. Also blieb uns anderen nichts übrig, als das Golfspiel zu erlernen. Dem war auch keiner abgeneigt. Zwar waren vereinzelt skeptische Stimmen zu hören, dass das in unserem Alter kein Kinderspiel sei, gekniffen hat aber am Ende keiner.

Der obligatorische Platzreifekurs dauerte einige Wochen und hat viel Spaß gemacht. Am Tag der Prüfung waren wir recht aufgeregt, bestanden haben aber alle. Knifflig war allein die Regelkunde, wobei wir aber, wie früher in der Schule, voneinander abgeschrieben haben. Am Ende konnte der Prüfer auf den Prüfungsbogen keinen einzigen Fehler finden. Wie auch?

So bekam jeder von uns einen Platzreifenachweis mit einem Handicap von 45. Damit standen uns nicht alle, aber die meisten Plätze in der Region offen. Unser eigener Platz ja sowieso. Bereits einen Tag später fand das erste Golfturnier auf unserem Heimatplatz statt, wobei natürlich die Freude am gemeinsamen Spiel im Vordergrund stand. Wie nicht anders zu erwarten, ist der eine oder andere Ball im Gebüsch oder im Wasser gelandet und manchmal auch, keine zehn Meter weiter, im hohen Gras unauffindbar verschwunden. Lothar hat selbstverständlich die wenigsten Schläge gebraucht. Wir arbeiteten aber daran, ihn eines Tages in die Schranken zu weisen.

Schon nach kurzer Zeit erfreute sich unser Golfplatz großer Beliebtheit. Er wurde professionell gepflegt und es fanden regelmäßig Turniere statt, an denen sich auch die früheren Golfclubmitglieder, mit denen wir in friedlicher Kooperation spielten, beteiligten.

Die Anlage florierte nicht nur in sportliche Hinsicht. Sie warf zudem nennenswerte Erträge ab, die in die Stiftungskasse flossen.

Auch während der Erfüllung dieses Herzenswunsches hat unser Manager Siegfried Teufel die Ausgaben so gewissenhaft verwaltet, als ob es sein eigenes Geld gewesen wäre.

Mitten in unsere ungetrübte Idylle platzte die Nachricht, dass unser Geheimnis nicht mehr geheim war. Es musste eine undichte Stelle geben, wo auch immer. Unmittelbar nach den ersten Medienberichten über unseren Gewinnerclub flatterten, wie von Herrn Koslowski vorhergesagt, körbeweise Bettelbriefe in unsere Briefkästen, Anlageberater belagerten unsere Telefone und auch ein Erpresserbrief mit ausgeschnittenen Buchstaben machte sich wichtig. Keiner der vielen Postsendungen überlebte auch nur einen Tag, Siegfried Teufel hat sie alle, ohne Ausnahme, in unserer Zentrale geschreddert.

Die Sensation verbreitete sich in Windeseile, die Paparazzi

lauerten uns auf Schritt und Tritt auf, wir wurden mit Mikrofonen und Fernsehkameras belagert und bedrängt. Vor der Villa Toskana und auf unserem Golfplatz tummelten sich Scharen von Schaulustigen, die sich zumindest ein Foto von einem der Glückspilze erhofften.

Trotz des großen Trubels kam der nächste Herzenswunsch auf die Agenda. Der Medienrummel sollte uns nicht das Heft aus der Hand nehmen. Dieses Mal ging es um nichts Geringeres als ums gute Essen. Ludwig wünschte sich ein Restaurant, in dem er endlich seine eigenen gastronomischen Vorstellungen umsetzen und seine wahre Kochkunst auspacken konnte. Die Hoffnung auf einen Restaurantstern schwebte vermutlich über allem.

Ludwig war gelernter Koch und hat in vielen Restaurants Europas am Herd gestanden. Bis zu einem Sterne- oder gar Fernsehkoch hat es bisher leider nicht gereicht, obwohl seine Kreationen in unserer Region sehr begehrt waren. Sein absolutes Meisterwerk, Tafelspitz mit Marillenkompott an Grappa Sauce, wurde sogar von unserem Bürgermeister überschwänglich gelobt.

Für diesen Herzenswunsch brauchten wir ein halbwegs gut eingeführtes Restaurant, ein überzeugendes und innovatives Gastronomiekonzept und viel, viel öffentliche Aufmerksamkeit. Die passende Location kann man kaufen, ein spezielles Gastronomiekonzept hatte Lothar schon seit Jahren im Kopf. Um öffentliche Aufmerksamkeit zu bekommen, haben wir einen Marketingexperten ins Boot geholt und Geldmittel für diverse Promotion-Maßnahmen bereitgestellt.

Das passende Restaurant war relativ schnell gefunden, es wurde aufwendig renoviert und nach Ludwigs Wünschen gestylt, die Küche wurde perfekt aufgerüstet und ein Geschäftsführer sowie kompetentes Personal eingestellt. Um alle Dinge, die mit Geld zu tun haben, kümmerte sich auch in diesem Fall unser Herr Teufel, der aber ansonsten im Hintergrund blieb.

Ludwig war schnell in seinem Element und nicht wiederzuerkennen. Er sprach plötzlich viel und in einem ungewohnten Akzent, der ein wenig italienisch daherkam, was er mit Sicherheit in der Villa Toskana aufgeschnappt hat. Es sah so aus, als ob er seine Kochphilosophie an der italienischen Küche orientieren wollte.

Nach monatelangen Vorbereitungen und beachtlichem Mitteleinsatz war es dann vollbracht: Das »Luigi«, wie unser Maître sein Restaurant benannt hat, konnte starten.

Am Tag der Eröffnung strahlten, bei mediterraner Temperatur, Ludwig und die Sonne um die Wette. Aufgrund der sehr aufwendigen Werbekampagne und auch wegen unserer gegenwärtigen Medienpräsenz, kamen alle wichtigen und weniger wichtigen lokalen Größen aus Politik, Wirtschaft und Kultur. Auch die Tageszeitungen waren mit mehreren Journalisten und Fotografen präsent.

Zum Empfang gab es das obligatorische Glas Prosecco, mit einem Tropfen Rhabarbersirup (!), der aus einer großen silbernen Karaffe geträufelt wurde. Das war mein persönliches Eröffnungsgeschenk für Ludwig.

Ludwig präsentierte sich seinen Gästen in Kochmontur, mit großer weißer Mütze. Er wirkte cool und souverän und hielt sogar eine Rede!

»Das Besondere an meinem Restaurant«, sagte er, »ist das Normale«. Wie es überall sein sollte, kommen in meine Küche nur frische, naturbelassene Produkte, die ich persönlich morgens auf dem Markt einkaufe. Besonders ist auch, dass es in meinem Restaurant keine Speisekarte geben wird. Wenn ich ehrlich bin, muss ich nämlich eingestehen, dass ich, mit der nötigen Sorgfalt und Liebe zum Detail, an einem Tag nur ein Essen zubereiten kann! Deswegen wird es auch nur ein Menü pro Tag geben. Entweder man mag es oder nicht. Wer es nicht mag, muss sich gedulden und auf etwas Passenderes warten. Vegetarier können das gleiche Menü genießen, als fleischlose Variante. Das Angebot wird nach meinem Markteinkauf täglich ab elf Uhr im Internet präsentiert werden. Auf eine kleinliche und im Grunde eher störende Abrechnung der Bewirtungskosten wird verzichtet. Stattdessen ist ein pauschaler »Eintrittspreis« zu entrichten, mit dem auch die korrespondierenden Weine und alle sonstigen Getränke abgegolten sind. Trinkgelder bitte direkt an das Personal, aber nur bei außerordentlich hoher Zufriedenheit!«

Nach Ludwigs Rede wurde ein ganz besonderes Vorspeisebuffet mit einer Palette frischester Südfrüchte enthüllt, ein Meisterwerk aus dem Bereich des Food-Designs. Die Fotoapparate klickten unentwegt. Es hat ein Heidengeld gekostet, all die Exoten so taufrisch ins »Luigi« zu bekommen.

Zum Essen wurde, nach einigen typischen italienischen Vorspeisen, wie konnte es anders sein, Tafelspitz mit Marillenkompott an Grappa Sauce als Hauptgang serviert. Dieses Gericht wurde später von der Presse zum Erkennungszeichen des »Luigi« hochstilisiert.

Dafür, dass Ludwig früher eher kantinenmäßig gekocht hat, hat er die Latte im »Luigi« verdammt hoch aufgehängt! Wir sind gespannt, ob das eigenwillige Konzept funktionieren wird. Für alle Mitglieder unseres Clubs ist auf jeden Fall nachhaltig gesorgt: Ein besonderer Tisch am großen Fenster, mit großartiger Aussicht auf den nahegelegenen Wald, sollte für uns stets reserviert sein und durfte nur bei besonderen Notfällen anderweitig belegt werden.

Auch dieser Herzenswunsch hat uns, wie es in unseren Statuten im Stiftungsvertrag bestimmt war, ohne Ausnahme viel Freude bereitet und wird es bestimmt auch weiterhin tun. Es war fantastisch, sich jederzeit mit Freunden an einem Herzenswunschort treffen zu können und sich bei gutem Essen und Wein des Lebens zu erfreuen.

Das »Luigi« hat sich schnell in die Herzen der Gourmets in und außerhalb unserer Region gekocht und wurde zunehmend in einschlägigen Zeitschriften erwähnt und empfohlen. Selbst Ludwig war überrascht, dass sein Restaurant so gut florierte und sogar das Gerücht über einen möglichen Restaurantstern schnell die Runde machte.

Erfreulich war auch, dass das »Luigi« für uns schnell stattliche Gewinne einfuhr, worüber sich insbesondere unser Teufelsmanager freute.

Seit der Gründung unserer Stiftung war fast ein Jahr vergangen und wir hatten nicht einmal ein Drittel unseres Ausgabebudgets geschafft. Genau genommen war das Stiftungsvermögen sogar gewachsen, rechnete man die Immobilienwerte und die Einnahmen aus dem Betrieb der Villa, des Golfplatzes und des Restaurants hinzu. Geld wächst wie Unkraut, wenn man nichts dagegen unternimmt!

Der nächste Herzenswunsch sollte in dieser Hinsicht Abhilfe schaffen: Jetzt war Max, unser Schauspieler, an der Reihe. Bevor er uns seinen Wunsch verkündete, blickte er zunächst unsicher in die Runde, gab sich dann aber einen Ruck:»Ich möchte einmal im Leben die Hauptrolle in einem Spielfilm spielen!«

So, jetzt war es raus!

Max erklärte auch gleich, wie er sich das vorstellte:»Es soll aber nicht irgendein verwackeltes Amateurvideo werden, nein, ein richtiger Film mit Drehbuch, einem namhaften Regisseur, einem Kameramann, einem Beleuchterteam und mit Allem, was dazugehört!«

Max ist ein guter Schauspieler, aber er war bis zu diesem Zeitpunkt mit seiner Kunst leider nicht so richtig zum Zuge gekommen. Immerhin hatte er mehrere kleine Rollen in Fernsehfilmen, was ihm in unserem Städtchen eine gewisse Berühmtheit eingebracht hat.

Maximilian wollte also ein richtiger Filmstar werden. Ob er

bereits mit einer Filmpreis-Nominierung liebäugelte, konnte man zwar vermuten, war aber nicht nachweisbar.

Schon in den ersten Beratungen über die Aktion haben wir erkannt, dass unser Vorhaben nur mithilfe einer Filmproduktionsfirma realisierbar wäre. Herr Teufel wurde also beauftragt, sich darum zu kümmern.

Damit auch die Satzung unserer Stiftung erfüllt wird und alle etwas davon haben, sollte jeder von uns eine Rolle in dem Film spielen, sei sie auch noch so klein. Ansonsten sollten professionelle Schauspieler engagiert werden, wobei die Hauptrolle natürlich mit Max zu besetzen war.

Als Grundlage für Gespräche mit der Produktionsfirma musste zuerst ein Filmstoff festgelegt werden, sonst hätte man kaum vernünftig kalkulieren können. Wir führten diesbezüglich lange und lustige Diskussionen, wobei abenteuerliche Ideen für die Rolle von Max vorgeschlagen wurden: Von »Rumpelstilzchen« bis »James Bond« war alles dabei!

Lange Zeit war Shakespeares Drama: »Der Widerspenstigen Zähmung« der Favorit, mit Max in der Rolle des Lucentio. Als Drehort wäre dafür natürlich nur unsere Villa Toskana infrage gekommen. Jeder von uns war gerne bereit, wieder einmal dorthin zu reisen.

Zur Diskussion stand auch eine Neuverfilmung der Tragikomödie »Das Beste kommt zum Schluss«, mit Max in der Rolle, die Jack Nicholson in dem Film gespielt hat. Dazu fiel uns aber weder ein passender Drehort ein, noch konnte sich einer unseren kleinen Max in der Rolle von Jack Nicholson vorstellen.

Also suchten wir Rat bei einem professionellen Regisseur, den wir nach vielem Hin und Her, nicht zuletzt mithilfe eines sehr großzügigen Honorarangebotes, verpflichten konnten. Nachdem er sich unsere Geschichte angehört hatte, machte er den genialen Vorschlag, wir sollten schlicht und einfach die Geschichte unseres Lottogewinns verfilmen, wobei jeder Einzelne seine eigene Rolle in der Gruppe der Gewinner verkörpern könnte. Die Rolle von Max könnte man, aus gegebenem Anlass, leicht zur Hauptrolle aufhübschen.

Der Vorschlag fand einhellige Zustimmung und löste große Turbulenzen bei uns allen aus. Schließlich gehörte ein Auftreten vor laufender Kamera für keinen von uns zu den alltäglichen Aktivitäten. Allein Max war, als einziger Profi, locker und gelassen. Jetzt brach seine Stunde an!

Über die von der Produktionsfirma vorgelegte Aufwandskalkulation haben wir nicht weiterverhandelt, dazu fehlte uns die fachliche Erfahrung. Nur unser Manager Teufel fand, dass die veranschlagten Kosten viel zu hoch seien, und er versuchte, das Ganze zu bremsen. Es war beinahe rührend, wie er sich um unser Geld sorgte!

Auf unseren Auftrag hin gab die Produktionsfirma den Startschuss, verpflichtete einen Drehbuchautor, stellte das Arbeitsteam zusammen und disponierte die erforderlichen Geräte.

Das Drehbuch war schnell geschrieben und abgestimmt. Das Geschehen war ja jedem von uns gut bekannt. Der Regisseur besuchte als Erstes die infrage kommenden Locations und stellte das Aktionskonzept auf.»Alles soll möglichst authentisch sein«, meinte er,»die Realität schreibt die besten Drehbücher.«

Alle wesentlichen Ereignisse wurden gewissenhaft abgearbeitet: die wundersame Verkündung der sechs Richtigen, die Ziehung der Gewinnzahlen, das Gespräch mit Herrn Koslowski, die Erfüllung der Herzenswünsche. Vor dem Hintergrund herrlicher Landschaftsbilder in der Toskana und Gudruns Blumenparadies im Garten unserer Villa, wurden echte und ausgedachte Episoden gedreht, wobei Max in der Hauptrolle, sozusagen als Mentor der Gruppe, glänzen durfte.

Auch auf unserem Golfplatz wurde gedreht, natürlich war die Darstellung unseres Platzreifekurses gründlich überzogen. Dabei entstanden viele lustige Szenen, die zwar nicht im Drehbuch standen, die aber für den Film das Salz in der Suppe waren und auch für unser aller Vergnügen bei den Dreharbeiten sorgten.

Zum Beispiel brauchte Ludwig vor laufender Kamera sieben Versuche, bis er einen filmreifen Abschlag hinbekam.

Mit jedem Drehtag trat unsere Laienspielschar lockerer vor die Kamera. Wir wuchsen regelrecht zu einer großen Familie zusammen, freundeten uns mit dem Regisseur und den anderen Filmleuten an und hatten jeden Tag viel, viel Spaß.

Besonders lustig waren die Aufnahmen im »Luigi«, als die Eröffnungsfeier und die Rede des Maîtres Ludwig nachgedreht wurden.

Die Aktion wurde die ganze Zeit intensiv von den Medien begleitet. Es war »Saure Gurken-Zeit«, sodass immer wieder Berichte über den Fortgang der Filmarbeiten veröffentlicht wurden. Dadurch bauten sich die Spannung und das Interesse der Öffentlichkeit kontinuierlich auf.

Als wir die ersten Sequenzen des Films sahen, waren wir begeistert! Es war einfach sensationell wie vorteilhaft der Regisseur, die Maske, der Kameramann und die Beleuchter uns alle in Szene gesetzt hatten. Mit reichlich Filtern vor der Kameraoptik wurden alle Falten unsichtbar, wir wurden mit jedem Drehtag jünger.

Nach den interessanten und abwechslungsreichen Dreharbeiten haben wir uns den besten Filmmusiker, der gerade zu haben war, gegönnt. Der hat mit seiner Musik den ganzen Film noch mehr veredelt.

Das fertig geschnittene Werk haben wir zuerst gemeinsam und dann allein, jedes Mal mit Freudentränen, angesehen. Ohne Zweifel: Wir haben ganz große Filmgeschichte geschrieben und sind weltberühmt, zumindest für die Bewohner unseres Städtchens.

Nach den bahnbrechenden schauspielerischen Leistungen und der permanenten Medienbegleitung war es nur eine Frage der Zeit, wann ARD, ZDF und die Privaten vorstellig wurden, um die Rechte für eine Ausstrahlung zu erwerben. Dem konnten und wollten wir uns natürlich nicht verweigern. Margret, unsere Schatzmeisterin, hat dafür einen angemessenen Preis ausgehandelt, der unterm Strich aus dem Filmprojekt einen beachtlichen Überschuss in unsere Kasse gespült hat. Das war aber nichts im Vergleich mit dem herrlichen Spaß, den unvergesslichen Erlebnissen und Erfahrungen beim Schauspielern und besonders mit dem erlangten »Ruhm«, den das Event jedem Einzelnen von uns beschert hat.

Max war jetzt ein Superstar und hat eine Agentur mit der Wahrnehmung seiner Interessen beauftragt. So konnte es weitergehen, immerzu!

Als sich der Rummel um unseren Film etwas gelegt hat, wollten wir den nächsten Herzenswunsch anpacken. Aber unvermittelt platzte eine Hiobsbotschaft in unsere Idylle: Während wir Ludwigs Geburtstag im »Luigi« feierten, stürmte Margret mit hochrotem Kopf an unseren Tisch und verkündete mit verzweifelter Stimme:»Der Teufel hat abgeräumt! Das ganze Geld ist weg!«

Margret bekam erst einmal ein Glas Rhabarberschorle und erzählte dann, was passiert ist.

Eine Freundin, die in der Girozentrale arbeitete, hatte Margret von mehreren auffälligen Überweisungen berichtet, die seit einigen Tagen vom gleichen Konto, jeweils kurz nach zwölf Uhr und immer in Höhe von einer Million Euro, auf ein südafrikanisches Bankkonto überwiesen wurden. Die Freundin hatte in der Zeitung alles über unsere Gruppe gelesen, sich ihren eigenen Reim aus den auffälligen Geldtransfers gemacht und sicherheitshalber Margret angerufen.

Es lag sofort auf der Hand, dass der vertrauenswürdig wirkende Herr Teufel unser Vertrauen missbraucht und die Konten geplündert hat! Eine Million pro Überweisung passte exakt zum Tageslimit, das wir unserem Manager leichtsinnigerweise zugebilligt hatten.

Natürlich waren wir zunächst wie gelähmt und blickten Hannelore an. Die ehemalige Polizeikommissarin zückte sogleich ihr Handy und wählte eine Nummer. Bevor sie sprach, schaute sie in die Runde, und ihr Blick sagte selbstbewusst: Das ist jetzt mein Fall!

Hannelore war früher als Polizeikommissarin in unserer Stadt zuständig für die Aufklärung von Kapitalverbrechen, wie zum Beispiel Mord, Totschlag, Banküberfall, Entführung oder wenigstens Erpressung. Leider ist während ihrer aktiven Amtszeit bei uns nichts dergleichen geschehen. Das schlimmste Verbrechen, das sie in ihrer langen Laufbahn zu lösen hatte, war eine Fahrerflucht unter Alkoholeinfluss. Ansonsten musste sie Wohnungseinbrüche und sonstige Diebstähle bearbeiten.

Hannelore nahm jetzt das Heft in die Hand und meldete den Betrug bei der zuständigen Polizeidienststelle. Sie verabredete sich mit den Beamten sofort am Tatort, also in unserer »Zentrale«, wie wir das Büro der Stiftung nannten. Selbstverständlich war jetzt auch Margret, die Schatzmeisterin, vor Ort gefragt.

Als die beiden Spezialistinnen weg waren, verharrte der Rest der Gruppe sichtbar niedergeschlagen am Tisch. Keiner sagte etwas, bis Max, unser neuer Filmstar, lässig und völlig überflüssigerweise bemerkte: »Ja, so schnell kann es gehen.«

Als Sprecher der Gruppe musste ich Max wegen seiner unangemessenen und deprimierenden Äußerung zur Ordnung rufen. Daraufhin blickte Ludwig zu seinem Max und versicherte für alle gut hörbar: »Egal was passiert, wir beide halten zusammen!«

»Das nennt man Liebe«, ließ Gudrun tiefgründig verlauten.

Zu diesem Zeitpunkt war nicht klar, wie viel Herr Teufel abgeräumt hatte, ob noch etwas vom Vermögen der Stiftung und des Gesundheitsfonds übrig geblieben war oder ob er uns gar einen Schuldenberg hinterlassen hatte.

Die Stimmung war bedenklich getrübt, um es gelinde auszudrücken. Zur Aufmunterung sagte Lothar: »Ich schließe mich Ludwig an und schlage vor: Egal was passiert, wir stehen das zusammen durch!«

Die nächsten Tage waren voller Spannung. Die Stimmung schwankte zwischen sehr betrübt und mäßig hoffnungsvoll, je nachdem, welche Informationen uns über den Verlauf der Fahndung nach Siegfried Teufel und den verschwundenen Millionen erreichten. In die Fahndung war inzwischen auch Interpol eingeschaltet, Hannelore recherchierte zusätzlich auf eigene Faust. Bei der Spurensuche konnte sie auf ein Netzwerk von ehemaligen Kollegen, die es altersbedingt ziemlich weit nach oben geschafft haben, zurückgreifen. Das war sehr hilfreich, weil es die Möglichkeiten der offiziellen Maschinerie weit übertraf. Hinsichtlich des untreuen Teufels gab es schon bald einen internationalen Fahndungserfolg: Er konnte aufgrund exakter Hinweise von Hannelore im Tschad gefasst werden. Unsere Millionen blieben aber weiterhin verschwunden.

Nach einer langen Zeit des Wartens und Bangens konnten wir von offizieller Seite kaum noch etwas erwarten. So beauftragten wir eine renommierte Detektei in Südafrika mit privaten Nachforschungen, denn Hannelores Recherchen zufolge waren die Millionen dorthin verreist.

Zwei Monate später erreichten uns erste Informationen über eine heiße Spur. Teufel hatte seinen Coup zwar raffiniert vorbereitet, dabei aber zu viele Mitwisser einbezogen. Es gab Streit unter den Akteuren, die geplante Kette von Überweisungen und der geniale Plan brachen in sich zusammen. Die Spur der Millionen verlor sich im afrikanischen Sand.

Vermutlich wegen der versprochenen stattlichen Erfolgsbeteiligung setzte die Detektei die Suche fort. Kommissar Zufall machte es möglich, dass unser Detektiv nach einer dramatischen Verfolgung kreuz und quer durch Afrika einen Teil des Geldes in einem leer stehenden Lagerschuppen in der Nähe von Kapstadt doch noch aufspüren konnte.

Nach der langen Odyssee konnte nur ein kleiner Teil der verschollenen Euromillionen wieder in der Heimatbank einquartiert werden.

Damit war der Traum beendet, weitere Herzenswünsche in Angriff zu nehmen. Die Stiftung wurde abgewickelt, das verbliebene Kapital aufgeteilt. Es war eine wunderbare Zeit, die aber, wie fast alles im Leben, irgendwann ein Ende gefunden hat. Immerhin kann ich mir von dem geretteten Rest des Lottogewinns ein unbeschwertes Leben mit euch, hier in dieser schönen Residenz, leisten. Übrigens: Bis heute trinke ich jeden Abend eine Tasse Blasentee auf Ex. Meine Blase ist ja wohl die letzte, der man eine Schuld an dem suboptimalen Ende geben darf. Ich bin sicher, dass wir noch gute Zeit miteinander haben werden!

Es war nicht überraschend, dass alle, die dem Vortrag von Elisabeth gebannt gefolgt sind, etwas traurig über das »suboptimale« Ende waren. Natürlich gab es für den Vortrag einen starken Applaus! Endlich haben wir jemanden getroffen, dem das nahezu unmögliche zuteil geworden ist: Hauptgewinner im Lotto zu werden. 20 Millionen Deutsche versuchen Woche für Woche beim Lotto Ihr Glück. Für die winzige Chance, zu den Hauptglückspilzen zu gehören, zahlen sie jährlich rund 7 Milliarden Euro ein. In jedem Jahr werden aber nur rund 150 Spieler zu Millionären. Immerhin 3 pro Woche!

Die Diskussion nach dem Vortrag dauerte sehr lange und brachte im Kern die Wünsche unserer Clubmitglieder, nämlich auch mal zu den Gewinnern zu gehören, auf den Punkt. Das geht aus den gestellten Fragen klar hervor:

»Kannst Du bitte noch einmal langsam, zum Mitschreiben, die Uhrzeiten Deiner damaligen Toilettengänge sagen?«

»Wie hat sich die Ziehung der Lottozahlen angefühlt, als nach und nach die »richtigen« Zahlen gezogen wurden?«

»Habt Ihr das Hotel mit dem miesen Frühstück wirklich gekauft oder war das nur ein Scherz?«

»Wem gehören jetzt die Villa Toskana, das Luigi, der Golfplatz und die Rechte an dem Film?«

»Was ist aus den Millionen geworden, die für krankheitsbedingte Kosten zurückgestellt worden sind?«

Aus den gestellten Fragen ging klar hervor, dass jeder von uns reif war, ein Lottomillionär zu werden. Wenn nur die Wahrscheinlichkeit etwas größer wäre!

Mit ihren Antworten hat Elisabeth zusammenfassend bestätigt, dass Herr Teufel alles weggeräumt hat, was sich ihm in den Weg gestellt hat. Außer der Million, die jeder für seinen privaten Bedarf am Anfang erhalten hat, war alles komplett weg! Aber auch die »privaten« Millionen waren zu großen Teilen schon ausgegeben, verschenkt oder sonst wie verschwunden.

Nach diesem Vortrag, der sich wie ein Märchen anhörte, gingen die meisten mit einem etwas verklärten Blick in Richtung Residenz zu ihren »Suiten«.

Die Residenz

Irmi ist die Frau, die den Stein ins Rollen gebracht hat, wer sonst? Nicht nur wegen des ins Rollen geratenen Steins, wegen tausend anderer Dinge habe ich mich Hals über Kopf in sie verliebt. Sie ist hübsch, intelligent, voller Humor, schlagfertig, vorlaut, hilfsbereit, mitfühlend, laut und leise, still und aufgeregt, mit drei Wörtern: Eine klasse Frau!

Irmi ahnt bestimmt, dass ich ein Auge auf sie geworfen habe. Sie hat mir schon mehrfach zugelächelt, wenn auch, zugegebenermaßen, nur flüchtig.

Ich bin Georg Gutenberg und schon ein ganzes Jahr hier in der Residenz zu Hause, seit es auf Teneriffa nicht mehr weiterging. Es wäre auch zu schön gewesen! Aber davon später. In meiner aktiven Zeit habe ich als Logistiker gearbeitet. Genauer gesagt: Ich habe Computerprogramme für die Beladung von Speditions-LKWs entwickelt. Das hört sich wahrscheinlich langweilig an, ist es aber ganz bestimmt nicht. Solche Programme werden von Spediteuren genutzt, um die Auslieferung von Frachtstücken hinsichtlich der Fahrtrouten und der Reihenfolge der Beladung ihrer LKW zu optimieren. Bei der Programmierung ist die Verwendung sehr komplexer Algorithmen erforderlich. Unter Fachleuten bezeichnet man diese Aufgabe als das *Traveling-Salesman-Problem*.

Damit habe ich damals gutes Geld verdient, was aber schon lange vorbei ist! Heute werden solche Computerprogramme in Form von Apps bereitgestellt. Sie sind bestimmt noch genauer und mindestens zehnmal schneller als zu meiner Zeit.

Von meiner Arbeit konnten wir gut leben, meine Frau und ich. Leider haben wir keine Kinder bekommen und Agathe, so hieß meine Gattin, fing an, sich zu Hause zu langweilen. Als sie dann eine andere, sich ebenfalls langweilende Gattin kennengelernt hat, sind die beiden schnell zusammengezogen. Seitdem lebe ich allein. Aber auch das ist schon eine Ewigkeit her.

Hier in der Residenz gehöre ich, zusammen mit 14 anderen liebenswerten Senioren, von Anfang an zur Gruppe der Geschichtenerzähler, die sich regelmäßig versammeln, um mit spannenden Storys die oft leeren Zeiten auszufüllen. Natürlich wohnen in der Residenz weit mehr als 15 Gäste. Aber es ist wohl ganz normal, dass nicht alle sofort in unserer Gruppe mitgemacht haben.

Wir haben uns den Namen »Die Erzähler« gegeben. Wie gesagt, Irmi hat die Initiative ergriffen, unsere zunehmend einseitigen abendlichen Unterhaltungen, meist über Krankheitsgeschichten, durch spannende Erzählungen zu ersetzen.

Irmi hat ihre Initiative so begründet:»Jeder von uns hier trägt einen so prall gefüllten Sack von Erinnerungen mit sich herum, dass es für ein jahrelanges Programm reichen dürfte, einmal pro Woche etwas davon zum Besten zu geben.« Also hat sie angeregt, einen Kreis zu gründen, der regelmäßig zusammenkommt. Zu den Treffen soll, in einer festen Reihenfolge, jeweils einer von uns ein besonderes Ereignis aus seinem Leben erzählen. Anschließend soll der Vortrag in Form einer offenen Diskussion vertieft werden. Auf diese Weise werden wir aus unserem ständigen Warten auf etwas Abwechslung zumindest zeitweise herausgerissen. Ein geniales Konzept, oder?

Die Heimleitung war und ist von unserer Initiative nicht besonders begeistert, vermutlich witterte man dort eine Revolte, mindestens aber eine Verschwörung. Deshalb finden unsere Veranstaltungen außerhalb des Hauses statt, im kleinen Café am Friedhof. Damit müssen wir einen Abend in der Woche nicht im *Knast* verbringen und können dabei auch das eine oder andere Glas Wein genießen.

Auf diesen Abend freuen wir uns alle. Er ist, ohne Wenn und Aber, der Höhepunkt jeder Woche.

An jedem Freitag um Punkt acht Uhr ist einer von uns an der Reihe, seinen Vortrag zu halten. Der darf nicht länger als eine halbe Stunde dauern. Dramen über Krankheiten oder Kunstfehler von Ärzten sind selbstverständlich nicht zugelassen.

Die Gruppe besteht zurzeit aus 15 Gästen (so werden wir hier genannt), die in der Seniorenresidenz irgendwie gestrandet sind und die sich im Laufe der Zeit irgendwie gefunden haben. Es ist eine Gruppe ausgesprochen netter Individualisten. Jeder von uns trägt eine Reihe hochinteressanter Erlebnisse mit sich herum, sodass es nach jeder Erzählung Überraschung und Staunen darüber gibt, was bei den Einzelnen bisher so alles passiert ist.

Aber zuerst ein paar Worte über unser Domizil, die *Seniorenresidenz*. Die Bezeichnung *Residenz* hört sich edel an, ist aber nichts anderes als ein teureres Altenheim. Manchmal nennen wir die Residenz auch liebevoll unseren *Knast*.

Wer noch keinen Einzug in eine Residenz oder in ein Altenheim hinter sich gebracht hat, kann, ohne Frage, nicht nachvollziehen, wie sich das anfühlt, aus dem normalen Leben in eine solche Anstalt »auszuwandern«. Um so einen Wechsel locker zu sehen, muss man schon mit einer guten Portion Galgenhumor ausgestattet sein.

Man stelle sich vor, aus einer geräumigen Wohnung oder gar aus einem eigenen Haus in ein kleines Zimmer, das auch noch mit fremden Möbeln vollgestopft ist, umzuziehen. Im kleinen Gepäck so gut wie keine persönlichen Habseligkeiten. Sich in eine Hierarchie von Hausleitung, Schwesternschaft, Pflegern und sonstigem Personal einzuordnen und die eigene Persönlichkeit an der Pforte abgeben zu müssen. An diesem Tag hat man das Gefühl, von der Gesellschaft endgültig aussortiert worden zu sein.

Im Grunde ist es wie die »Einbuchtung« in ein Gefängnis. Und das, ohne auch nur im Geringsten mit dem Gesetz in Konflikt geraten zu sein.

Von diesem Tag an lebt man in einer Gemeinschaftsunterkunft mit vielen, meist sehr alten Menschen zusammen, die in der Regel auch nicht voller Begeisterung hergekommen sind. Es gibt zwar überwiegend Einzelzimmer, man wird aber rundum überwacht.

Die da draußen glauben oft, eine Residenz wäre so etwas wie ein Hotel, mit großer Lobby, aufmerksamem Personal und mehreren gemütlichen Restaurants. Leider sieht die Realität ein wenig anders aus. Die Gäste eines Hotels kennen sich nicht und ihre Wege gehen meist schon nach dem ersten Frühstück auseinander. Wir aber bleiben zusammen, über Wochen, Monate und manchmal auch jahrelang. Nur wenn es eine Beerdigung gegeben hat, zieht ein neuer Gast ein.

Natürlich stellt sich jeder von uns hier immer wieder die Frage: »Wozu bist du eigentlich hier, was soll das ganze Theater noch? Es ist ja doch nur das Vorzimmer zum Sterben. Aber bevor über die Antwort nachgedacht wird, macht jemand einen Scherz, alle sind gerne abgelenkt und das Leben geht weiter.

Das alles hört sich aber viel negativer an, als es in Wirklichkeit ist. Es gibt auch positive Seiten. Zum Beispiel nimmt uns hier keiner so richtig ernst, was unbedingt auch seine Vorteile hat. Wir dürfen immer sagen, was uns gerade berührt, können jammern, klagen, loben oder auch einfach schweigen, keiner hört wirklich zu. Für uns wird eingekauft, gekocht, gespült, gewaschen, geputzt und auch gedacht. Keiner macht uns für irgendetwas verantwortlich!

Und wir sind von fast allen aktuellen Sorgen der Gesellschaft befreit. Wir lesen zwar die Tageszeitung, aber eigentlich interessiert uns nicht, wer gerade regiert, welche Gesetze zurzeit diskutiert werden, welche Kriege stattfinden oder auszubrechen drohen, was Politiker so twittern oder welche Handelszölle wer gegen wen gerade verhängt oder zu verhängen androht.

Bestenfalls interessieren uns noch die Debatten über die Vermögenssteuer oder die nächste Rentenanpassung. Vielleicht auch noch der Stand des Klimawandels oder die Zahl der Toten beim letzten großen Unglück. Und natürlich, was uns beim nächsten Mittagessen aufgetischt wird. Ansonsten sind wir frei, frei wie die Vögel in einer Voliere.

Damit wir aber nicht vollends verblöden, gibt es ständig Programme: Jeden Morgen nach dem Frühstück findet das sogenannte Gehirnjogging statt, wo uns per Lautsprecher seltsame Fragen gestellt werden, zum Beispiel: »Wer hat 1936 bei den Olympischen Spielen in Berlin die Goldmedaille im 100-Meter-Lauf gewonnen?« Oder: »Wie heißen die beiden Astronauten, die 1968 als erste den Mond betreten haben?« Und: »Wie heißt der dritte, der in der Raumstation gewartet hat?«

In Vorbereitung auf solche Fragen haben die meisten von uns ihr Handy schon gezückt, um von Siri die richtige Antwort zu erfahren.

Nach dem »Jogging« kann man schwimmen oder Gymnastik treiben, basteln, malen und vieles andere in der Art mehr. Am Nachmittag gibt es das tägliche Bingo, in der Adventszeit mit Punsch. Einmal im Monat werden wir zu einem Ausflug mit Kaffeetrinken in ein Gasthaus im Grünen gefahren. Der Höhepunkt des Jahres ist aber immer wieder das Sommerfest, mit Musik, Würstchen, Kartoffelsalat und einem Clown.

Alles in allem können wir also im Heim wirklich zufrieden sein, oder?

In der Seniorenresidenz findet man beileibe nicht nur senile, verstörte oder kranke Insassen, sondern in der Mehrzahl nette und lebensbejahende Mitmenschen, die in der Regel offen für Kontakte aller Art sind: ob als Begleiter auf Spaziergängen, bei Theaterbesuchen, als Mitspieler beim Schach oder Kartenspiel oder schlicht als Gesprächspartner bei Tisch. Auch späte Liebesaffären soll es schon gegeben haben, um nur einige der gängigen Optionen zu nennen.

Ich selbst habe mich vor Kurzem in eine spannende Liebesaffäre hineinmanövriert. Mit ebendieser Irmi, jener Dame, die den Stein der Erzählabende ins Rollen gebracht hat.

Dabei geht es weniger um Erotik, wobei ich aber nichts ausschließen möchte. Es geht um andere, wichtigere Dinge, über die zu berichten es später bestimmt Gelegenheit geben wird.

Zurzeit gebe ich mir jedenfalls die allergrößte Mühe, um die Sache nicht gleich am Anfang zu vermasseln. Das heißt: Nichts überstürzen, vor jedem Schritt alle Vor- und Nachteile abwägen und geduldig um jeden einzelnen Punkt kämpfen.

Eine Harfenaffäre

Keiner von uns hat Alexander Pristorius, den Professor für alte Geschichte, schon einmal Harfe spielend erlebt. Jeder in unserer Residenz kennt seine Begeisterung für klassische Musik, besonders für Stücke, in denen die Harfe eine wichtige Rolle spielt. Es liegt auf der Hand, dass ein Gast der Residenz nur schwerlich eine Harfe auf sein relativ kleines Zimmer mitnehmen darf, also muss Alexander hier zwangsläufig harfenlos leben. Das hat sich aber bisher als belanglos erwiesen, da es seit seinem Einzug ohnehin noch keine einzige Gelegenheit gegeben hat, im Haus eine Harfe erklingen zu lassen.

Alexander ist ein ziemlich energischer und selbstsicherer Zeitgenosse. Die Art und Weise, sein Wissen über längst vergangene Kulturen leicht, aber doch fundiert in alltägliche Unterhaltungen einzuflechten, haben ihn zu einem begehrten Gesprächspartner gemacht. Mit anderen Worten: Er hat sich in unserer Residenz mit der Zeit eine beachtliche Anhängerschaft aufgebaut, sodass er am heutigen Freitag quasi vor einem Freundeskreis sprechen konnte:

»Es ist noch gar nicht so lange her, da gehörte ich zu einer Gruppe von vier Herren, die sich jeden vierten Donnerstag zu einem Herrennachmittag getroffen haben. In diesem Kreis herrschten strenge Regeln: Die Teilnahme an den Treffen war Pflicht, ohne Wenn und Aber! Wer nicht erschienen ist, war erst einmal untendurch. Mindestens einen Monat lang sprach dann keiner mit ihm. Kein Gruß, kein Blick, nicht einmal ein Lächeln im Park. Da waren wir gnadenlos.

In dem Monat, in dem meine Geschichte beginnt, sind wir vier zusammen 310 Jahre alt geworden. Damit zählte also jeder von uns im Durchschnitt 77,5 Jahre. Was nicht heißt, dass wir alt waren! Natürlich schon länger pensioniert, körperlich zwar nicht mehr hundertprozentig fit, aber geistig noch voll auf der Höhe. Und auch sonst gut vorzeigbar. Unsere turnusmäßigen Treffen haben sich im Laufe der Jahre zu einem festen Ritual entwickelt. An einem dieser Herrennachmittage nahm auch meine Harfenaffäre, über die ich heute berichten werde, ihren Anfang.

Wie immer hatten wir uns vollzählig in »unserem Gasthaus« eingefunden und führten hitzige Diskussionen. Dieses Mal ging es um Nutzen und Gefahren der Atomkraft und anschließend um den richtigen Zeitpunkt für die diesjährige Kartoffelernte. Wie gewöhnlich gab es in beiden Punkten recht konträre Ansichten, ein Konsens konnte nicht erreicht werden. Trotzdem war der Abschied auch diesmal wieder herzlich laut, bis einer nach dem anderen seines Weges ging.

An diesem Abend gestaltete sich mein Nachhauseweg anders als erwartet. Schon nach wenigen hundert Metern staunte ich nicht schlecht, als ich am Straßenrand plötzlich einen Engel mit einer Harfe stehen sah.

Natürlich hatten wir an diesem Abend auch alkoholische Getränke zu uns genommen, aber bestimmt nicht mehr als sonst!

Zwar verflüchtigte sich der Engel, je näher ich kam, aber die Harfe blieb! Gut zwei Meter hoch und genauso breit, prachtvoll, mit goldverzierter Säule, einem flügelartigen Rahmen und geschätzten 50 gespannten Saiten.

Auf der Straße war weit und breit kein Mensch, das nächste Haus kaum zu sehen. Nur ein Hund war da und hob das Bein. Es war kaum zu fassen: Mitten im Niemandsland pinkelte ein Hund an eine herrenlose Harfe!

Was sollte ich tun? Einfach weitergehen, das schöne Instrument dem Hund und dem Regen überlassen? Auf keinen Fall! Wer wusste schon, was wirklich dahintersteckte und was sich daraus noch entwickeln würde? Die Harfe war ziemlich sperrig und wog bestimmt mehr, als ich tragen könnte. Bis nach Hause war es noch gut eine halbe Stunde zu gehen. Ich verschwendete also keinen Gedanken daran, das Gerät zu schultern und heimzutragen. Vielmehr entschied ich, für den Transport den kleinen Bollerwagen, der in unserem Schuppen stand und den ich seit Ewigkeiten nicht mehr benutzt hatte, zu holen. Aber nicht, ohne vorher meine Visitenkarte zwischen die Harfenseiten zu klemmen, sozusagen als Anzeige des Besitzanspruches!

Auf dem Weg nach Hause kamen mir natürlich Bedenken, ob man so etwas als Diebstahl auslegen könnte. Mit dem Argument, es hätte sich doch sonst niemand um das Instrument gekümmert, es wäre womöglich im Müll gelandet, konnte ich meine Skrupel aber beiseiteschieben. Und ich versprach in Gedanken: »Wenn jemand einen Anspruch auf das Instrument erheben sollte, werde ich es natürlich herausgeben, ohne einen Finderlohn zu fordern!«
Der Fußweg mit der Harfe auf dem Wagen zog sich in die Länge. Gott sei Dank ist mir unterwegs niemand begegnet und gefragt, was ich da mache! Ich hätte ja wahrheitsgemäß antworten können, man hätte mir aber mit Sicherheit nicht geglaubt und vielleicht die Polizei oder sogar einen Rettungswagen herbeigerufen.

Am Ende hatte sich der Aufwand aber gelohnt, als die Harfe unversehrt in unserem Schuppen stand.
Mira, meine liebe Frau, schaute lange Zeit zuerst die Harfe und dann mich an. Sie wartete auf eine plausible Erklärung. So wie die Dinge nun mal lagen, war das schnell erzählt. Am Ende

der Erklärung stellte ich ihr provokant die Frage:»Hättest du die Harfe etwa dem Hund überlassen?«

In der folgenden Nacht konnte ich kaum schlafen, die Harfe unten im Schuppen ging mir nicht aus dem Kopf. Am Morgen sah aber alles weniger aufregend aus. Was war schon passiert? Wir hatten ein großes Musikinstrument im Haus, dessen Eigentümer nicht bekannt war. Das Leben ging weiter.

So ganz wohl war mir allerdings nicht. Möglicherweise wurden von der Polizei schon Nachforschungen angestellt, Passanten und Nachbarn befragt.

Aus Kriminalgeschichten wusste ich, was jetzt wichtig war: Auf jeden Fall sollten wir uns erst einmal unauffällig verhalten, bis Gras über die Sache gewachsen war.

Während des Frühstücks sagte meine allerliebste Gattin zuerst nichts, dann fragte sie doch:»Und wie soll es mit der Harfe jetzt weitergehen?«

»Erst einmal Ruhe bewahren und abwarten, was passiert. Ich vermute aber, dass gar nichts passieren wird. Und falls der Besitzer sich meldet, werde ich der ehrliche Finder sein«.

In einer plötzlichen Anwandlung von Trotz und Selbstbewusstsein verkündete ich weiter:»Falls nicht, werde ich eben lernen, das Instrument zu spielen!«

»Du, ein fast 80-jähriger Professor der alten Geschichte, du willst Harfe spielen lernen?«, fragte sie ungläubig.»Genauso gut könntest du versuchen, einen Hubschrauber zu fliegen! Oder unseren Computer zu reparieren. Es gibt ja sonst nichts zu tun, im Haus oder im Garten. Die Kartoffeln können ja in diesem Jahr draußen überwintern, nicht wahr?« Jetzt war sie doch ein wenig missmutig geworden.

Mein erster Weg führte zu Fritz, einem Antiquar unten in der Stadt. Er fand in einem seiner Regale zwar Noten für Klavier, Geige, Blockflöte und viele andere Instrumente, für Harfe war aber nichts dabei.

Fritz hatte aber einen genialen Einfall, der mich weiterbrachte, zumal ich ohnehin keine Noten lesen konnte: »Warum besorgst du dir nicht eine CD mit Harfenmusik und erlernst das Harfenspiel nach Gehör?«

Im einzigen Musikgeschäft unseres Städtchens hatten sie zwar keine Harfenmusik vorrätig, ich konnte aber aus dem Katalog zwei CDs mit Harfenbeteiligung bestellen.

Irgendwie beschlich mich in dieser Sache ein Gefühl von Spannung und froher Erwartung. Es fühlte sich an wie ein Eintauchen in eine neue, fremde Welt, eine Welt aus Musik und Harmonie. Zuweilen sah ich mich sogar schon vor großem Publikum spielen ...

Aber jetzt hieß es erst einmal: Üben, üben und nochmals üben, wie zu meiner Studienzeit vor Klausuren, vor dem Examen, vor wichtigen Vorträgen.

Natürlich kann man das Spielen einer Harfe erlernen! Man muss es nur wollen!

In den folgenden Wochen arbeitete ich hart, so hart wie schon lange nicht mehr. Vieles, nein, fast alles andere musste liegen bleiben. Ich ging kaum aus dem Haus, außer natürlich am vierten Donnerstag des Monats, zum turnusmäßigen Herrennachmittag, versteht sich.

Selbstverständlich habe ich meinen Freunden von meiner Affäre mit der Harfe erst einmal nichts gesagt. Es gab genug andere Themen, zu denen wir, wie immer, sehr unterschiedliche Positionen zu verteidigen hatten.

Mit der Harfe machte ich schnell gute Fortschritte. Schon nach einem halben Jahr konnte ich alle Einsätze und Soli meiner beiden Harfen-CDs aus dem Gedächtnis spielen. Wie auch sonst? Ich hatte ja nicht gelernt, Noten zu lesen oder gar nach ihnen zu spielen!

Natürlich hörte ich mir in dieser Zeit gerne im Radio und Fernsehen Musik mit Harfenbeteiligung an und nutzte zudem jede Gelegenheit für einen Konzertbesuch in unserem Theater.

Mira war schnell auf meine Seite übergelaufen. Sie unterstützte meine Lernorgien, wo sie nur konnte. Sie hörte mich ab, drängte auf die Einhaltung des selbst erstellten Stundenplans und durchforschte die Programme der Radio- und Fernsehsender nach Konzerten mit Harfenbeteiligung. Mira besorgte auch Konzertkarten für unser Theaterhaus, die Plätze immer in der ersten Reihe.

Von Gartenarbeit war schon lange keine Rede mehr, die konnte warten. Es war offensichtlich, auch für Mira hat durch die Harfe ein neues Zeitalter begonnen. Sie blühte völlig auf, ich konnte jetzt nicht mehr anders, als jeden Tag besser zu werden, auch ihretwegen war ich massiv in der Pflicht!

Unser erwachtes Interesse an der klassischen Musik hat uns in den engeren Musikkennerkreis der Stadt geführt, rasch wurden wir mit der städtischen Kulturszene vertraut. Dass ich Harfe spiele, war schnell ein offenes Geheimnis. Es kursierte sogar das Gerücht, ich wäre vom Harfespielen vollkommen besessen. Das stimmte natürlich nicht, jedenfalls nicht im Wortsinn. Ich spielte eben Harfe und das gerne.

An einem Sonntag im Herbst gab das Dresdener Sinfonieorchester in unserem Theater Mozarts »Konzert für Flöte, Harfe und Orchester«. Wir waren natürlich auch da, wie immer in der ersten Reihe.

Von Anfang an hatte ich nur Augen für die junge, sehr blass wirkende Harfenistin. Ich wusste, wie das Konzert beginnen würde, kannte alle Harfeneinsätze und lehnte mich voller Erwartung zurück.

Als ein erschrockenes Raunen durch die Reihen ging, blickte ich auf und sah die Harfenistin am Boden liegen. Nach einer Weile beugte sich ein Mann, wohl ein Arzt aus dem Publikum, über sie, sprach mit ihr, schaute dann hoch und signalisierte dem Dirigenten, dass die Harfenistin heute bestimmt keine

Saite mehr zupfen würde. In den Reihen des Publikums kam das Gerücht auf, sie sei schwanger und wahrscheinlich wegen eines Schwächeanfalls zusammengeklappt.

Schade, dachte ich, heute also keinen Mozart.

Die Harfenistin wurde von der Bühne getragen und keiner wusste so recht, wie es weitergehen würde.

Nach einer Weile waren aus dem Publikum vereinzelte Stimmen zu hören. Sie riefen meinen Namen:»Pristorius, Professor Pristorius an die Harfe!« Mira verstand sofort, dass einige aus dem Kulturverein meinen Einsatz forderten und sie stupste mich energisch an. Plötzlich wurde mir bewusst, dass es Ernst wurde mit meiner Harfenaffäre.

Kalter Schweiß bildete sich auf meiner Stirn, die Stunde der Wahrheit war gekommen! Als dann auch noch der Dirigent suchend ins Publikum schaute, gab es für mich kein Halten mehr.

Mit altersgerechtem Elan ging ich, aufrecht und mit ernster Miene, auf die Bühne und strecke dem Dirigenten meine Hand entgegen. Meine Knie zitterten. Er zog mich zu sich und fragte flüsternd:»Verkürztes Programm?« Ich sah ihm in die Augen und flüsterte zurück:»Das ganze Programm, bitte!« Ich wusste ja: Nur das ganze Programm war für mich möglich, alles andere würde mich aus der Bahn werfen.

Die Theater eigene Harfe fühlte sich fremd an, beim Treten der Pedale war mehr Widerstand zu spüren, als ich es von meinem Instrument kannte.

Dann ging alles ganz schnell: Der Dirigent schaute fragend zu mir, ich nickte kurz und schon ging es los!

Und irgendwie ging dann alles wie von selbst. Ich weiß nur noch, dass einige meiner Einsätze zu früh und einige zu spät kamen. Das Orchester konnte aber, Gott sei Dank, alles ausgleichen.

Was war das für ein Applaus, der anhob, als die letzten Töne gespielt waren! Ich hatte das Gefühl, Alexander der Große zu sein, auf dem Marktplatz von Athen, nach seinem Sieg bei Issos.

Alles wiederholt sich irgendwie, im Lauf der Zeit, ging es mir durch den Kopf.

Wenige Wochen später rief der Generalmusikdirektor des Dresdener Sinfonieorchesters bei uns an und fragte, ob ich das Ensemble bei der anstehenden Europatournee als Harfenist verstärken könnte. Sicherlich nicht wegen meines virtuosen Harfenspiels, das ganz bestimmt nicht. Vermutlich, um mich als 80-jährigen Publikumsmagneten im wahrsten Sinne des Wortes zu instrumentalisieren. Immerhin!«

Schloss er seinen Vortrag

Wie immer am Ende unserer freitäglichen Vorträge gab es den gebührenden Applaus. Die anschließende Diskussion fiel ausgesprochen moderat aus. Die Menschen haben offensichtlich vor Musikern und ihrem Können einen besonderen Respekt.

Zum Beispiel wollte Johannes in der Diskussion wissen, wie viele Stunden Alexander, zusammengenommen, gebraucht habe, um das Spielen der Harfe einigermaßen zu beherrschen. Irmi fragte, wie sich Alexander gefühlt habe, als er auf die Bühne ging. Und woran er in diesem Moment gedacht hat.

Mathilde, unsere ehemalige Lehrerin, wollte wissen, welches Honorar die Dresdener Staatsoper für die Mitwirkung bei der Europatournee angeboten habe.

Alexander hat alle Fragen, so gut es eben ging, beantwortet, sodass sich am Ende vermutlich mancher unter uns ernsthaft eine späte Karriere als Harfenistin oder Harfenist vorstellen konnte.

Alles in allem war es wieder einmal eine sehr gelungene Veranstaltung.

Irmi war an diesem Abend nicht erschienen, ich habe sie seit einigen Tagen nicht zu Gesicht bekommen. Ich machte mir Sorgen, ob sie vielleicht erkrankt sei und ob ich sie vielleicht irgendwie retten müsste.

Nun ist es in einer Residenz aber nicht so, dass man sich zwangs-läufig jeden Tag über den Weg läuft, zum Beispiel zum Essen: Es gibt hier zwei Restaurants und keine festen Essenszeiten, einige nehmen das Essen auf dem Zimmer ein, einige machen auch schon einmal eine Diät.

Gott sei Dank gibt es ja jetzt die Freitagabende, an denen fest-gestellt werden kann, ob eventuell nach jemanden geschaut wer-den müsste.

Bungee-Jumping

Selbstverständlich weiß ich schon lange, was ich am heutigen Freitag zum Besten geben werde: natürlich die Geschichte vom Bungee-Jumping mit Max, vor drei Jahren! Diese Geschichte ist so ungewöhnlich, dass mir die meisten meiner Zuhörer ohne Nachweise nicht glauben würden, weshalb ich ein paar Fotos und Zeitungsausschnitte mitgebracht habe. Beweise, die belegen, dass sich alles so, wie ich es erzähle, zugetragen hat.

Das ist die Geschichte unseres Abenteuers:

»Liebe Mitinsassen, wie ihr wisst, bin ich Georg Gutenberg, 86 Jahre alt und seit gefühlten hundert Jahren allein unterwegs. Als wir, mein Freund Max und ich, vor drei Jahren das mit dem Bungee-Jumping gemacht haben, lebten wir noch in unseren Reihenhäuschen, nicht weit von hier, im Tuchmacherviertel.

Wie hier in der Residenz, gab es auch zu Hause manchmal Tage, da wusste man schon beim Aufwachen, dass das heute nichts wird. Ihr kennt das bestimmt auch: Draußen ist dichter Nebel, man ist schon nach dem Frühstück müde, legt sich noch einmal hin und wartet auf das Mittagessen. Nach dem Essen folgt das obligatorische Mittagsschläfchen und anschließend geht es, schlecht gelaunt, zum Kaffeetisch. Nicht viel später dann zum meistens langweiligen Abendessen. Erschöpft und nur wenig interessiert, wird noch die »Tagesschau« eingeschaltet. Um halb neun dann ins Bett, von den grässlichen Nachrichten aus aller Welt eingeschüchtert.

Es gibt aber auch bessere Tage, Gott sei Dank!

An dem Morgen, an dem meine Geschichte ihren Lauf nahm, begann so ein besserer Tag. Es fühlte sich an, wie ein völliger Neubeginn: Schluss mit dem Dahinvegetieren, eine Wende um 180 Grad, noch einmal alles auf null!

Tausend Gedanken schossen mir durch den Kopf, als ich in

unserem Käseblättchen, mit dem immer mittwochs der Briefkasten verstopft wurde, eine kleine Annonce entdeckte. In dieser Anzeige bot eine deutsche Familie auf Teneriffa einem rüstigen Senior oder einer Seniorin aus Deutschland ein lebenslanges Gastrecht auf einem ländlichen Anwesen an, mit Verpflegung, Betreuung, falls gewünscht: Aufnahme in die Familie ...!

Mein Puls stieg bedenklich an. Ziemlich aufgeregt dachte ich: »Dieses Angebot schickt mir der Himmel!«Das ist eine echte Chance, vielleicht meine letzte, wie in dem Film: Das Beste kommt zum Schluss. Von der ersten Sekunde an war ich wie elektrisiert und las den Anzeigentext noch mehrere Male.

Natürlich hatte die Sache einen Preis: Zwischen den Zeilen konnte ich lesen, dass Herr Rosenbaum, so hieß der Inserent, bestimmt kein Samariter war. Offensichtlich steckte er ziemlich in der Klemme, hatte »unverschuldet« Schulden und brauchte sehr bald viel Geld. Es war also kein Märchen, kein Traum, sondern ein knallhartes Geschäftsangebot. Eine sogenannte »Win-win-Situation«!

Auf den ersten Blick erschien mir eine Million, das war der verlangte Preis, für ein lebenslanges Gastrecht durchaus angemessen zu sein. Wenn man allerdings erst sehr spät damit anfängt, von diesem Gastrecht Gebrauch zu machen, war es, auf den zweiten Blick, eine stolze Summe.

Andererseits hat ja, wie wir hier alle wissen, eine Million Euro für Menschen unseres Alters keine ganz so große Bedeutung mehr. Nach dem Tod können wir mit Geld sicherlich gar nichts anfangen. Die Erben sind bestimmt interessiert, aber die interessierten mich schon damals nicht.

Trotzdem hatte die Sache einen riesengroßen Haken: Ich musste bekennen, nicht einmal den Bruchteil der benötigten Million zu besitzen!

Davon ließ ich mich jedoch nicht entmutigen. Fakt war: Ich wollte mein Leben ändern, raus aus der Monotonie des Reihenhauses, auf die Insel des ewigen Frühlings, in die im Voraus bezahlte Obhut einer Gastfamilie! Dazu brauchte ich eine Million, und zwar bald. Ich hatte noch keine Ahnung, wie ich das Geld auftreiben könnte, dafür aber den festen Willen, es zu schaffen. Ich war entschlossen, das Projekt auf jeden Fall durchzuziehen und fühlte mich plötzlich wie neu geboren, oder besser: Wie auf der viel besuchten Wolke 7, wo auch immer das sein mag!

Als Erstes berichtete ich meinem besten und einzigen Freund, Maximilian Trottenberg, von dem Angebot. Max wohnte drei Häuser neben mir. Trotz seiner Jugend – er ist gut drei Jahre jünger als ich – legte ich großen Wert auf seine Meinung. Wir haben uns vor vier Jahren im Schachklub kennen- und schätzen gelernt. Er war, wie ich, alleinstehend, mehr oder weniger fit und ebenfalls ohne nennenswertes Vermögen. Mit einer Million konnte er mir also ganz bestimmt nicht aushelfen. Dafür war er, ein ehemaliger Finanzberater, ein Fuchs im Tricksen und Organisieren und für ungewöhnliche Aktionen immer aufgeschlossen. Er hat mich, den ehemaligen Großmeister der Region, einmal im Schach geschlagen und mir zweimal ein Remis abgetrotzt, was schon etwas heißt und was mich damals enorm geärgert hat.

Ich beschloss zu versuchen, ihn zu überreden, mit mir auf die Insel auszuwandern. Dass er mitmachen würde, traute ich ihm ohne Weiteres zu.

Als ich Max von der Annonce erzählte, war er aus dem Stand begeistert und sofort und ohne Wenn und Aber dabei. Er meinte, eine Million wäre für zwei in unserem Alter immer noch ein sehr guter Preis.

»Der Rosenbaum nimmt uns bestimmt auch im Doppelpack, so groß dürfte für ihn der Unterschied ja wohl nicht sein«, stellte Max kurz und bündig fest.

Eine spontane Idee, wie wir an die Million kommen sollten, hatte Max auch nicht. Er war aber optimistisch, immerhin!

Nach dem Mittagsschlaf riefen wir die Rosenbaums an. Die Verbindung war gut und es klang, als würden sie keine 20 Kilometer von hier entfernt telefonieren. Aber das täuscht schon mal.

Das Gespräch dauerte über eine Stunde und alles hörte sich so normal an, als würden wir über einen Kaufvertrag für einen Gebrauchtwagen oder so etwas verhandeln – freilich eines sehr teuren Wagens.

Unser Auftreten im Doppelpack störte Herrn Rosenbaum kaum. Als er merkte, dass wir es wirklich ernst meinen, sagte er schlicht:»Warum nicht? Platz ist hier genug.«

Wir vereinbarten einen Besichtigungstermin, schon sieben Tage später, in Santa Cruz de Tenerife, wo das Anwesen lag. Dann könnten wir uns in Ruhe alles ansehen, das Gut inspizieren und die Details besprechen. Zudem hätten wir Gelegenheit, uns gegenseitig kennenzulernen.

Die Million wurde bei dem Telefonat nur am Rande erwähnt. Um Zeit zu gewinnen, erklärte ich Herrn Rosenbaum, dass das Geld frühestens in zwei Monaten zur Verfügung stehen könnte, weil es zurzeit fest angelegt sei. Das akzeptierte er ohne Weiteres, brachte aber auch die Möglichkeit einer Bürgschaft ins Spiel.

Direkt nach dem Telefonat hat Max begonnen, sich um die Reise nach Teneriffa zu kümmern, während ich das Projekt»Die Beschaffung einer Million aus dem Nichts in zwei Monaten« in Angriff nahm.

Ich zweifelte nicht daran, dass wir es schaffen würden, die Million zu besorgen. Genauer gesagt: Ich wollte und habe darüber keine Zweifel aufkommen lassen! Zu diesem Zeitpunkt hatte ich schon einen ersten Ansatz im Kopf, wie es gehen könnte, brauchte aber noch etwas Zeit und Ruhe zum Nachdenken. In meiner aktiven Zeit als Logistiker habe ich auch immer eines nach dem anderen und nie alles gleichzeitig gemacht. Und vor allem galt, heute wie damals: Erst die Strategie und dann die Details, niemals umgekehrt!

Max hat inzwischen die Flüge nach Teneriffa-Nord gebucht. Ein Hotel brauchten wir nicht, wir wollten ja ein paar Tage Probewohnen, bevor wir uns für lebenslang entscheiden. Was die Reise nach Santa Cruz de Tenerife angeht, konnte ich mich ganz auf Max verlassen, ich hatte zu diesem Zeitpunkt anderes im Kopf.

Als ich Max meine Geldbeschaffungsidee erklärte und dabei »Bungee-Jumping« ins Spiel brachte, war er schockiert und sagte kategorisch: »Ich mach alles, aber das bestimmt nicht! Vergiss das ganz schnell!« Ich versicherte ihm, dass nur einer von uns beiden springen müsste und er beruhigte sich wieder. Warum sollte er auch nicht? Die Idee war genial!

Der Plan für unseren Millionen-Coup war schlicht und einfach: Ein 83-Jähriger wird von der Golden Gate Bridge in San Francisco, an einem Gummiseil festgebunden, in den Abgrund springen. Der Sprung wird zu Geld gemacht. Punkt. Wir bräuchten nur einen bereiten Sponsor, der eine Million für das Spektakel zahlt. Ein Team vor Ort müsste den »Todessprung« nur noch vermarkten. Soweit die Theorie.

Ich hielt die Story für sehr attraktiv und zugleich einfach genug, um das Interesse der Medien zu wecken: Ein alter Mensch riskiert vor den Augen der Öffentlichkeit sein Leben, um mit seinem einzigen Freund aus einem miesen Reihenhaus in die Freiheit zu fliehen. Eine gelungene Mischung aus Herz, Schmerz, Verzweiflung, Mut und Nervenkitzel! Es könne doch nicht so schwer sein, einen erfahrenen Paparazzo zu finden, der gerade eine Geschichte benötigt und es fertigbringt, eine Lawine des Mitgefühls und des Interesses loszutreten. So etwas braucht ein mit Sensationen verwöhntes Publikum!

Schwieriger dürfte es sein, einen Sponsor aufzutreiben, der dafür eine Million hinlegt. Es könnte zum Beispiel ein Unternehmen sein, das für eine bestimmte Zielgruppe heilsame Mittelchen produziert, die beispielsweise den Verfall im Alter aufhalten oder für ein tolles Lebensgefühl sorgen. Als Gegenleistung für sein finanzielles Engagement würden wir seine Produkte natürlich in den Himmel loben: Vor, nach und – wenn es sein muss – auch während des Sprungs. Und das, ohne rot zu werden.

Soweit mein Marketingkonzept.

Eine anspruchsvolle Aufgabe mit einem sportlichen Zeitplan. In den folgenden Tagen habe ich mehr als 30 Telefonate mit potenziellen Partnern in Amerika geführt. Es hat Spaß gemacht, mal wieder richtig herumzuwirbeln, wie in alten Zeiten. Eine Journalistin der »San Francisco News«, die sich als Jane vorstellte, hat schon angebissen und um ein kurzes Exposé der geplanten Aktion sowie um Bilder von mir, Max und den miesen Reihenhäusern gebeten. Das habe ich noch vor unserer Abreise auf den Weg gebracht. Dann fühlte ich mich ein wenig schlapp und freute mich auf vier ruhige Stunden in der Luft.

Wir waren deutlich zu früh am Gate des Billigfliegers nach Teneriffa-Nord. Max hatte, wie erwartet, alles perfekt organisiert, das Taxi, die Tickets, einen Stadtplan von Santa Cruz und einen aktuellen Reiseführer. Auf dem Hinflug wollte er mir die wichtigsten Fakten über Land und Leute, das Klima, den Humboldtstrom und andere Besonderheiten erklären, damit wir nicht wie kleine dumme Jungs vor unseren künftigen Gastgebern auftreten mussten.

Beim Besteigen des Fliegers müssen Max und ich einen ziemlich klapprigen Eindruck gemacht haben. Man hat uns geholfen, das Handgepäck zu verstauen, und geduldig gewartet, bis wir Platz genommen haben. Das war schon angenehm und ich fragte mich, warum ich in den letzten Jahren keine einzige Flugreise unternommen habe.

Auf Teneriffa angekommen, machten wir uns gleich mit dem Taxi auf den Weg zu den Rosenbaums.

Die Eheleute waren Mitte 50, braun gebrannt und sehr sympathisch. Sie empfingen uns herzlich, erklärten offen ihre Situation und zeigten uns das Anwesen. Dann erläuterten sie ausführlich, wie sie sich das mit uns vorstellen. Das Konzept hatte Hand und Fuß, der für uns vorgesehene Teil der ländlichen Villa war sehr geräumig, luxuriös und barrierefrei. Es gab drei Zimmer, eine große Essküche, zwei Bäder, eine herrliche Veranda, einen Garten mit Zugang zum Meer und einen bequemen Angelsteg. Auch ein gut sortierter Weinkeller gehörte dazu. Zusammengefasst: ein Traum. Wir bräuchten uns um nichts zu kümmern. Personal sei für uns organisiert, ein Arzt wohne um die Ecke, ein kleiner Jeep würde auch vor der Tür stehen. Was will man mehr?

Mit der Million wäre alles bezahlt, nur etwas Taschengeld für »überflüssige Einkäufe«, wie Frau Rosenbaum meinte, wäre gut. Alles sollte ordentlich vertraglich geregelt werden. Max und ich schauten uns an, nickten uns beiläufig zu, was so viel bedeutete wie: Das scheint o.k. zu sein, wir machen das!

Da war allerdings noch die lästige Sache mit dem Geld. Ich schenkte den Rosenbaums reinen Wein ein, erklärte ihnen, wie die Beschaffung der Million geplant sei und wie die Dinge zurzeit standen. Bei so viel Blauäugigkeit wurden die beiden sichtbar skeptisch, machten aber gute Miene zum riskanten Spiel. Ich hatte den Eindruck, sie hatten letztlich keine Wahl. Weitere Interessenten standen nicht Schlange. Gott sei Dank!

Wie auch immer, in sechs Wochen war Zahltag und es gab noch jede Menge zu tun.

Zurück zu Hause kümmerte sich Max um die Tickets nach San Francisco, um ein Hotel und um die Organisation rund um den Bungee-Sprung. Ich war weiter auf der Jagd nach der Million, weshalb ich nachts, wegen der Zeitverschiebung, dutzende Telefongespräche mit potenziellen Sponsoren auf der anderen Seite des großen Teichs führte, bis dahin aber ohne die kleinste Aussicht auf Erfolg.

Meine üblichen Besuche bei Freunden, die Alltagserledigungen, mein ganzes normales Leben mussten jetzt zurückstehen.

Auch meinen Routinebesuch beim Kardiologen habe ich abgesagt, vor allem aus Sorge, ich könnte mich verplappern und er mir die Aktion ausreden wollen. Das konnte ich jetzt gar nicht brauchen.

Als in der Nacht das Telefon läutete, fing mein Herz sofort zu rasen an. Es war, wie erhofft, Jane aus San Francisco! Sie wollte wissen, wie weit wir sind und wann es losgehen soll. »Es bleibt doch dabei?«, fragte sie und erklärte, sie hätte jetzt Zeit, die Kampagne zu starten.

»Ja, es bleibt dabei«, antwortete ich bestimmt, »allerdings sind wir noch nicht weiter bei der Suche nach einem Geldgeber.«

Jane druckste etwas herum und sagte dann, sie hätte schon eine Idee und wolle sich ab morgen verstärkt damit beschäftigen. Wir sollten uns schon mal um die Reise kümmern, einen Flop könne sie sich nicht mehr leisten, wenn das Projekt erst mal am Laufen sei. Am Montag würde sie noch einmal anrufen.

Als ich auflegte, dachte ich: Das geht jetzt aber schnell! So sind sie eben, die Amis, entweder Ja oder Nein. Ein »Vielleicht« gibt es bei ihnen offensichtlich nicht. Ich hatte »Ja« gesagt und das bedeutete: »No way out!«

Für den Rest der Nacht war an Schlafen nicht zu denken. Zum ersten Mal grübelte ich über diesen Sprung nach. Dabei machte ich mir wegen der Technik keine Sorgen. Ich war aber plötzlich unsicher, ob ich das psychisch verkraften kann oder mein Herz schlicht schlapp macht. Vielleicht würde ich sogar in Ohnmacht fallen?

Eine gefühlte Stunde saß ich schweißgebadet, ohne mich zu rühren, auf der Bettkante. Dann war der Schwächeanfall vorbei!

Max sollte sich unbedingt noch erkundigen, ob es im Amerika beim Bungee-Jumping eine Altersbegrenzung nach oben gibt.

Die Vorbereitungen waren mittlerweile fast abgeschlossen: Der Termin stand, die Tickets nach San Francisco waren ausgedruckt, das Hotel reserviert. Mein Blutdruck stieg stetig.

Jane hatte noch immer keinen Sponsor und die Familie Rosenbaum erkundigte sich jede Woche nach dem Stand der Dinge. In einem Monat war Zahltag! Dann saßen wir im Flugzeug auf dem Weg zur Westküste Amerikas. Ich war ziemlich aufgeregt, Max mimte den Coolen. Wir mussten wegen eines Sturms einen Umweg fliegen und waren schon sechs Stunden über der Zeit. Als zwischenzeitlich die Koffer mit all unseren Pillen vermisst wurden, schaute Max ziemlich blass drein. Aber als Entwarnung gegeben wurde, kehrte wieder etwas Farbe in sein Gesicht zurück.

Der Taxifahrer am Flughafen in San Francisco war Chinese und sprach weder Englisch noch Deutsch, dafür konnte er umso lauter gestikulieren. Es war nicht leicht, das abgelegene, dafür aber preiswerte Hotel zu finden. Am Ende war die Unterkunft doch nicht so günstig, wenn man das Taxigeld zum Hotelpreis addierte. Max hat wohl den Maßstab der Google-Karte nicht richtig eingeschätzt.

Etwas überrascht war ich dann schon, als ich im Hotel unsere Gesichter auf der Titelseite einer Tageszeitung entdeckte. Jane hat wirklich ganze Arbeit geleistet! Ich teilte ihr per Telefon unsere Ankunft und den Namen des Hotels mit.

Bevor wir uns auf ein Nickerchen zurückzogen, komme ich nicht umhin, in die Zeitung zu schauen, in der unsere Fotos abgedruckt waren. Jane hatte eine herzzerreißende Story voller Dramatik, Schmalz und Mitleid verfasst. Sie hat uns beide zu den großen Aufrechten aus Europa hochstilisiert, die San Francisco für den allerletzten Auftritt, die letzte Chance ihres Lebens, ausersehen haben. Die Kampagne lief wohl schon ein paar Tage, wie dem Zeitungsartikel zu entnehmen war. Jane prangerte in ihrem Artikel an, dass sich für die Finanzierung der Aktion keine Sponsoren finden ließen, und rief den allgegenwärtigen »kleinen Mann« zu einer Spendenaktion zur »Rettung der mutigen Alten« auf. Die sehr eingängige Kontonummer 80 83 80 83 war gleich mit abgedruckt. Es müsste doch möglich sein, stand in dem Aufruf, dass Amerika, mit seinen mehr als 300 Millionen Menschen, ein einziges Milliönchen für so eine großartige Sache zusammenbringt! Schon morgen solle der große Tag sein, hieß es weiter. Presse, Radio, TV und einige VIPs hätten sich bereits angekündigt. Nach dem Sprung war eine Pressekonferenz vorgesehen und anschließend sollte eine Spendengala mit zahlreichen Prominenten (die wohl alle auf die Fotos wollten) veranstaltet werden. Die Spendenaktion lief unter dem Motto:»Amerika liebt Helden«. Beiläufig stellte die Zeitung auch die Frage, ob ein über 80zig-jähriger eine solche Belastung, wie sie ein Bungee-Sprung nun einmal darstellt, überhaupt überleben kann? Erfahrungswerte dazu gäbe es bisher nicht. Als ich das alles gelesen habe, rutschte mir mein Herz in die Hose und mein Blutdruck ging weiter nach oben. Jetzt erst wurde mir die Dimension unseres Projektes so richtig bewusst. Max sagte zu all dem gar nichts, er wurde immer stiller und einsilbiger.

Jane kam am Abend noch auf einen Sprung ins Hotel vorbei und begrüßte uns wie alte Bekannte. Sie war eine sehr sympathische und attraktive junge Frau, Ende 50, Anfang 60 vielleicht, selbstbewusst und nicht auf den Mund gefallen. Wir sprachen kurz über den nächsten Tag und gingen noch ihre Checkliste durch.

»Alles klar. Dann bis morgen um 14 Uhr am Bungee-Jumping-Platz auf der Golden Gate Bridge«, verabschiedete sie sich. Für ein Abendessen mit ihr blieb leider keine Zeit, sie war schon auf dem Sprung zum nächsten Termin.

Am Morgen fiel mir das Aufstehen nicht leicht, das Programm für diesen Tag war ja mehr als nur sportlich. Ob es mir aber passte oder nicht, es gab jetzt keinen ehrenvollen Weg mehr zurück.

Max und ich frühstückten recht still, alles lief bedenklich automatisch ab. Ich spürte zunehmend ein flaues Gefühl im

Magen und wünschte mir kurz, dass ich in meinem Zimmer zu Hause aufwache und sich alles als ein Traum entpuppt. Aber schon kam ein Angestellter aus der Hotelrezeption und kündigte das bestellte Taxi an. Dabei grinste er unverhohlen und sagte, mit einem zweideutigen Ton in der Stimme:»Good Luck«, was sich für uns anhörte wie:»Ganz schön mutig, aber, ich weiß nicht ...«

Am Sprungplatz auf der Golden Gate war schon viel Betrieb: Kameras, Mikrofone und Lampen wurden aufgebaut, dutzende, wichtig dreinschauende Gestalten liefen kreuz und quer, es machte den Eindruck eines zusammenhanglosen Durcheinanders. Aber dann ging, wie auf ein geheimes Kommando, alles ganz schnell. Ich wurde angegurtet und kurz eingewiesen. Als ich von der Brücke in den Abgrund blickte, empfand ich eine nicht zu beschreibende Verwirrung und schaute Hilfe suchend zu Max. Unsere Blicke trafen sich und er nickte mir entschlossen zu. Dann ging er, langsam und ziemlich blass, zum Bungee-Jumping-Assistenten und ließ sich auch Festgurten. Ich konnte es nicht fassen: Max hatte offensichtlich beschlossen, mit mir zu springen! Irgendwie war ich froh, gleichzeitig aber sehr besorgt um ihn. Ich versuchte zwar noch, ihn davon abzuhalten, aber sein Entschluss stand unveränderbar fest. Sicher hat er sich das schon länger vorgenommen, es aber vor lauter Angst nicht ausgesprochen. Diese Gedanken lenkten mich etwas ab.

Dann ging alles ganz schnell. Unter dem brausenden Applaus der Zuschauer flogen wir unvermittelt gemeinsam in die Tiefe.

Ich kann nicht beschreiben, was in mir und um mich herum vorging! Ich fiel einem tiefen, dunkelblauen Abgrund entgegen, immer schneller, ohne irgendeinen Bezug zu irgendetwas. Dabei fühlte ich mich jedoch frei und leicht, ohne jede Angst. Ich hätte unendlich lange so weiterfliegen können, bis ans Ende der Welt und noch weiter. Dann aber bremste das Gummiseil abrupt den Traum, noch ein paarmal ging es auf und ab, dann entstand eine unwirkliche Stille. Nur der Helikopter war zu hören, der in kurzem Abstand neben uns flog – nicht etwa, um uns im Notfall zu retten, sondern um mit der Kamera für den TV-Sender die besten Bilder einzufangen.

Als wir nach oben gezogen wurden, waren wir unsagbar erleichtert, glücklich und stolz. Als Erstes testeten wir an unseren Körpern, ob irgendetwas gebrochen, gerissen oder ausgerenkt war. Es schien noch alles zu funktionieren, Gott sei Dank! Die Pressekonferenz meisterten wir dann locker und lässig. Max mimte wieder den Coolen, ich hielt mich im Hintergrund. Am Abend hat uns der Fernsehsender zur Spendengala eingeladen. Es wurde ein Film mit dem Titel »Oldies in old Germany« gezeigt, außerdem wurden Fotos aus unseren beiden Leben, Interviews mit Psychologen, Fallschirmspringern und auch mit einem Astronauten eingeblendet. Zwischenzeitlich erscheinen immer wieder die Bilder aus dem Helikopter, abwechselnd mit den üblichen Werbespots und Wettervorhersagen.

Die Spendenaktion lief auch während der Gala weiter, dabei wurden die einzelnen Spender namentlich in einem Laufband unten am Bildschirm eingeblendet. Wir konnten das Anwachsen der Summe aber leider nicht gut mitverfolgen, da wir ständig interviewt wurden oder mit Autogrammschreiben und Selfies beschäftigt waren.

Max und ich tauschten zwischendurch unsere Erwartungen zum monetären Ergebnis aus. Max meinte: »Die Million kommt sicher zusammen, alles wird gut!« Ich schätzte dagegen, dass es wohl nicht mehr als eine halbe Million werden würde.

Schließlich stöckelte unsere Jane, souverän und ausgelassen, ein Stück Papier, wohl einen Scheck, über dem Kopf schwenkend, auf uns zu. Bevor ich fast ohnmächtig wurde, konnte ich noch die Spendensumme lesen: 2.210.199 Dollar!

Max nahm den Scheck lächelnd entgegen und bedankte sich

eloquent bei allen Spendern, den Zeitungen, den Hubschrauber-piloten, kurz: bei allen Amerikanern! Er war in seinem Element! Nach einer kurzen Erholungspause flogen wir beide über Frankfurt direkt zu unseren künftigen Gastgebern nach Tene-riffa. Die Million konnte rechtzeitig abgeliefert und die Rosen-baums entschuldet werden. Der schon vorbereitete Gastvertrag wurde, wie verabredet, unterschrieben. Die restlichen Dollars hat Max angelegt und einen 15-jährigen Auszahlungsplan ver-einbart, wonach jährlich ein bestimmt auskömmlicher Betrag für »überflüssige Einkäufe« ausgezahlt werden sollte. Die mo-natliche Überweisung reichte auch aus, um, zusätzlich zum vor-handenen Personal, einen einheimischen Koch anzustellen, der uns täglich zum Markt begleitete, wo wir frische regionale Pro-dukte für unsere Küche einkaufen konnten, natürlich mit dem obligatorischen Espresso mit Zigarre danach.

Mit den Rosenbaums haben wir uns schnell angefreundet, wir aßen öfters zusammen, spielten Canasta und genossen den ewi-gen Frühling von Teneriffa. Bei Angelwetter saßen Max und ich am Steg und freuten sich wie die Könige über jeden gefan-genen Fisch, der schon wenige Stunden später in der Pfanne brutzelte. Bei Regenwetter wurden auf der überdachten Veranda die Schachfiguren aufgestellt.

Der Arzt um die Ecke, Señor Gonzales, war ein ausnehmend netter Zeitgenosse, wenn auch mit 65 noch etwas jung und un-erfahren. Da er nur den regionalen Dialekt sprach, konnten wir seine ärztlichen Empfehlungen nicht verstehen. Selbst wenn wir gewillt gewesen wären, ihn zu verstehen, hätte das nichts geändert. Daher gab es auch keine überflüssigen Einschrän-kungen, sodass wir unseren Lebensabend unbeschwert hätten genießen können.

Hätten genießen können!

Wäre da im Hintergrund mit den Rosenbaums nicht einiges schiefgelaufen. Was auch immer passiert ist: Unsere Gastgeber haben ihr Anwesen doch noch verloren und wir, Max und ich, unser Anrecht auf das lebenslange Bleiberecht. Leider haben wir es versäumt, unsere Abmachung auch grundbuchrechtlich abzusichern. Dumm gelaufen! Es waren aber zwei wundervolle Jahre, die ich nicht missen möchte. Max hat sich kurz danach in die ewigen Jagdgründe, wie er immer gesagt hat, verabschiedet. Ich bin jetzt schon ein ganzes Jahr hier, in unserem fabelhaften Knast. Max sei gedankt, bleibt mir, außer der Erinnerung an die wunderschöne Zeit auf Teneriffa, noch ein wirklich auskömmlicher monatlicher Betrag für »unnötige Ausgaben«. Der Sprung von der Golden-Gate-Bridge war am Ende auch in dieser Hinsicht recht nachhaltig.«

Für meine Geschichte gab es viel Beifall, aber natürlich auch misstrauische Mienen. Die Skepsis legte sich erst, als ich per Beamer ein paar Fotos von der Aktion zeigte.

Die anschließende Diskussion war kurz und die wenigen Fragen meiner Freunde konnte ich leicht beantworten:

Ja, ich würde den Sprung jederzeit noch einmal machen. Und: Nein, ich hatte keine Gelegenheit, den Sprung vorher zu üben.

Mich interessierte aber vor allen Dingen, wie Irmi die Geschichte aufgenommen hat. Während des Vortrags habe ich öfters zu ihr geschaut, wie sie in der ersten Reihe gespannt zuhörte, mit roten Wangen und großen Augen. Unsere Blicke trafen sich mehrmals und mir wurde dabei ganz warm ums Herz. Diese Blicke waren für mich an diesem Abend das Allerwichtigste.

Elbphilharmonie

Ich kann die Geschichte unserer Erzählergruppe unmöglich fortsetzen, ohne über den Stand meiner Affäre mit Irmi zu berichten.

Heute habe ich von einigen »Informanten« erfahren, dass sie zurzeit Erkundigungen über mich einzieht. Ob jemand Näheres über mich weiß, meinen ehemaligen Beruf kennt, ob ich Kinder oder Vorstrafen habe und so etwas. Dass sie sich für mich interessiert, macht mir Mut.

Mir ist schon bewusst, dass Liebesgeschichten im Seniorenalter eine andere Geschwindigkeit haben müssen, als bei jüngeren Aktivisten: Obwohl die verbleibende Zeit sehr begrenzt ist, geht es bei uns Älteren deutlich beschaulicher und langsamer zu. Geschwindigkeit hin oder her, ich glaube, ich müsste jetzt aktiv werden. Vielleicht sollte ich Irmi einladen, mit mir einen Spaziergang im Park zu unternehmen. So ein Spaziergang eröffnet ungeahnte Möglichkeiten. Man kann reden, schweigen oder beides. Ich bin gespannt, wie sie auf den Vorschlag reagiert.

Am heutigen Freitagabend unserer Erzählerrunde wird Johannes über seinen Besuch der Elbphilharmonie in Hamburg berichten. Natürlich sind alle sehr gespannt, liegt doch ein solcher Besuch für uns alle im Bereich des Machbaren. Das ist die Geschichte:

»Liebe Freunde der klassischen Musik,
    ihr kennt mich ja, ich heiße Johannes Schubert, war früher Beamter im mittleren Dienst, lebe schon seit fast 2 Jahren hier und bin etwas aufgeregt. Entschuldigt bitte, wenn sich meine Stimme deshalb etwas kratzig anhört.
    Ich möchte euch heute über meinen Besuch der Elbphilharmonie in Hamburg vor drei Monaten erzählen. Es ist nicht nur der Besuch eines Konzerthauses in Hamburg, über den ich be-

richten möchte. Nein, es war ein besonderes Ereignis, etwas zu erleben, was zurzeit nur wenigen vorbehalten ist.

Man sagt, dass die Eintrittskarten schon früher vergeben sind, als der Verkauf begonnen hat. Wegen der großen Nachfrage nach Eintrittskarten hat das Spielprogramm ja eine eher untergeordnete Bedeutung.

Von hier bis in die Elbphilharmonie in Hamburg zu kommen, war für mich eine echte Herausforderung. Aber ich habe es geschafft: Block K, Reihe 13, Sitz sieben! Es war nicht der beste, aber ein guter Platz!

Warum ich wegen einer Musikaufführung eine so weite Reise unternommen habe, ist schnell erklärt: Kurz vor meinem 75-jährigen Geburtstag habe ich verbreitet, dass es mein größter Wunsch sei, einmal eine Aufführung in diesem Konzerthaus zu erleben. Deshalb hat meine Enkelin ihr Erspartes und viel Energie eingesetzt und eine Eintrittskarte für ein Konzert im neuen Wahrzeichen Hamburgs im Internet erstanden.

Nun war ich also da und auf die Akustik im großen Konzertsaal von »Elphi« sehr gespannt.

Elphi, das ist der Kosename des neuen Hamburger Musiktempels, wobei diese Verniedlichung bestenfalls aus einem Kilometer Entfernung nachvollziehbar ist; aus der Nähe oder von Innen machte die Philharmonie eher den Eindruck eines Kolosses, dessen unverwechselbare Dachsilhouette, die eine Wasserwelle darstellen soll, mich sofort in ihren Bann gezogen hat.

Elphi wurde in zehnjähriger Bauzeit errichtet, mitten in der Hamburger Speicherstadt, die den Status eines Weltkulturerbes hat. Das Gebäude steht auf dem ehemaligen Kakao-, Tee- und Tabakspeicher, der im Volksmund auch »Kakaobunker« genannt wird.

Fast 1.800 Pfähle mussten in den Boden der Elbe gerammt werden, damit der Koloss am Ende nicht im Fluss versinkt.

Für die Errichtung der Anlage mit 26 Geschossen wurden knapp 900 Millionen Euro ausgegeben, dreimal mehr, als am

Anfang geschätzt. Damit wurden pro Sitzplatz 150.000 Euro verbaut, was schon rekordverdächtig ist.

Tausende Besucher werden täglich von der Plaza, dem öffentlich zugänglichen Bereich im achten Stockwerk, mit seinem einmaligen Rundumgang mit fantastischer Aussicht auf den Hafen und die Stadt, angelockt.

Der große Konzertsaal mit seinen gut 2.000 bequemen Sitzen ist durch ein ausgeklügeltes Stahlfedersystem vom Gesamtgebäude abgekoppelt. Das soll einer der Gründe für die außerordentlich gute Akustik sein.

Ebenfalls zum Akustikkonzept gehören die mit speziellen Gipsplatten verkleideten Wände, in die, Computergesteuert, rund eine Million individuelle, faustgroße Zellen gefräst worden sind.

Der große Konzertsaal erinnerte mich an das Kolosseum in Rom mit einer weitläufigen Bühne in der Mitte. Angeblich sitzt kein Zuschauer weiter als 30 Meter vom Dirigentenpult entfernt.

Was beim Bau von Elphi alles schiefgegangen ist, werde ich während meines kurzen Besuches sicherlich nicht herausbekommen. Bestimmt ist aber so manches nicht ordentlich gelaufen, was schon allein wegen der unzähligen Beteiligten auf der Hand liegt. Das kann ich aufgrund meiner langjährigen Erfahrung als Hüter der Ordnung mit großer Sicherheit vermuten.

Ich, Johannes Schubert, kann, wenn es um Ordnung und ihr Gegenteil geht, viel erzählen. Den größten Teil meines Lebens habe ich im Dienst der Ordnung zugebracht. Bevor ich zum Leiter des Bezirksordnungsamtes ernannt wurde, habe ich lange im Feld gearbeitet, also im Streifendienst, wo ich unzählige Ordnungswidrigkeiten aufgespürt und zur Ahndung an die Verwaltung oder die Justiz übergeben habe. Zu meinen Kernkompetenzen gehörte insbesondere die Erfassung von Falschparkern. Aber ich schritt auch ein, wenn Kinder über zwölf Jahren auf dem Bürgersteig Fahrrad fuhren, Radfahrer ohne hintere Reflektoren unterwegs waren, Eheleute lautstark einen

Streit austrugen oder Anwohner mit ohrenbetäubender Party-Musik belästigt wurden. Diese und andere Vergehen habe ich gehasst und hasse sie noch immer. Ich verabscheue jede Form von Ordnungswidrigkeit und es verschafft mir große Zufriedenheit, zu wissen, dass ich während meiner Dienstzeit in dieser Hinsicht viel erreicht habe.

Meine Liebe zur Ordnung hat auch in meinem privaten Leben ihren Platz. Meine Frau hat mich schon vor vielen Jahren verlassen, weil sie meinen angeblichen Ordnungswahn nicht mehr ertragen wollte. Ich glaube aber eher, dass sie jemanden gefunden hat, der ebenso chaotisch war wie sie, wenn nicht noch chaotischer. Sie hat niemals Wert auf eine gewisse Grundordnung im Haushalt gelegt. Beispielsweise hielt sie nichts davon, die Kleidungsstücke nach Art, Farbe und Größe sortiert zum Trocknen aufzuhängen. Sie kritisierte auch, wenn ich Lebensmittel nach dem Haltbarkeitsdatum geordnet sortierte. Seit sie weg ist, gibt es an meinem Haushalt nichts mehr auszusetzen. Auch wenn ich zugeben muss, dass ich meistens sehr einsam bin. Man kann eben nicht alles haben!

Im vorliegenden Zusammenhang möchte ich noch klarstellen, dass ich die Musik, insbesondere die klassische, zu einer ordentlichen Unterhaltungsart zähle: Jeder Ton ist gut leserlich aufgeschrieben, jeder Musiker muss die für ihn bestimmten Noten umsetzen und ein Dirigent überwacht die Ausführung. Das nenne ich eine perfekte Ordnung!

Ich saß also in der Elbphilharmonie zu Hamburg und wartete auf den Beginn der angekündigten Musikaufführung, Mahlers »Neunte Symphonie«. Das Werk umfasst vier Sätze, die ohne Pause gespielt werden.

Bevor es losging, stimmten gezählte 148 Musiker ihre Instrumente, was eine nahezu unerträgliche Kakofonie erzeugte. Als endlich der Dirigent mit seinem ordnenden Stab auf die Bühne kam, wurde es erwartungsvoll still. Wohl wegen früherer Verdienste an anderer Stelle wurde er mit lautem Beifall empfangen.

Dann begann der erste Satz, der laut Programmheft die Bezeichnung »Andante comodo« trägt. In der von mir ausgedruckten Wikipedia-Beschreibung stand hierzu: »Anfangs entsteht die Musik aus dem Nichts. Ein Celloton wird von einer Harfe beantwortet und es entwickelt sich ein seufzendes Motiv ...«. Völlig unerwartet überfiel mich die Frage, wie man bei einer Symphonie eigentlich richtig zuhört. »Wenn ich die Noten hier hätte und diese auch noch lesen könnte, wäre ich in der Lage, zu prüfen, ob alles richtig gespielt wird«, sinnierte ich. So aber verselbstständigten sich nach wenigen Minuten meine Gedanken und entglitten ungesteuert irgendwohin. Das war im Grunde ärgerlich, weil die Gedanken ja auch zu Hause auf dem Sofa hätten fließen können und man dafür nicht bis nach Hamburg fahren muss. Ob ärgerlich oder nicht, während sich im Orchester ein »kontrapunktischer Dialog zwischen verschiedenen Instrumentengruppen entwickelte«, entschwanden meine Gedanken unvermittelt nach Peru, auf den Aussichtspunkt des Machu Picchu. Warum gerade dorthin kann ich heute beim besten Willen nicht erklären. Vermutlich, weil dieser Ort mich seinerzeit außergewöhnlich stark beeindruckt hat. Die sagenumwobene, terrassenförmig angelegte Ruinenstadt wurde von den Inkas vor gut 500 Jahren auf 2.500 Metern Höhe errichtet und blieb bis ins 20. Jahrhundert verschollen. Nach Ansicht der Forscher birgt die Ruine noch viele Geheimnisse. Täglich mehr als 2.000 Touristen suchen nach ihnen, bisher ohne Erfolg. In meiner Erinnerung tauchte ein Kondor auf, der auf seinen riesigen Schwingen der Sonne entgegen glitt.

Dann endete der erste Satz der Symphonie, während das Urmotiv »in einem Auflösungsprozess, in höchster Verklärtheit« entschwand.

Da mich dieser erste Satz zu berührenden, längst vergessenen Erinnerungen geführt hat, hätte ich fast Beifall geklatscht. Das macht man aber nur am Ende einer Symphonie, wie ich als kundiger Konzertbesucher gelernt habe. Stattdessen hustete sich das Auditorium die Hälse frei, um, in Anbetracht der besonderen Akustik, im nächsten Satz nicht unangenehm aufzufallen. Es hörte sich an wie im Wartezimmer einer Hals-Nasen-Ohren-Praxis im November.

Dem zweiten Satz hat Mahler die Bezeichnung »Im Tempo eines gemächlichen Ländlers« vorangestellt. Der Dirigent sammelte sich gefühlte 50 Sekunden lang und rief dann die Holzbläser zu einem einfachen Tanzrhythmus auf, »auf welchem die Streicher einen schwerfälligen und derben Ländler intonierten. Immer wieder reihten sich »Motivfragmente aneinander, welche oftmals ins Leere liefen ...«.

Während die Motivfragmente ins Leere liefen, enteilten meine Gedanken wieder, dieses Mal nach Sachsen, wo ich, nach der Zwangsumsiedlung meiner Familie aus Polen in die DDR, als junger Pionier den Aufbau des Sozialismus vorantrieb. Hierzu schleppte ich, ein pubertierender Junge, Dachpfannen von einem Lastwagen auf das Dachgeschoss eines Rohbaus. Dabei fragte ich mich, wie viele Male ich mich die ungesicherte Treppe rauf und runter quälen muss, bis der Sozialismus in die Zielgerade einläuft. Niemals später in meinem langen Leben musste ich mich freiwillig so mühen! Am Ende der Tortur ließ ich mir die Zahl der hoch geschleppten Ziegel in meinem »Buch der guten Taten« von meinem Gruppenführer mit Unterschrift und Stempel bestätigen. Während dieses Vorgangs löste sich das Scherzo des zweiten Satzes »spukhaft immer weiter in seine Bestandteile auf, bevor

zurückbleibende, leere Fragmente das Ende des grotesken Tanzes darstellten«.

Auch jetzt wollte ich spontan Beifall klatschen, konnte mich aber im letzten Moment bremsen. Gott sei Dank!

Nachdem wieder alles abgehustet schien, hob der Dirigent zum Beginn des nächsten Satzes seinen Taktstock. Dieser dritte Satz trug die Bezeichnung »Rondo-Burleske«.

»Das Rondo beginnt mit einem dissonanten Motiv in der

Trompete, das immer wieder zurückkehrt und somit zum Refrain des Rondos wird«, konnte ich bei Wikipedia lesen.

Erschreckend und begeisternd zugleich war aus meiner Sicht das hektische, chaotische Treiben der Töne, das oftmals überaus dissonant wirkte. Nicht unerwartet endete der Satz mit sich »überstürzenden Tonkaskaden, die eine Katastrophe anzukündigen schienen«.

Als das sichtlich geforderte Publikum erleichtert das Satzende begrüßt, stellte ich für mich fest, dass Chaos und Unordnung auch unterhaltsame und spannende Aspekte haben können. Zu einer Rückschau auf weitere Ereignisse meines Lebens ist es in diesem Satz nicht gekommen. Schade!

Ohne größere Pause begann das finale Adagio, das mit »Sehr langsam und noch zurückhaltend« überschrieben ist. Der langsame Beginn des vierten Satzes bringt, nach der Dynamik und Vielfalt der vorangegangenen, eine wohltuende, erhabene Ruhe in das Geschehen.

Man könnte sagen: die Ruhe nach dem Sturm. Diese Ruhe bewirkte, dass ich die Augen schloss und mich unvermittelt auf der Chinesischen Mauer wiederfand. Ich war verblüfft: von der Elbphilharmonie in Hamburg auf die Chinesische Mauer bei Peking in knapp einer Sekunde!

Durch einen Zufall bin ich vor fast 20 Jahren dorthin gekommen, was aber zu einer anderen Geschichte gehört. Um diese Mauer zu errichten, die der Abwehr der Feinde dienen sollte, haben die chinesischen Kaiser den Tod mehrerer hunderttausend Untertanen in Kauf genommen. Die zum Bau Verpflichteten fühlten sich mit großer Wahrscheinlichkeit ganz überwiegend nicht als Feinde dieser Feinde.

Die Große Mauer in China soll das einzige Bauwerk der Erde sein, welches man vom Mond aus sehen kann – was aber bisher keiner der vielen Astronauten bestätigt hat, nicht einmal die Langzeitbesucher der Raumstation ISS, die ja deutlich näher um die Erde kreist als der Mond.

Vielleicht kann man dafür Elphi vom Mond aus mit bloßem Auge sehen, wer kann das schon verneinen? Allein, um diese Frage abschließend zu klären, würde sich eine Sondermission zum Mond schon lohnen, oder?

Die Chinesische Mauer ist mehr als 9.000 Kilometer lang und wurde von den Herrschern vieler Dynastien im Verlauf von mehreren tausend Jahren erbaut. Im Vergleich dazu war die zehnjährige Bauzeit der Elbphilharmonie extrem kurz. Von der Mauer aus hatte ich einen atemberaubenden Blick über die schroffe chinesische Gebirgslandschaft. Getragen von der Musik schwebte ich, völlig entrückt, wie ein Falke von Wachturm zu Wachturm.

Erst am Ende des Satzes öffnete ich meine Augen und hörte das Orchester im Finale der Symphonie. Der Schlussteil, das Adagissimo, stellt laut Wikipedia »den Abschied der Musik von der Welt des Irdischen« dar. Die letzten Takte verschwanden, am Ende kaum noch hörbar, im Nichts. Erst nach vielen Sekunden Stille fanden das Publikum und ich in die Wirklichkeit zurück.

Die Begeisterung entlud sich in einem ungewöhnlich intensiven, sehr kräftig geklatschten Applaus. Der arme Dirigent musste sechsmal bis zum Bühnenausgang und zurück gehen und mehr als 20 Verbeugungen absolvieren, bevor auch die letzten individuellen Beifallsbekundungen der besonders Begeisterten verstummten.

Auch meine Sitznachbarn schauten zufrieden drein. Die Damen unter ihnen eilten jetzt fluchtartig zum Ausgang, vermutlich, um nicht die Letzten in der Toilettenschlange zu sein. Auch in dieser Hinsicht war die pausen freie Darbietung eine Herausforderung.

Um wieder in die reale Gegenwart zurückzufinden, blieb ich noch einige Minuten sitzen.

Als ich das Foyer meiner Etage erreichte, stieß ich auf eine kaum überschaubare Warteschlange vor der Theke, an der die Pausengetränke verkauft wurden. Spontan ging mir durch den

Kopf, dass es wohl nicht falsch wäre, zur Sicherstellung einer geordneten Getränkeversorgung, einen Automaten mit Warte-kärtchen-Ausgabe zu installieren. Noch ehe ich diese Anregung zu Ende denken konnte, bin ich ohne Absicht auf die dritte Position in der Warteschlange geraten. Dafür musste ich die verärgerten Gesichter der übervorteilten Mitbewerber über mich ergehen lassen. Sie sagten aber nichts, bestimmt wegen meines hohen Alters. Das sah ich als eine bodenlose Unverschämtheit an!

Mit der erkämpften Apfelschorle am Stehtisch, der mit einer weißen Husse aufgehübscht war, stellten mein Stehnachbar und ich schnell unseren gemeinsamen Herkunftsort fest. Das Unterhaltungsthema war damit zwar gesichert, die üblichen Plattitüden aber auch.

Unvermittelt erfasste mein ständig wandernder Blick einen Langfinger bei der Arbeit. Er schlenderte gelassen von Tisch zu Tisch und bediente sich mit bewundernswerter Kunstfertigkeit aus den Gesäßtaschen der Herren und den Handtäschchen der Damen und ließ die geklauten Geldbörsen in einer praktischen Tragetasche mit der Aufschrift: Liebe ist überall verschwinden.

Damit war meine Liebe für Recht und Ordnung geweckt! Ich folgte dem Dieb, der sich auf den Weg zur nächsten Etage machte, unauffällig. Der Security-Mann am Aufzug verstand meine Mitteilung schnell und jagte dem Typen nach. Der hat den Ausgang vermutlich nicht ohne Weiteres erreicht!

Wieder eine gute Tat! Ich bin sehr stolz darauf, dass selbst in der großen Elbphilharmonie ohne mich nur Sodom und Gomorrha herrschen würde.

Zum Abschied bat ich eins der netten Servicemädels, ein Foto von mir vor dem Hintergrund der längsten Rolltreppe Europas, die auch »Tube« genannt wird, zu machen. Das leidlich gelungene Bild schickte ich sofort per WhatsApp meiner Enkelin, mit lieben Grüßen und vielem Dank für das großartige Geschenk.

Vielleicht hätte ich das Foto besser im Konzertsaal machen

sollen? Jetzt war die Nachricht aber bereits raus. Um es richtigzumachen, werde ich unbedingt noch einmal hierherkommen. Es ist eine wirklich schöne Vision, Elphi wiederzusehen und auch die Aussichten vom Machu Picchu oder von der Großen Mauer noch einmal zu genießen«, beendete Johannes seinen Vortrag.

Weil die Elbphilharmonie vor nicht allzu langer Zeit eröffnet worden ist, war das Interesse an Johannes Geschichte natürlich besonders groß und der Beifall für seine Erzählung entsprechend lang. Bestimmt hat mancher von uns nach diesem Bericht für sich beschlossen, Elphi möglichst bald in Hamburg zu besuchen. Entsprechend prasselten in diesem Zusammenhang viele Fragen auf Johannes ein:

Wie ist deine Enkelin an die Tickets gekommen, wie viel kostet eine Eintrittskarte, welches Hotel hast du ausgesucht und war es OK? Wie bist du auf die Chinesische Mauer gekommen, hast du für das Aufgreifen des Diebes eine Belohnung erhalten?

Mir ging nach dem Vortrag durch den Kopf, dass es bei Irmi bestimmt gut ankommen würde, wenn ich sie zu so einer Reise einladen würde. Wegen der Entfernung müssten wir allerdings in Hamburg übernachten. Ob im Doppelzimmer oder einzeln, wäre dann zu diskutieren. Aber zuerst müsste ich mich um Eintrittskarten kümmern, was ja offensichtlich mit größeren Problemen verbunden sein soll. Ich nehme mir vor, Johannes zu fragen, ob er seine Enkelin darum bitten könnte. Vorher müsste ich aber Irmi fragen. Damit wird dieser Plan immer komplizierter.

Die Blaue Mauritius

Die vergangene Woche war recht langweilig, in unserer Residenz ist rein gar nichts passiert. Hinzu hat uns der Dauerregen ans Haus gebunden, an einen Spaziergang mit Irmi war nicht zu denken.

Als ich noch berufstätig war, hätte ich an solchen Tagen bestimmt versucht, die Welt zu retten, oder mindestens meine Firma. Obwohl es solche Tage immer wieder gegeben hat, ist die Welt bis heute nicht gerettet und die Firma gibt es nicht mehr.

Also freue ich mich umso mehr auf unseren Freitagabend, wie immer im Friedhofscafé, wo heute alle aus der Gruppe bereits eine halbe Stunde vor Beginn eingetroffen sind.

Heute ist Heinz, unser König der Bettler, wie er sich selbst nennt, an der Reihe.

Heinz ist noch nicht sehr lange in der Residenz. Er lebte viele Jahre lang glücklich auf Mauritius, musste aber wegen einer heimtückischen Krankheit zurück nach Deutschland kommen. Heute will er uns seine ungewöhnliche Geschichte von der Insel Mauritius zum Besten geben:

»Liebe Freunde, an die Zeit, in der meine Geschichte spielt, erinnere ich mich sehr gerne! Ich arbeitete damals als Bettler. Nicht, weil ich das unbedingt musste, nein es waren besondere Umstände, die das erforderten. Ich wollte damals, nein: Ich musste unbedingt auf die Insel Mauritius.

Natürlich war meine Rente für eine solche Reise zu klein, also war ich gezwungen, auf die Straße zu gehen und zu betteln.

Meine Einnahmen als Bettler erschienen mir aus damals beachtlich, täglich ungefähr dreißig Euro, nicht schlecht für fünf Stunden Arbeit, oder? Und das steuerfrei! Das schwankte aber von Tag zu Tag erheblich. Warum die Spenden meiner Kunden von Tag zu Tag so unterschiedlich ausfielen, dafür habe ich bis heute keine plausible Erklärung. Manchmal überwog das Kupfergeld, einen Tag später lagen jede Menge 1- und 2-Euromünzen im Becher.

Am Anfang meiner Bettlerlaufbahn habe ich mich einfach so in der Fußgängerzone aufgestellt und mit trauriger Miene und demütiger Haltung auf Spenden gehofft. Im Verlauf der Jahre, in denen ich diesen Beruf ausübte, bin ich natürlich viel professioneller geworden: Für verschiedene Tageszeiten und Wetterlagen, aber auch für meine unterschiedlichen Stammkunden, hatte ich individuelle Konzepte, um deren Großzügigkeit zu steigern. Inzwischen kann ich, je nach Situation, zwischen traurig, schmerzerfüllt, verzweifelt, krank, unterwürfig, fordernd, freundlich, verwirrt, abwesend und vielen anderen Rollen nicht nur wechseln, sondern die Auftritte auch kombinieren. Im Laufe der Zeit kannte ich meine Pappenheimer, glauben sie es mir.

Auch die Arbeitskleidung war sehr wichtig: Am besten abgenutzt und ausgebessert, aber immer sauber!

Wenn sich zum Beispiel besorgt wirkende Damen näherten, versuchte ich zu vermeiden, hungrig dreinzuschauen. Von diesen Kundinnen bekam ich nämlich oft eine Sachspende, anstatt Geld. Nicht selten wurde ich dann mit zum Bäcker nebenan zitiert, wo ich ein belegtes Brötchen oder ein Stück Kuchen aussuchen musste. Dabei konnte ich den Damen ansehen, was sie dachten: besser etwas zum Essen als zum Saufen oder Rauchen! Im Winter wurde ich nicht selten mit abgelegten, oft sogar mit selbst gestrickten, Pullovern bedacht. Das war bestimmt lieb und praktisch gemeint, aber ich brauchte keine Pullover, ich brauchte Bares!

Das mit den Verpflegungs- oder Kleiderspenden nahm damals immer mehr zu, ich wusste wirklich nicht, wohin mit den vielen belegten Brötchen und den Klamotten. In der Regel verschenkte ich sie weiter, an wirklich Bedürftige.

Beim Betteln ist es bis heute unabdingbar notwendig, den Mund zu halten! Nur stummes Betteln wird von der Behörde in unserer Stadt geduldet. Dagegen ist es strafbar, die Kunden anzusprechen, zu bedrängen oder gar zu beschimpfen. Schon einige Male hat einer von uns für solche Auftritte einen Platzverweis erhalten und musste in eine andere Stadt umziehen. Das war dann mehr als nur ärgerlich, man hatte sich hier mit sehr viel Mühe eingerichtet und musste dann woanders ganz von vorne versuchen, Fuß zu fassen.

Überhaupt ist das Betteln auf der Straße nicht so einfach, wie es aussieht! Es geht schon mit dem Arbeitsplatz los, den man sich nicht einfach aussuchen oder gar vom Ordnungsamt zuweisen lassen kann. Vielmehr muss der Platz schlicht erkämpft werden. Oder von einem Gönner »vermacht« werden, zum Beispiel von einem Kollegen, der aufgibt und zu Hartz IV wechselt.

Ich habe meinen Platz von Locke übernommen, so wurde Manfred, der Dicke mit dem dichten Lockenkopf, genannt. Locke konnte nicht mehr und ist ins Altersheim zum Sterben umgezogen, wie er sich ausgedrückt hat.

Nein, Spaß machte die Bettelei beileibe nicht. Sie ist nicht nur sehr anstrengend, sondern die meiste Zeit auch langweilig und immer entwürdigend. Man kann sich kaum vorstellen, welche Ratschläge uns manche Kunden geben, meistens, ohne auch nur einen Cent in den Plastikbecher zu werfen: »Wie wäre es mal zur Abwechslung mit Arbeit?«, oder: »Ein Banküberfall bringt mehr ein, also los, beweg dich« und vieles mehr in der Art. Als wenn das nicht schon genug wäre, machten uns organisierte Bettelbanden aus Osteuropa unsere Plätze strittig, oft mit roher Gewalt.

Ehe ich mich damals auf die Straße gestellt habe, habe ich schon viel versucht, um an Geld zu kommen: zum Beispiel Werbeprospekte verteilt, Pfandflaschen gesammelt, auf Supermarktparkplätzen Einkaufswagen zurückgestellt und das Wagenpfand kassiert, im Bahnhof um den letzten noch fehlenden Euro für die Fahrkarte zu meiner schwerstkranken Mutter gebettelt und solche Sachen. Das funktionierte zwar auch, aber es fehlte das Gefühl, dazuzugehören, an seinem Arbeitsplatz Teil des Ganzen zu sein. Es fehlten auch die persönlichen Kontakte zu den Stammkunden, den Verkäuferinnen in den Geschäften, den Straßenreinigern und auch den Ordnungsamtsbeamten, die regelmäßig streife gehend vorbeikamen und stets einen lockeren Spruch draufhatten. Ja, es ist ein kleines, abgeschlossenes Universum, in dem man als Bettler arbeitet.

Auch der Tag eines Bettlers hat einen Rhythmus. Wenn die Kirchturmuhr halb Sieben schlug, die meisten Geschäfte schlossen und die Fußgängerzone zunehmend leerer wurde, machte ich in der Regel Feierabend und freue mich auf ein leckeres Abendessen zu Hause.

Ja, ich hatte eine schöne Wohnung, mit zwei Zimmern, Bad und Balkon und auch ein kleines Auto vor der Tür, dass ich aber kaum benutzte, meistens nur zum Einkaufen im Supermarkt.

Mit meiner kleinen Rente kam ich ganz gut über die Runden, die Einnahmen aus der Fußgängerzone brauche ich nicht zum Leben.

Trotzdem waren diese Einnahmen für mich lebenswichtig: Seit fünf Jahren, seit ich in Rente war, sparte ich für meinen Lebenstraum, für meine Reise nach Mauritius, einer kleinen Insel im Indischen Ozean!

Allein der Gedanke an diese Reise machte mich glücklich. Nein, er hielt mich am Leben. Schon als Kind, als ich anfing, Briefmarken zu sammeln, hat mich die Geschichte der »Blauen Mauritius« in den Bann gezogen. Seit meinem achten Lebensjahr stand für mich unumstößlich fest, dass ich dorthin reisen musste. In meiner Fantasie habe ich mir immer wieder vorgestellt, dort, am weißen Strand, eine versteckte Höhle zu finden, in welcher Hinweise auf den Verbleib der verschollenen Briefmarken vergraben waren. Wie ich auf diese Idee gekommen bin, kann ich heute nicht mehr sagen. Ein solcher Fund wäre sensationell, für alle Philatelisten, aber auch für die Medien. Dieser Schatz konnte aber nur von mir gefunden werden. Von mir, weil ich der Einzige war, der davon wusste.

Deshalb musste ich so schnell wie möglich auf die Insel. Das versteht sicher jeder, oder?

Das Traumbild von der Höhle auf Mauritius hat sich in mein Bewusstsein fest eingegraben, im wahrsten Sinne des Wortes. Eine Reise dorthin hat sich im Laufe der Jahre zu meinem Lebensziel verfestigt, dem ich zwangsläufig alles andere unterordnen musste.

Schon früh habe ich alles, was es über die Blaue Mauritius zu erfahren gab, aufgesogen, wie ein trockener Schwamm das Wasser.

Die Briefmarken wurden 1847 in einer Auflage von zweimal 500 Stück, jeweils in Blau (Ein-Pence-Marke) und in Rot (Zwei–Penny-Marke) gedruckt, als die britische Kolonialmacht auf Mauritius den Postdienst einzurichten begann. Die Marken sollten später, wegen eines angeblichen Druckfehlers, als die Blaue und die Rote Mauritius weltberühmt werden. Warum das blaue Exemplar berühmter geworden ist als das rote, ist nicht überliefert. Zurzeit sind nur die Besitzer von 27 Exemplaren bekannt. Ein Sammler namens Moens hat ein spezielles Verzeichnis angelegt, wohl ähnlich dem Köchelverzeichnis, in dem seit 1867 alle Werke Mozarts, dessen absoluter Fan ich schon immer war, verzeichnet sind.

Wie extrem die Sammelleidenschaft der reichen Philatelisten ist, zeigt zum Beispiel der Ankauf des wohl berühmtesten Exponates, des sogenannten Bordeaux-Briefes, der mit einer blauen und einer roten Marke frankiert ist. Auf einer Auktion in London im Jahre 1993 wechselte er für den stolzen Preis von gut 5 Millionen € den Besitzer!

Ich selbst sammelte damals nicht mehr, meine Kollektion ist schon vor vielen Jahren gestohlen worden, bei einem Wohnungseinbruch. Noch einmal von vorne beginnen, konnte und wollte ich damals nicht.

Nicht lange vor dem Einbruch hat sich meine Frau vom mir getrennt, angeblich, weil ich mehr Zeit mit meinen Briefmarken als mit ihr verbrachte. Diese Behauptung konnte ich zwar nicht konkret überprüfen, aber sie könnte richtig gewesen sein. Aber ich konnte damals nicht anders, so eine Sammlung stirbt sozusagen, wenn man sich nicht kümmert. Es sind immer Lücken zu schließen, zum Beispiel bei Serien. Ich musste zu Versteigerungen fahren, wenn zum Beispiel Stücke, hinter denen ich schon lange her war, unter den Hammer kamen. Manche Exemplare mussten durch Marken mit besseren Zustand ausgetauscht werden, die fast täglich angekündigten Neuerscheinungen mussten beobachtet werden, und so weiter. Da blieb nicht viel Zeit für gemeinsame Unternehmungen, irgendwann muss der Mensch auch mal schlafen.

Seit meine Frau weg ist, lebe ich ziemlich zurückgezogen und bin mit meinem Fernseher meistens allein. Die Rente ist durch den Versorgungsausgleich fast unter Hartz IV gerutscht. Aber, wie gesagt, ich komme über die Runden.

Das alles ist heute Geschichte, genau wie meine Arbeit in einem Zentrum für Retouren, wo ich über zwanzig Jahre lang die per Internet gekauften und dann wieder zurückgeschickten Waren »entsorgt« habe.

Man muss dabei schon von Entsorgung sprechen, denn das meiste wurde weggeworfen. Natürlich nicht die wertvolleren Sachen, wie zum Beispiel Uhren oder HiFi-Geräte. Aber fast alles aus dem Bereich Klamotten kam unbesehen auf einen großen Haufen, der dann regelmäßig von einem Entsorger Dienst abgeholt wurde. Ich war für die Rücküberweisungen der Kaufpreise zuständig, eine verantwortungsvolle, wenn auch miserabel bezahlte Tätigkeit.

Aus dem Berg der Retourenklamotten habe ich damals ab und zu einige Stücke mitgenommen und an bedürftige Personen verschenkt.

Dadurch wurde ich in der Szene bekannt und respektiert, was zu vielen, wirklich guten, Freundschaften geführt hat. In dieser Zeit habe ich mich auch mit Locke angefreundet, das ist der Typ, der mir später seinen Platz in der Fußgängerzone vermacht hat.

Zu meiner Mauritius Geschichte gehört unbedingt mein Freund Maximilian.

Als ich Max kennenlernte, war ich gerade ich in der Fußgängerzone beschäftigt. Ich erinnere mich, dass an diesem Tag starker Regen fiel und ein kräftiger Wind die Menschen von der Straße in die Geschäfte gefegt hat.

Damals war Max für mich ein ganz normaler Kunde, mittelgroß, normal angezogen, glattrasiert, bestimmt über sechzig. Als er mit einem Geldschein in der Hand auf mich zu kam, war mir sofort klar, dass er reden wollte. Das kommt in der Branche nicht selten vor, manchmal sind wir auch als Seelsorger gefragt. Max machte bei unserem ersten Kontakt einen sehr geknickten Eindruck. Er kam schnell zur Sache und fragte, wann ich Feierabend mache und ob er mich auf ein paar Bier einladen dürfe. Bei diesem Wetter war das natürlich keine Frage, obwohl ich planmäßig noch mehr als eine Stunde hätte arbeiten sollen. Also gingen wir nach nebenan und haben über zwei Stunden geredet, er über sich, ich über mich und wir beide über die Missstände überall.

Max hat sein Leben lang hart gearbeitet und dabei ein mittelgroßes Vermögen aufgebaut: ein eigenes Haus für die Familie, 12 Mietwohnungen, ein paar Autos, genug Bargeld für Sonstiges. Dann kamen mehrere Schicksalsschläge: Todesfälle, schwere Erkrankungen, Scheidung. Unvermittelt war er allein, hatte zwar genug Geld, war aber einsam und isoliert.

Ich will es kurz machen: An dem Tag, als wir uns kennengelernt haben, haben wir uns gleich angefreundet, wir, ein ziemlich ungleiches Paar: er Millionär, ich Bettler. Er unglücklich, ich voller Enthusiasmus. Wir beide ohne Familie, ohne irgendeine Bindung oder Verpflichtung. Erst vor wenigen Wochen musste auch noch sein letzter Halt, sein über alles geliebter Begleiter, der Hund Moritz, nach einem tragischen Autounfall, eingeschläfert werden. Seitdem kam er gar nicht mehr klar, verbrachte seine Zeit in Kneipen, trank viel und suchte kaum noch nach einem

Ausweg. Seit unserem ersten Treffen hat er mich jeden Tag in der Fußgängerzone besucht, meistens zum Feierabend. Dann haben wir noch eine Weile geredet. Immer über Moritz, oft über Mauritius, manchmal über beides.

Zuerst war es nur ein flüchtiger Gedanke, eine nicht ernst gemeinte Frage:»Sollen wir beide uns nicht gemeinsam nach Mauritius aufmachen?« Ich wegen der Briefmarken, Max einfach so.

Mit der Zeit ist aus der Idee ein fester Entschluss geworden: Max hat beschlossen, mitzufahren!

Ich hatte das nötige Geld für die Reise zusammen, es müsste für den Flug, ein gutes Hotel und für die üblichen Ausgaben für gut einen Monat reichen. Max brauchte über Geld nicht nachzudenken, er hatte genug davon. Wir verabreden, dass unsere Reisekassen getrennt bleiben, das ist bestimmt besser so, da sind wir uns einig. In zwei Wochen sollte es losgehen.

Max kümmerte sich um die Tickets, ich war für den Rest zuständig. Viel zu recherchieren brauchte ich aber nicht mehr: wie das mit einem Visum läuft, ob wir Impfungen brauchen oder Geld wechseln müssen, welche Klamotten man um diese Jahreszeit auf Mauritius braucht und so weiter. Da ich diese Reise in Gedanken schon hundertfach gemacht habe, wusste ich die Antworten natürlich ganz genau.

Es war mein erster Flug überhaupt und ich war sehr aufgeregt. Max war die Ruhe selbst, er tat so, als wenn er jeden Tag irgendwohin fliegen würde.

Wir flogen die ganze Nacht. Max hat geschummelt und für uns, gegen einen kräftigen Aufpreis, den er aus seiner Tasche bezahlt hat, Plätze mit besonders großer Beinfreiheit und einem Premium-Service gebucht. Ich musste zugeben, es war schon angenehm, einen Millionär zum Freund zu haben. Aber, soviel Geld für ein bisschen mehr Platz ausgeben, das werde ich bestimmt nicht mehr lernen.

Am Morgen, beim Anflug auf den Flughafen von Mauritius,

sehen wir unter uns die Insel mitten in einem spektakulären Wasserfall liegen. Es sieht unwirklich aus, wie in einem Märchen. Unsere Sitznachbarn klären uns aber auf:»Es ist nur eine optische Täuschung, es sind Felsformationen unter Wasser! Jeder, der das zum ersten Mal sieht, fällt darauf rein«.

Über den internationalen Flughafen von Mauritius, der offiziell»Sir Seewoosagur Ramgoolam International Airport of Mauritius« heißt, gab es damals nichts wirklich Aufregendes zu berichten. Die Landebahn war lang genug, um selbst die großen Flieger, wie zum Beispiel die A380, dort landen zu lassen. Die Passagiere waren ganz überwiegend Urlauber, die mit ihren Ausgaben zunehmend für einen guten Teil der Wirtschaftsleistung des Inselstaates sorgen. Der Inselstaat hat gut eine Million Einwohner und gehört zu den wohlhabenden Ländern in Afrika. Neben der Hauptinsel gehören noch weitere kleinere Inselgruppen zum Staat Mauritius.

Der Verkehr auf Mauritius wird, damals wie heute, weitgehend mit Autos abgewickelt. Es verkehren aber auch öffentliche Busse, wobei an den Haltestellen immer lange Schlangen wartender Menschen stehen.

Ein Grund dürfte sein, dass nach einem kuriosen Gesetz nicht mehr Passagiere in den Bus dürfen, als Sitzplätze vorhanden sind.

Auf der Fahrt mit dem Taxi in die gut 30 Kilometer entfernte Hauptstadt Port Louis kehrte bei uns Ernüchterung ein. Wir fuhren im Linksverkehr auf einer Art Autobahn, durch eine unspektakuläre grüne Landschaft und vermissten insgeheim die auf allen Urlaubsprospekten abgebildeten bunt schillernden Palmen-Blumen-Strand-Bilder.

Unser Hotel, das ich für den Anfang im Internet ausgesucht habe, lag idyllisch in Strandnähe, nahe Port Louis, machte aber einen ziemlich verstaubten Eindruck. Max und ich waren, trotz der teuren Flugtickets, von der Reise ziemlich geschafft und fielen sofort in die Betten.

Die erste Nacht im Hotel war für mich grauenhaft. Ich schlief kaum, meine Gedanken fanden keinen Halt. Die schwüle Hitze behielt die Oberhand über den klapprigen Klimaapparat. Außerdem war das Zimmer verstaubt, das Personal bewegte sich, wenn überhaupt, nur im Zeitlupentempo. Wir waren uns einig: in diesem Hotel können wir nicht bleiben!

Beim Frühstück auf der Terrasse passierte dann etwas völlig Unerwartetes: Max verliebt sich von »jetzt auf gleich«! Sie ist an unseren Tisch gekommen, hat sich sofort Max zugewandt und ihn mit ihren riesengroßen, treuen Augen angesehen. Sie hat nicht gebellt, auch nicht mit dem Schwanz gewedelt, sie hat Max einfach nur angeschaut.

Dass sich daraus eine echte Liebesbeziehung entwickeln würde, konnte zu diesem Zeitpunkt noch keiner ahnen. Auch deshalb nicht, weil in den Urlaubsressorts auf Mauritius ungezählte Hunde und Katzen herrenlos herumlaufen und es fast schon normal ist, dass sie an die Tische der Restaurants kommen und mit großen Augen die gefüllten Teller anstarren.

Bei diesem ersten Frühstück ist ohne Zweifel mit Max etwas passiert, aber nichts, was mir Sorgen machen sollte, dachte ich. Ich vermutete, dass die wirklich schöne Hündin eine gewisse Ähnlichkeit mit seinem verstorbenen Moritz hatte, oder dass er Mitleid mit dem schlechten Allgemeinzustand des Tieres hatte, oder dass es einfach Liebe auf den ersten Blick war. Als die Hundedame genug gefressen und getrunken hat, zogen wir beide los, um ein anderes Hotel zu finden, möglichst nahe am Strand, damit ich bei meiner Suche nach der versteckten Höhle keine langen Anlaufwege hatte.

Als wir mit unserem Gepäck das Hotel verlassen, sagte Max nichts. Ich sah ihm aber an, dass er fest entschlossen war, so bald wie möglich wieder hierherzukommen, um die schöne Hündin wiederzusehen.

Die Suche nach einer akzeptablen Unterkunft gestaltete sich recht kompliziert. Wenn uns ein Ressort gefiel, wurde ein horrender Preis verlangt. War der Preis in Ordnung, dann war das Hotel daneben. Am Ende mussten wir einen, aus meiner Sicht, beachtenswert hohen Zimmerpreis akzeptieren. Ich stimmte zu, wenn auch nur für den Übergang, bis wir etwas Passenderes gefunden haben. Max scheint die Preisfrage zu langweilen, aber er feilschte mit, wohl, um mir seine Solidarität zu zeigen. Ich war sehr dankbar, dass er nicht immer den Millionär heraushängen ließ.

Das neue Hotel war ganz ansprechend, es lag in unmittelbarer Strandnähe, hatte einen gepflegten Garten, das Restaurant und der Pool luden zum Verweilen ein. »Was will man mehr?«, äußert Max.

Obwohl wir letzte Nacht über 10 km östlich von hier übernachtet haben, wurde Max zum Frühstück von seiner geliebten Hundedame schon erwartet. Sie ist ihm also gefolgt. Wie sie uns gefunden hat, war nicht nachvollziehbar. Es war wieder dieser Blick, der Max scheinbar hypnotisierte. Damit das Mädel einen Namen hat, sagte Max nur ein einziges Mal »Leila« zu ihr. Das scheint sie wohl als eine Adoption aufgefasst haben. Sie hörte ab sofort auf diesen Namen und folgte Max auf dem Fuß, wohin er auch ging.

Ich hatte keine Idee, wo ich mit der Suche nach der »Briefmarkenhöhle« beginnen sollte. Irgendwo musste ich aber anfangen und besorgte mir im Hotel eine Landkarte, in der ich den Strand in der Umgebung in Abschnitte von ca. drei Kilometern einteilte. Der Plan war, diese Abschnitte systematisch Tag für Tag durchzukämmen, bis ich »meine Höhle« gefunden habe. Falls ich sie hier nicht finden kann, werde ich die Suche auf andere Strände ausdehnen.

Während ich meine Vorbereitungen für die Höhlensuche traf, beschäftigte sich Max mit der Frage, wie er den vielen herrenlosen Hunden und Katzen helfen könnte. Schon am ersten Abend im neuen Hotel verkündete er beim Abendessen seinen Entschluss:»Ich werde eine Weile hier auf Mauritius bleiben, ein kleines Anwesen kaufen und mich um die armen Kreaturen kümmern«. Diesen Entschluss nahm ich zuerst nicht allzu ernst. Aber schon am nächsten Tag fuhr Max nach Port Louis, suchte einen Immobilienmakler auf und beauftragte ihn, etwas Passendes zu finden.

Ja, so sind sie, die erfolgreichen Leute, da wird nicht lange gefackelt, da werden Nägel mit Köpfen gemacht, wie man so sagt. Wenn ich ehrlich bin, beneidete ich Max wegen seiner Entschlussfreude und Dynamik.

Aber, na ja, selbst wenn ich auch so eine Dynamik an den Tag legen würde, gingen die Banken so ohne Weiteres bestimmt nicht mit.

Meine Höhlensuche ist bisher ohne nennenswerten Erfolg geblieben. Im ersten Feld habe ich lediglich eine kleine Auswaschung im Sand entdeckt, die aber Mitte des 19. Jh. kaum schon bestanden haben dürfte.

Während Max verschiedene Objekte zur Verwirklichung seines »Rettungsplans« im näheren und auch im weiteren Umfeld besichtigte, arbeitete ich mich durch meine in die Karte eingezeichneten Suchfelder. Natürlich war mir »im Hinterkopf« mehr oder weniger bewusst, dass es »meine« Höhle wahrscheinlich gar nicht gibt. Und wenn es sie doch geben sollte, ich sie wahrscheinlich nicht finden werde. Und dass ich auch keinen Hinweis auf die verschollenen Briefmarken ausgraben würde.

Trotz aller Bedenken ließ ich mich aber nicht davon abbringen, weiter nach den Bildern aus meinem Kindheitstraum zu suchen. Ich wusste, dass ich ohne diese Suche niemals aufhören könnte, an die Höhle zu denken.

Um es kurzzumachen: am zwölften Tag meiner Suche fand ich meine Höhle! Tatsächlich: Ich fand meine Höhle auf Mauritius! Sie sah genauso aus, wie ich sie mir ein Leben lang vorgestellt habe.

In der Höhle fand ich auch einen vergilbten, verschlossenen Brief, adressiert an einen gewissen Anando! Mehr konnte ich nicht lesen, es war eine mir unbekannte Schrift, die ich keiner mir bekannten Sprache zuordnen konnte. Auf dem Umschlag war auch ein Datum vermerkt: 12.07.1850!

Das passt, verdammt noch mal, das passt! Jubelte ich lauthals. Ich versuchte, ruhig zu bleiben. Dem Impuls, den Brief sofort aufzureißen, gab ich nicht nach, auch wenn es mir schwerfiel. Erst einmal nachdenken! Was sollte ich tun?

Meine Gedanken drehten sich im Kreis. Erstens werde ich den Brief bestimmt nicht lesen können. Zweitens wird man mir nicht glauben, dass ich den Brief nach so langer Zeit gefunden habe. Es wird besser sein, die zuständige Behörde aufzusuchen, wo das Fundstück offiziell geöffnet werden könnte. Am besten in Anwesenheit eines Notars. Und eines Übersetzers. Und der Presse. Ja, so mach ich das.

Aufgeregt lief ich ins Hotel, um Max von meinem Fund zu erzählen. Der lag am Pool und genoss einen Cocktail und fragte, was los sei, ich sähe so angespannt aus. »Komm, nimm erst einmal einen Drink und dann erzähle«.

Max meinte, mein Fund böte genug Anlass, ein ganz großes Fass aufzumachen. Er sah schon die Schlagzeilen: »Zwei Touristen aus Deutschland finden auf Mauritius den Schlüssel zu den seit Jahrhunderten verschollenen Mauritius-Briefmarken«.

Er telefonierte fast zwei Stunden und beförderte meinen Fund in die Charts des weltweiten öffentlichen Interesses, als ob eine neue Epoche in der Philatelie begonnen hätte.

Max ist auch fündig geworden. Für ein nicht kleines ländliches Anwesen hat er eine Kaufoption erlangt, für einen Monat! Er wollte ernsthaft auf Mauritius bleiben um sich um die herrenlosen Tiere zu kümmern. Im Vergleich zu unserer ersten Begegnung war Max wie ausgewechselt. Er war begeistert und voller Lebensfreude. Die neue Aufgabe nahm ihn voll in Anspruch, er arbeitete ohne Pause, um alles Notwendige für seine Aufenthaltsgenehmigung für Mauritius und den Immobilienerwerb auf den Weg zu bringen. Er hatte auch schon einen Architekten verpflichtet, der das Haus nach seinen Wünschen umbauen sollte.

Beim Abendessen bot Max mir an, als Verwalter auf seine Farm zu ziehen. Platz und Arbeit sei genug da! Und ich sollte ein ordentliches Gehalt bekommen!

»Ich will darüber nachdenken«, antworte ich, »aber nur, wenn ich heute die Restaurantrechnung bezahlen darf«. Das schien ihn sehr zu beeindrucken. Später gestand er mir, dass noch nie jemand seine Rechnung bezahlt hat und dass diese »Premiere« ihn sehr nachdenklich gemacht hat, in Bezug auf unsere Freundschaft und so.

»Wer weiß, was aus dem Höhlenfund wird, vielleicht werde ich auch noch Millionär und dann biete ich dir an, bei mir zu wohnen?«, antworte ich, von der Stimmung getragen.

Eine Woche später wurde im Rathaus von Port Louis die öffentliche Öffnung des Briefes anberaumt, wodurch der Verblieb der seit 1847 verschollen geglaubten Erstdrucke der Blauen und Roten Mauritius geklärt werden könnte. Nein: aufgeklärt wird!

Neben dem Bürgermeister der Hauptstadt waren bei der Öffnung des vergilbten Umschlages ein Notar, ein professioneller Übersetzer und die Reporter der wichtigen Zeitungen und Fernsehsender vertreten. Und natürlich ich, der Finder des so wichtigen Dokumentes.

Nach den einführenden Worten des Bürgermeisters und der notariell überwachten Öffnung des vergilbten Umschlages verkündete der Übersetzer die im Brief enthaltene Botschaft. Nachdem er den Text, in Vorbereitung der Übersetzung, überflogen hat, konnte er ein mittelstarkes Grinsen nicht unterdrücken. Dann übersetzte er so:

Anando, du Mistkerl!

Wir waren gestern hier verabredet! Ich habe eine volle Stunde auf dich gewartet, du bist aber nicht gekommen. Und sage nicht, du wärest

krank gewesen. Mein Bruder hat dich mit Meena im Wald gesehen!
Mit uns ist es für immer aus! Ich treffe mich gleich mit Kasi.
Fahr zur Hölle, du Schuft!

Sarala

Seit der mehr als peinlichen Veranstaltung in Port Louis sind
einige Wochen ins Land gezogen, ehe das Lachen über die fast
wiedergefundenen historischen Marken langsam abgeebbt ist.
Böse Zungen behaupteten, man hätte das Lachen sogar auf den
Nachbarinseln gehört, was aber sicher übertrieben war.

Max, Leila und ich sind noch einige Jahre auf Mauritius geblieben und haben uns um die Tiere gekümmert. Es war eine
großartige Zeit!

Max hat sich völlig verwandelt: Der unglückliche, griesgrä-
mige und isolierte Millionär ist zu einem glücklichen Menschen
mutiert. Einer, der vor Lebensfreude nur so sprühte und jeden
Tag in vollen Zügen genoss. Fast immer war er irgendwo am
Strand zu finden, wo er sich mit den Urlaubern austauschte oder
ausgedehnte Wanderungen mit Leila unternahm.

Ich war meistens auf der Farm beschäftigt, kümmerte mich
um das, im niederländischen Stil renovierte, Anwesen, organisierte die Verpflegung der herrenlosen Hunde und Katzen und
kümmerte mich um die Spenden der Touristen, die dank meiner
Initiative aus den meisten Urlaubsressorts kontinuierlich auf das
Konto der Station flossen. Bei der Organisation des Spenden-
flusses waren mir meine fundierten Kenntnisse aus meiner Zeit
als Bettler sehr nützlich.

Max und ich sind Freunde geworden, ohne Wenn und Aber,
auf gleicher Augenhöhe.

Ich habe wieder angefangen, Briefmarken zu sammeln. Wich-
tigstes Exponat meiner Sammlung ist bis heute der vergilbte
Brief von Sarala, der Betrogenen, an Anando, den Schuft und
Mistkerl.

Meinetwegen hätte es noch hundert Jahre so weitergehen können. Aber, wie ihr wisst, hat das Schicksal anders entschieden und mir eine völlig unnütze Krankheit verpasst. Jetzt bin ich hier in der Residenz und warte, wie wir alle, auf ein Wunder.«

Wir waren uns einig: Die Geschichte und der Vortrag über das Betteln und die Insel Mauritius waren einfach großartig! Entsprechend breit gefächert war die anschließende Diskussion. Besonders das Thema »Betteln« hat viele interessiert. Heinz musste dazu viele Fragen beantworten, wie zum Beispiel: Wie viel kann man mit Betteln monatlich verdienen? Nimmt man beim Betteln von den Bäckerei-Spenden gut zu? Werden in von den Bettlerkreisen viel Alkohol und Drogen konsumiert? Was halten die Bettler von uns »Kunden«? Wo übernachten sie, wenn sie keine eigene Wohnung haben?

Aber auch über die Insel selbst wurde rege nachgefragt: Wie lange fliegt man dorthin? Wie viel kostet dort ein Urlaubsaufenthalt? Darf man Tiere aus Mauritius mitbringen? Was isst man dort typischerweise? Wie ist die ärztliche Versorgung auf Mauritius?

Heinz hat alle Fragen ausführlich und mit sichtbarem Stolz beantwortet. Schließlich stand er in seinem bisherigen Leben nicht sehr oft im Mittelpunkt.

Die Ballerina

Unsere Gesa, ein kleines, schmales, zurückhaltendes Persönchen, ist schon lange vor Beginn unserer heutigen Freitagsrunde im Friedhofscafé erschienen. Schon um halb acht steht sie, in perfekter Körperhaltung, am Rednerpult und macht den Eindruck einer Tänzerin, die sich vor Ihrem Auftritt »warm tanzt«. Gesa wird von uns allen »Die Ballerina« genannt, was sie sehr gerne hört. Für heute hat sie einen kurzen, biografischen Vortrag angekündigt. Da wir alle wissen, dass es nicht ihre Art ist, ausschweifend zu erzählen, erwarteten wir eine relativ gestraffte und informative Geschichte. Als Gesa beginnen will, kann man sie kaum verstehen da das Mikro nicht angestellt ist. Als das geregelt ist, erzählt sie uns mit leiser, aber fester Stimme die Kurzfassung ihres Lebens:

»Hallo ihr Lieben, ihr kennt mich ja, ich bin Gesa, die Tänzerin. Auf diesen Abend habe ich mich nicht sehr gefreut, weil ich als Sprecherin grottenschlecht bin. Viel lieber hätte ich Euch etwas vorgetanzt, aber dazu müsste ich mich erst umziehen und ich glaube nicht, dass Ihr so lange warten wollt, oder? Also fange ich einfach an:

Jede Aufführung ausverkauft, ob in London, Paris oder Rom. Tosender Beifall, das Publikum applaudierte frenetisch, Vorhang auf, zu, auf, zu ...

Damals, vor fast 40 Jahren, schrieben alle großen Zeitungen: »Dieses Mädchen hat das Tanzen neu erfunden! Nie zuvor hat jemand so authentisch, so leicht getanzt!«. Namhafte Kritiker haben mich sogar zu einer »Primaballerina Assoluta« erhoben, was ja »die Beste ihrer Zeit« bedeutet.

Ich war erfolgreich auf allen wichtigen Bühnen der Welt, nicht nur mit Klassikern, wie Schwanensee oder Nussknacker, auch, und besonders, mit modernen Stücken. Alle Bühnen standen mir weit offen, ich konnte bestimmen wo, wann und was ich tanzte.

Bis vor Kurzem saß ich fast jeden Abend in meinem engen Verkaufsraum an der Abendkasse im Staatstheater. Ich hatte dort regelmäßig kaum etwas zu tun, die meisten Karten waren im Vorverkauf schon abgesetzt, für mich blieben nur die wenigen Restkarten und die Retouren. Trotzdem war es für mich ein guter Job: Wenn ich zu Beginn der Aufführungen meinen Kassenschalter schließen konnte, durfte ich noch schnell in den Theatersaal huschen und mir die Vorstellung in einem der leer gebliebenen Sitze anschauen. So hatte ich an jedem Arbeitstag eine freie Aufführung und ich musste den Abend nicht allein verbringen.

Fast 20 Jahren saß ich in dem Kassenhäuschen, sechs Tage in der Woche. Warum ich das machte, ich, die große Ballerina? Ganz einfach: um zu überleben! Tag für Tag das Gleiche: den Verkaufscomputer starten, die Kasse öffnen, die vorbestellten und die Restkarten verkaufen, die Abrechnung machen, den Käfig schließen. Tag für Tag, Woche für Woche, Jahr für Jahr.

Während ich hier in dem Käfig eingesperrt war, träumte ich von früher, von meiner Zeit als Ballerina und später als Cheftrainerin der damals wohl besten Dance-Company der Welt.

Meine Geburt war für meine Eltern eine große Enttäuschung. Sie hatten sich ganz fest einen Sohn erhofft, einen Stammhalter und Nachfolger für das Geschäft. Ich war als Mädchen nicht willkommen! Sie konnten meine Geburt aber nicht rückgängig machen. Ich wurde gefüttert, aber nicht geliebt. Aber ich war hübsch und zurückhaltend, wenigstens das.

Die Geburt meines Bruders hat meine »Schuld« etwas gemildert, meine Eltern hatten eine neue Aufgabe.

Unbeachtet von allen hat sich Großmutter Mascha um mich gekümmert. Ich durfte ganz früh zum Ballettunterricht, sie hat mir Französisch und Englisch beigebracht und auch eine Klavierlehrerin für mich engagiert. Vor allem aber nahm sie mich oft in den Arm! Ich habe Oma Mascha unendlich geliebt! Ballett wurde mein Ein und Alles, mein Denken, meine Liebe, mein Leben. Ich hatte Talent und ich war ein Trainingstier. Ich konnte niemals früh genug anfangen, niemals spät genug aufhören. Pausen waren mir verhasst. Oft hörte ich die Trainer flüstern: »Sie ist besessen!«

Ich hatte eine kurze Affäre mit dem schönen Tänzer aus der zweiten Reihe, er hieß Sascha und es war eine wunderbare Zeit. Als das Staatstheater mir ein traumhaftes Angebot machte, war ich gerade schwanger geworden. Das Engagement als erste Tänzerin habe ich nur bekommen, weil ich abtreiben ließ.

Dann ging es schnell nach oben. Erfolge auf allen bedeutenden Bühnen, atemlos von Aufführung zu Aufführung. Oft musste ich beim Aufwachen im Hotelbett überlegen, an welchem Ort ich am Abend eingeschlafen war. Von all den Städten habe ich wenig oder gar nichts gesehen, immer ging es ohne Pause weiter: Anreise, kurzes Ausruhen, warm tanzen, Aufführung, Schlafen, Abreise. Für Freundschaften oder gar Liebschaften blieb keine Minute.

Die Jahre vergingen wie im Rausch. Ich tanzte 16 Jahre lang, immer in der ersten Reihe. Dann war ich unvermittelt nicht mehr gefragt, nicht mehr frisch genug, zu alt, zu bekannt, einfach verbraucht!

Gott sei Dank hatte ich Freunde an der Oper, die sich für mich eingesetzt haben. Ich wurde Cheftrainerin! Nicht schlecht, oder? Es ging also weiter, wenn auch mit vertauschten Vorzeichen und ungleich schwerer für mich.

Irgendwann, mit 45, war ich endgültig zu alt! Neue Talente drängten nach oben, ich wurde ausrangiert. Aber ich bekam den Job an der Kasse, wegen meiner Verdienste für das Haus, hieß es damals.

Doch, alles in allem hatte ich ein erfüllendes Berufsleben. Manchmal muss ich an den schönen Jungen aus der zweiten

Reihe denken und fast täglich an meine ungeborene Tochter, die ich geopfert habe, ohne wirklich bei Verstand gewesen zu sein. Das tut mir heute unendlich leid. Vielleicht hätte ich heute eine Familie, Enkelkinder, wer weiß?

Später lernte ich Felix kennen, er war die Erste und einzige große Liebe meines Lebens. Wir haben uns im Theater in der Pause kennengelernt. Er hat, ungeschickt wie er war, seinen Sekt über mein Kleid geschüttet. Vielleicht war es ja Absicht, um ins Gespräch zu kommen, zuzutrauen wäre es ihm ohne Weiteres. Felix war damals schon länger Witwer. Er war ein ausgesprochen lieber und ehrlicher Mensch, stets ein echter und aufmerksamer Kavalier. Und er liebte die alte Frau in der Theaterkasse, sagte er manchmal und grinste voller Freude. Ein paar Jahre später ist er mir vorausgegangen und ich war wieder allein.

Jetzt bin ich glücklich hier bei euch zu sein. Ihr seid alle so lieb zu mir. Danke.«

Mit Tränen kämpfend, beendete Gesa ihren Vortrag.

Ihr Lebensbericht hat uns alle sehr berührt und bei vielen von uns Zuhörern ist so manche Träne gekullert. Natürlich nahmen sich nach dem Vortrag einige vor, bei der nächsten Ballettaufführung in der Oper dabei zu sein.

Der Bestseller

Am heutigen Freitag ist Irmi an der Reihe. Natürlich bin ich sehr aufgeregt, bestimmt viel aufgeregter als sie. Aber warum mache ich mir so viele Sorgen? Als Schriftstellerin dürfte sie so einen Vortrag eigentlich mit Links halten können. Trotzdem zittere ich am ganzen Leibe, weil ich ihr im Notfall nicht helfen kann, zum Beispiel als Souffleur. Leider kenne ich die Geschichte, die sie vortragen will, nicht einmal ansatzweise. Als Irmi die Notizen für ihren Vortrag fallen lässt und die Seiten ungeordnet auf dem Boden landen, wird klar, dass auch Profis hier und da mit Lampenfieber zu kämpfen haben. Natürlich bin ich sofort zur Stelle und hebe alles auf. Leider sind die Blätter nicht nummeriert, eigentlich untypisch für eine Schriftstellerin. Immerhin: ich bin zur Stelle, ich kann Helfen, Irmi lächelt mir dankbar zu. Es geht voran, wenn auch nur in winzigen Trippelschritten.

Mit den schnell sortierten Notizen und gut gespielter Gelassenheit nimmt meine Irmi das Mikrofon in die Hand und legt los:

»Hallo meine Lieben, heute will ich in eigener Sache reden, vom Bücherschreiben. Wie wohl jeder von euch weiß, bin ich eine Schriftstellerin, die lange Zeit nicht wirklich zum Zuge gekommen ist. Erst ein Zufall hat die ersehnte Wende gebracht. Aber hört meine Geschichte:

Jeden, der behauptet hätte, dass ich am ersten Jahrestag des Todes meiner Tante Amalia im hohen Dom eine Kerze anzünden würde, hätte ich für nicht zurechnungsfähig erklärt.

Tante Amalia war für alle, die das Pech hatten, ihr zu begegnen, der Inbegriff nicht zu überbietender Impertinenz. Es war nicht nur ihre böse Zunge, nein, es war ihre gesamte Erscheinung, ihr Äußeres, der miese Charakter, die Hinterlist und was einem sonst noch an Abscheulichem einfallen könnte. Sie trieb jeden, der in ihre Nähe geriet, in die Flucht. Am schlimmsten betroffen waren ihre beiden Töchter Frieda und Josefine. Amalia hatte keine Mühe, jeden potenziellen Interessenten schon beim ersten Besuch so zu vergraulen, dass er Hals über Kopf die Flucht ergriff und tagelang nicht mehr in der Öffentlichkeit auftauchte.

Als sich Amalias Todestag zum ersten Mal jährte, war da niemand, nicht einmal ihre beiden Töchter, der ihren Heimgang bedauerte. Ich aber war in der Pflicht, diesen Jahrestag mit einer Kerze im Dom zu ehren.

Persönlich hatte ich an Tante Amalia nichts auszusetzen, ich kannte sie kaum. Die mir zu Ohren gekommenen Gerüchte hielt ich für vermutlich überzogen. Diese meine beiläufig geäußerte Meinung musste ihr wohl irgendwer gesteckt haben, wie sonst wäre es zu erklären, dass sie ausgerechnet mich mit einem Teil ihres Vermögens bedacht hat?

Unterm Strich brachte mir die Erbschaft einen Betrag ein, der mich nicht gerade aus der Bahn geworfen hat, der aber doch so hoch war, dass er bei mir Überlegungen über eine besondere Verwendung auslöste.

Wie ihr bestimmt wisst, war und bin ich Autorin. Weil ich von der Schriftstellerei nicht leben konnte, habe ich, anstatt eigene Geschichten oder Romane zu schreiben, gegen Bezahlung Werke verschiedener Autorenkollegen lektoriert, Berichte über Alltagsereignisse für Zeitungen verfasst. Oder Zusammenfassungen, zum Beispiel von Biografien halb wichtiger Politiker, erarbeitet.

Da meine Werke von den Verlagen konsequent ignoriert wurden, existierten sie für die Leserschaft auch nicht.

Auf die unaufgeforderten Einsendungen meiner Roman-Manuskripte haben die Verlage nicht einmal mit Eingangsbestätigungen reagiert. Das lag bestimmt nicht an der Qualität meiner Arbeiten, sondern vielmehr an unserem Literaturvermarktungssystem, das sich, wie nicht anders zu erwarten, ausschließlich am Gewinn orientiert.

Erfolg als Autor hat hierzulande nicht, wer nur gut schreibt, sondern in erster Linie, wer bekannt ist. Bekanntsein und gutzuschreiben ist natürlich der Idealfall! Gut bekannt wird aber nur, wer schon bekannt ist. Erst wenn ein Bestseller-Stempel den Buchdeckel ziert, wird der Autor von der Leserschaft überhaupt wahrgenommen.

Ein Teufelskreis, der für viele andere Berufe vermutlich genauso gilt, aus dem auszubrechen aber nur wenigen gelingt. Es sei denn, der Zufall greift ein, wie zum Beispiel in Form einer Erbschaft!

Mit Tante Amalias Zuwendung ist so ein Zufall in mein Leben getreten. Seit der Nachricht über die Erbschaft kam ich von dem Gedanken nicht los, mithilfe des Amalia-Geldes aus meinem neuesten Werk einen Bestseller zu machen.

Dazu musste ich den dornenreichen Weg über die Verlage umgehen und das Buch selbst im Netz veröffentlichen. Self-Publishing war damals und ist noch heute der Begriff dafür.

Der von mir für den Aufstieg zum Bestseller ausgewählte Roman war nicht besser oder schlechter als jeder meiner anderen Werke. Er war aber auch, wie ich meine, nicht schlechter, als die meisten Neuerscheinungen etablierter Autoren, die Monat für Monat in den Buchhandlungen in guter Verkaufslage aufgereiht stehen.

Das eigentliche Problem ist ja nicht das Werk selbst, sondern sein komaähnlicher Schlaf in Gesellschaft unzähliger Romanraupen, die auf ihre Entpuppung warten.

Letzten Endes kommt es nur auf den Vertrieb an. Nur wenn es Leser gibt, kann das Werk auch jemandem gefallen. So einfach ist das!

Wie funktioniert das aber mit dem Bestseller-Stempel? Kann man den kaufen? Und wenn ja, wo und wie?

Ja, er ist im wahrsten Sinne des Wortes käuflich. Er wird vergeben, wenn nach dem Erscheinen des Buches ausreichend viele Exemplare gekauft werden. Viele verkaufte Exemplare generieren im Netz dann noch mehr Käufe und so weiter. Neben den Verkaufszahlen sind aber auch eine zielgerichtete Medienpräsenz und begleitende Werbekampagnen unverzichtbar.

Mein Entschluss stand fest: Tante Amalias Geld sollte meinem Buch zu einem Platz auf einer Bestsellerliste verhelfen! Damit in kurzer Zeit möglichst viele Exemplare des Werkes gekauft wurden, habe ich ein individuelles Marketingkonzept entwickelt.

Es ging mir dabei bei Gott nicht ums Geld, ganz bestimmt nicht, aus dem Alter war ich damals schon raus.

Die eigentlichen Triebfedern meines Handelns, das muss ich ehrlicherweise zugeben, waren Eitelkeit, Geltungsdrang und ähnlich verwerfliche Charaktereigenschaften. Aber auch so etwas wie Stolz auf meine schriftstellerischen Fähigkeiten und einen Hauch von sportlichem Ehrgeiz konnte ich nicht leugnen!

Als wichtigste Voraussetzung für die Durchführung der Aktion habe ich den Roman noch einmal überarbeitet, gefühlt war es mindestens die zehnte Korrektur.

Der Roman handelte von einer Liebesaffäre in der Steinzeit, einer Romanze zwischen zwei Liebenden aus miteinander verfeindeten Stämmen. Genau genommen war das Problem der Liebenden nicht die Feindschaft zwischen den Stämmen. Das Hauptproblem war vielmehr, dass der im fremden Stamm wildernde Jüngling bei der potenziellen Schwiegermutter wegen einer Lappalie in Ungnade gefallen war. Die verfeindeten Stämme waren in Wirklichkeit nicht richtig verfeindet, aber die Frauen der beiden Häuptlinge kamen nicht besonders gut miteinander aus. Es soll an dieser Stelle aber nicht zu viel verraten werden.

In meinem Buch ging es aber nicht nur um Liebe, sondern auch um die ersten Schritte der Menschheit in Richtung einer vegetarischen Ernährung. Die Frühmenschen begannen in dieser Zeit, Getreide und Gemüse anzubauen, um nicht ständig mit den Tieren von Weideplatz zu Weideplatz ziehen zu müssen. Soweit zu den Inhalten meines Buches.

Für die Vermarktung von Büchern im Internet ist es erforderlich, sogenannte Suchbegriffe zu bestimmen, mit deren Hilfe ein Titel mit einer Suchmaschine aufgestöbert werden kann. Für mein E-Book habe ich hierfür drei Überschriften ausgewählt: »Liebe in der Steinzeit«, »Die ersten Vegetarier« und »Feindschaft in der Steinzeit«. Mit diesen wenigen Suchbegriffen versuchte ich, das gesamte Spektrum meines Werkes so gut wie möglich zu charakterisieren.

Es war ein wirklich interessantes und wichtiges Werk, auf das vermutlich eine große Zielgruppe schon lange ungeduldig wartete. Ganz sicher, glaubt es mir!

Auf dem Einband des Buches ist im Vordergrund ein Elch in einem Gemüsegarten abgebildet. Im Hintergrund umarmen sich zwei junge Menschen mit langen Haaren. Links oben in der Ecke scheint die Sonne, die gleiche Sonne, die bis heute unermüdlich für uns glüht. Auf das Bild bin ich sehr stolz, mein Enkel Sebastian hat es mit viel Liebe zum Detail gemalt.

Das Cover ist seit je her beim Bücherkauf, neben dem Bestseller-Stempel, ein sehr wichtiges, um nicht zu sagen: das wichtigste Argument. Es weckt das Interesse des Lesers, weist auf den Inhalt hin, ohne aber zu viel zu verraten. Das Coverbild ist Sebastian sehr gut gelungen, finde ich.

Technisch setzt das sogenannte Self-Publishing keine hochwissenschaftlichen Kenntnisse voraus. Das eigentliche Problem ist doch, wie der möglicherweise interessierte Käufer auf das lang erwartete und nun erschienene Buch aufmerksam gemacht werden könnte.

In der überregionalen Presse kann jedermann problemlos Anzeigen schalten und darin alles Mögliche bewerben. Diese Art von Marketing ist nicht gerade preiswert, steigert aber recht kurzfristig die Nachfrage.

Ich habe damals einige Anzeigen aufgegeben. Sie kündigen die Veröffentlichung des Werkes einer fast 70-jährigen Erstautorin an, die »fundiert über das Leben in der Steinzeit und den Beginn der vegetarischen Ernährung der Menschen« geschrieben hat. Eine geschickt in die Handlung eingeflochtene Liebesgeschichte vermittle zudem Einblicke in die soziokulturellen Strukturen unserer Vorfahren.

Die von mir geschalteten Anzeigen in den wichtigsten Zeitungen haben schnell die gesamte Amalia-Erbschaft aufgefressen. Wie erhofft, steigerte aber die massive Werbung nicht nur die Kaufklicks, sondern brachte auch weitere Medien auf den Plan, nicht zuletzt wegen meines Alters, das ja für eine Erstautorin ungewöhnlich hoch erscheinen musste.

Während die Boulevardpresse aus meinem Buch Aspekte der verfeindeten und gegeneinander kämpfenden Sippen in den Fokus der Berichterstattung stellte, rückten Funk und Fernsehen hauptsächlich die Anfänge der vegetarischen Ernährung in den Mittelpunkt. Die tragische und von Anfang an zum Scheitern verurteilte Liebesaffäre fand dagegen nur am Rande Interesse.

Infolge der Medienberichte hat mich ein Fernsehsender, als bemerkenswerte Erstautorin, in eine Talkrunde zur besten Sendezeit eingeladen. Dort konnte ich nicht nur über meine Arbeit reden, sondern auch die schlechten Voraussetzungen für den Start in eine Literaturkarriere aus Sicht einer älteren Autorin beklagen. Dafür erhielt ich vom Studiopublikum spontanen Beifall.

Ein anderer Sender fand mich interessant genug, um mich in einer Quizshow auftreten zu lassen. Dort hatte ich Gelegenheit, auf mein fundiertes Zufallswissen zurückzugreifen. Dabei konnte ich den meist jugendlichen Mitspielern zeigen, dass man mit 70 nicht automatisch doof ist.

Die Zeit der offensiven Vermarktung meines Werkes war ausgesprochen arbeitsreich. Aber es hat sich gelohnt! Schon nach kurzer Zeit wurde das Buch tausendfach verkauft. Die relativ hohe Verkaufszahl bewirkte die Platzierung auf einem vorderen Platz des Verkaufsportals, was zu immer mehr Kaufklicks führte. Mithilfe von Tante Amalias Geld ist es gelungen, ein Perpetuum mobile zu generieren.

Es folgten zahlreiche Rezensionen in einschlägigen Journalen, Einladungen zu Autorenlesungen und Auftritten bei diversen Literaturveranstaltungen.

Nur wenige Wochen später hatte ich das Ziel erreicht: Mein Buch wurde zum Bestseller in der Kategorie »Sachbücher« gekürt!

Danke, Tante Amalia, danke tausendfach! Du bleibst für mich auf ewig die beste Tante der Welt!«

Die schlüssig vorgetragenen Wirkungsmechanismen unseres Buchmarktes haben uns nachdenklich gemacht. Auch war der eine oder andere von uns etwas traurig, dass unter seinen Verwandten keine Tante Amalia ihr Unwesen trieb. Unabhängig davon löste der Vortrag bei einigen aus unserem Kreis Überlegungen zur Veröffentlichung eigener, bisher zaghaft zurückgehaltener Manuskripte aus.

Ich applaudierte natürlich als Erster und am lautesten, aber Irmi nahm das offensichtlich nicht wahr. Josef, der Casanova, stürmte mit einem dickten Rosenstrauß auf die Bühne und machte sich wichtig. Ich konnte es nicht mit ansehen!

Nach dieser Schlappe haderte ich mit mir. Wie kann man so eine Chance so dilettantisch vermasseln? Meine engsten Freunde, die alle von meinen Absichten um Irmi wussten, klopften mir mitfühlend auf die Schulter und versuchten, mich zu trösten. Das half natürlich rein gar nichts, im Gegenteil, ich wurde immer saurer, auf den Casanova, auf Irmi, die ganze Welt und vor allem auf mich. Und zwar stinksauer!

Über die Diskussion nach dem Vortrag zu berichten, habe ich nach diesem Desaster natürlich keine Lust. Die üblichen Verdächtigen stellten die üblichen überflüssigen Fragen, ich zog mich schon früh auf mein Zimmer zurück, ohne ein weiteres Wort zu verlieren.

Deal von Sao Tomé

Trotz des sehr warmen, mediterranen Sommerabends sind wieder alle Mitglieder unseres, inzwischen irgendwie als verschworen geltenden, Clubs lange vor der Zeit vollzählig im Café. Wir stehen im Eingangsbereich mit einem Glas Sekt in der Hand, die Damen allesamt in Kleidern, die Herren leger, wenn auch nicht in Alltagskleidung. Ich versuche in Irmis Nähe zu kommen, um das Thema Elbphilharmonie endlich in Angriff zu nehmen. Es gelingt mir aber auch dieses Mal nicht, weil sie in einem sehr angeregten Gespräch mit Josef, dem Casanova, vertieft ist. Sie können sich denken, dass mir das überhaupt nicht gefiel und ich deswegen ziemlich missmutig geworden bin. Aus dem immens großen Schatz meiner Lebenserfahrung weiß ich, dass man in Liebesangelegenheiten nicht nur ein wenig, sondern enorm viel Geduld an den Tag legen sollte, gepaart mit Toleranz und der Gabe, den richtigen Zeitpunkt zu spüren. Genau das habe ich vor zu tun, abwarten war schon immer meine Stärke!

Am heutigen Freitag sind Moritz und Lotte, unser einziges Ehepaar in der Gruppe, an der Reihe, den Abend zu gestalten. Lotte erklärt zu Beginn, sie hätten per Los entschieden, dass Moritz heute reden wird.

In der ganzen Residenz haben wir nur drei Ehepaare, von denen Lotte und Moritz das mit Abstand sympathischste Ehepaar ist. Während die anderen Paare eher gleichgültig miteinander umgehen, haben die beiden ein sehr liebevolles Verhältnis, was manchen von uns Alleinstehenden schon mal etwas neidisch macht.

Aber hören wir Moritz zu:

*

»Liebe Freunde, dass ich heute Morgen beim Losen verloren habe, müsst ihr ausbaden! Nicht meine liebe Lotte, die viel besser als ich erzählen kann, sondern ich werde euch jetzt die bisher wohl seltsamste Geschichte in dieser Runde erzählen.

Vorweg bitte ich um Verständnis, dass es in unserer Geschichte auch um eine Krankheit geht. Das ließ sich leider nicht vermeiden, die gehört in diesem Fall unausweichlich dazu. Auch möchte ich vorwegschicken, dass sich alles so abgespielt hat, wie ich es jetzt berichten werde, obwohl es sich wahrscheinlich wie Fantasy anhört.

Es fing mit einem harmlosen Einkauf an:

»Sie haben noch nicht geschlossen, bestimmt, um mich zu retten, mein Husten bringt mich um!« Das sollte, kurz vor Ladenschluss, ein origineller Einstieg für meinen späten Medikamenteneinkauf sein.

Erst jetzt sah ich die Apothekerin genauer an: kahler Kopf, knallrote Brille, strahlende, tiefblaue Augen, weißer Kittel, schlank, mittelgroß, Anfang sechzig vielleicht. »Mit einem schwarzen Bubikopf bestimmt ganz hübsch«, ging es mir durch den Kopf. Und: »Rot gelockt wäre vielleicht noch besser.«

Ich konnte nicht anders, mein Blick blieb an ihrem kahlen Kopf wie festgeklebt hängen. Etwas unbeholfen hörte ich mich fragen: »Kommt das von Medikamenten oder ist es der eigene Stil?« Kaum ausgesprochen, bereute ich meine aufdringliche Frage. Aber sie lächelte und antwortete ruhig: »Wenn es ein Stil wäre, dann bestimmt nicht meiner! Nein, es ist eine Chemo! Ungewöhnlich, dass sie fragen, das hat bisher noch niemand gebracht. Alle schauen weg, als ob nichts wäre.«, sagte sie sachlich und ergänzte: »Ich würde wahrscheinlich auch nicht fragen, also, wenn ich auf der anderen Seite der Theke stände. In drei Tagen ist meine Perücke fertig, dann ist dieses Problem schon mal aus dem Blick.«

Ohne Übergang fragte sie in sachlichem Ton weiter: »Was ist mit ihrem Husten? Unproduktiv oder produktiv, mit oder ohne Fieber, akut oder chronisch?«

Ich beschrieb den Husten und sie zeigte mir einen Sirup. »Hier, der hilft ein wenig. Den gibt es ohne Rezept, wirkt aber trotzdem, es dauert nur etwas länger. Dafür fast ohne Nebenwirkungen. Wenn es aber schon sehr lange andauert, sollten sie zum Arzt gehen.«

Eigentlich war es nicht meine Art, in so einer Situation weiterzureden. Ich hätte jetzt einfach den Sirup nehmen sollen, bezahlen und verschwinden sollen. Aber ihre offene und ruhige Art hinderte mich daran. Stattdessen redete ich mich weiter um Kopf und Kragen: »Es ist schon erstaunlich, wie ein paar Härchen ein so schönes Gesicht verändern können!« Als ob das nicht schon dämlich genug wäre, setzte ich noch nach: »Das wächst doch bestimmt schnell nach, oder?«

»Es waren nicht nur ein paar Härchen. Es war ein wallender roter Lockenschopf, alle nannten mich die *Rote Lotte!* Jetzt bin ich die kahle und vielleicht schon bald die tote Lotte. Pardon, das war jetzt ziemlich platt«, ruderte sie schnell zurück.

Das Gespräch geriet ein wenig außer Kontrolle. Anstatt zu verschwinden, sagte ich ohne Überlegung auch noch: »Na ja, sterben müssen wir alle, früher oder später. Entschuldigung, jetzt steht es eins zu eins bei unserem seltsamen Wettbewerb.«

Sie musste leicht grinsen. Gott sei Dank, sie sah das locker, vielleicht ein Ausweg aus der festgefahrenen Situation.

Ich konnte aber nicht anders und redete weiter: »Einfach Lotte? Oder Charlotte oder Lieselotte, auf jeden Fall ein schöner Name.« Sie lächelte milde und dachte wohl: Was soll das werden, so eine blöde Anmache gibt es heute doch gar nicht mehr! Bevor sie aber dazu etwas sagen konnte, fragte ich in einem Anfall von Selbstüberschätzung:

»Sie machen jetzt doch bestimmt den Laden zu. Ich würde sehr gerne mit Ihnen etwas plaudern, mich mindestens für mein Gequatsche entschuldigen. Also, wenn gerade nichts anderes wichtig ist, lade ich sie auf ein Bier oder einen Tee oder sonst etwas ins Bistro nebenan ein!«

Anstatt mich auszulachen, sah sie mich offen an und sagte ernsthaft:»OK, warum nicht, setzen wir die seltsame Konversation nebenan fort.«

Nebenan war es voll und laut, wir fanden aber einen brauchbaren Platz. Wir redeten über Gott und die Welt, wie das so ist. Ihre Krankheit oder mein Husten waren dabei kein Thema. Je länger wir redeten, umso mehr empfand ich, dass ich ihr gerne zuhörte. Anstatt des kahlen Kopfes sah ich zunehmend ihr strahlendes Gesicht, von wallenden roten Locken umrahmt. Ich wünschte mir, sie näher kennenzulernen. Wir quatschten länger als zwei Stunden, beim Abschied war es keine Frage, dass wir uns am nächsten Tag wiedersehen wollten. Hier, nach Ladenschluss. »Morgen darfst du mich aber nach meiner Chemo fragen. Aber nur, wenn es dich wirklich interessiert«, war ihr Abschiedssatz. Ziemlich verwirrt, dabei jedoch heiter beschwingt, ging ich nach Hause.

Am nächsten Abend stellte ich gleich nach dem »Hallo« die Frage nach der Krankheit und versicherte:»Es interessiert mich wirklich!«

Sie holte nicht weit aus, erklärte mit wenigen Worten die Situation. Die Krankheit ist ziemlich überraschend über sie hereingebrochen. Unwohlsein, Schwächegefühle, Besuch beim Hausarzt, Blutanalyse, Urteil: Krebs!

Als sie ihre Geschichte erzählte, wurde mir bewusst, wie stark ich schon jetzt emotional in ihr Schicksal eingebunden war. Einen kurzen Moment blitzte mir der Gedanke durch den Kopf, einfach auszusteigen, Lotte, die Apothekerin, zu vergessen und in mein leichtes, bisher mehr oder weniger problemfreies Leben zurückzukehren. Aber dafür war es schon viel zu spät, empfand ich. In was für ein Abenteuer ich mich einließ, war mir nur verschwommen klar, aber im Grunde unwichtig.»Wenn ich jetzt kneifen würde, könnte ich wohl nie wieder in den Spiegel sehen«, schoss es mir durch den Kopf.

Wir sahen uns dann jeden Tag nach Ladenschluss; noch zwei- oder dreimal nebenan. Später schlenderten wir, Hand in Hand, durch die Stadt oder durch den Park, durch das Leben eben. Am Wochenende besuchten wir Museen und Konzerte, knutschten in Kinos, fuhren an die See, alberten am Strand, schliefen miteinander in Hotels oder zu Hause, verbrachten jede freie Minute zusammen. Wir haben uns hoffnungslos und ohne Wenn und Aber ineinander verliebt. So etwas hatte ich bisher noch nicht erlebt, es war schön, so unbeschreiblich schön!

Unsere Liebe hat Lottes Krankheit zwar ein wenig in den Hintergrund gedrängt, sie war aber natürlich immer gegenwärtig und störte unerbittlich. Jede, auch nur andeutungsweise in unsere Zukunft reichende Unterhaltung versiegte sofort in hilflosem Schweigen und wir mussten das Thema wechseln. Trotzdem versuchten wir, so gut es eben ging, unseren Traum zu leben.

Lotte oder genauer: Carlotta, hatte bis zu ihrer Erkrankung ein erfülltes, wenn auch von Schicksalsschlägen dominiertes Leben. Sie hat Pharmazie studiert und danach die kleine Apotheke von ihrem Vater übernommen. Ihr Ehemann ist kurz nach der Hochzeit tödlich mit dem Auto verunglückt, worauf sie sich vollkommen in ihren Beruf zurückgezogen hat. Es gab noch einige Männerbekanntschaften, aber im Grunde nichts wirklich Ernstes, wie sie sagte. Mit ihrem Leben als Apothekerin war sie zufrieden, wenn auch nicht sehr glücklich. Ihr einziges Hobby war der Tangotanz, der war ihr sehr wichtig. Sie versuchte immer wieder, mich zu einem Anfängerkurs zu überreden. »Die Freude am Tanzen würde von allein kommen, garantiert«, da sei sie zu hundert Prozent sicher, versuchte sie unermüdlich, mich zu überzeugen.

Wie ihr wisst, heiße ich Moritz, keine Ahnung, was meine Eltern sich bei der Namensgebung gedacht haben. Nach dem Studium der Informatik habe ich mich an der Uni mit Datenbanksystemen befasst und später darüber Vorlesungen gehalten. Dann arbeitete ich frei und programmierte Apps auf Bestellung. Meine erste Frau ist auch früh verstorben, weitere Beziehungen habe ich damals nicht gesucht und auch nicht zugelassen. Freunde nannten mich einen *Nerd*, was mich aber nicht weiter störte. Tanzen, insbesondere Tango, war für mich nie ein Thema, dazu fehlte mir schon damals alles, was man da mitbringen sollte, vor allem Mut, sich öffentlich darzustellen.

Wir saßen in einem Kaffee und diskutierten zum x-ten Mal die Ergebnisse von Studien über Erfolge und Misserfolge von Chemotherapien, allgemein und natürlich besonders in Lottes Fall.

Aus heiterem Himmel tauchte plötzlich ein junger, dunkelhäutiger Typ auf. Er trat vorsichtig an unseren Tisch und gab vor, Lotte beruflich zu kennen. Er war ausgesprochen höflich und gab sich sichtlich Mühe, nicht aufdringlich zu erscheinen. Kurz und bündig erklärte er, dass er durch einen Zufall von Lottes Krankheit wüsste und er ihr zu einer wirkungsvollen Therapie verhelfen könne. Lotte und ich sahen uns ungläubig an. Aber die Äußerung »wirkungsvolle Therapie« bohrte sich sofort in unsere Köpfe und vor allem in unsere Herzen, machte sich wichtig und erschlich sich unsere Aufmerksamkeit.

Jamal, so hieß der junge Mann, berichtete, dass er beruflich in einem medizinischen Labor Blutanalysen von Patienten mit Verdacht auf Tumorerkrankungen macht. Dabei habe er die Krebserkrankung von Lotte festgestellt. Dann sei er zufällig auf ihren Personalbogen gestoßen, die Adresse war leicht zu merken. Lottes Schicksal hätte ihm dann keine Ruhe gelassen. Sein Onkel sei Wissenschaftler und befasse sich seit Jahren mit Tumorerkrankungen. Dabei hätte er die Wirkung seltener afrikanischer Heilpflanzen in Bezug auf das Wachstum von Tumorzellen entdeckt und könne schon mehrere Heilerfolge auf diesem Gebiet vorweisen. Er lebe und arbeite zurzeit in Togo und könne Lotte mit Sicherheit helfen.

Die Behandlung könne aus verschiedenen Gründen nur durch ihn persönlich in Togo erfolgen und sei, leider, nicht billig. Sie koste 50.000 US-Dollar plus Spesen. Nicht mehr und nicht weniger.

Jamal behauptete, das Geld würde nicht zur privaten Bereicherung genutzt, sondern vollständig in die weitere Forschung gesteckt. So könne auch die afrikanische Medizin mit ihren, über Generationen weitergegebenen Kenntnissen über die Heilkraft von Pflanzen, einen Beitrag zur Bekämpfung der Geißel Krebs leisten.

Er selbst, versicherte Jamal, würde an der Vermittlung keinen Cent verdienen.

Obwohl internationale Pharmakonzerne seinen Onkel bedrängen würden, möchte der seine Forschungsergebnisse noch nicht offenlegen. Auch würde er der *Pharmamafia* misstrauen, welche unvorstellbare Gewinne mit den etablierten Präparaten erzielt und die mit Sicherheit versuchen würde, neue Erkenntnisse möglichst lange zu blockieren. Lotte und ich blickten uns ungläubig an. Um überhaupt etwas zu sagen, fragte ich nach Namen und Adressen der bisher Geheilten. Jamal wehrte aber mit dem Hinweis auf den Datenschutz ab.

Obwohl Jamal einen ausgesprochen seriösen Eindruck machte, erschien uns sein »Angebot« natürlich mehr als fragwürdig, um nicht zu sagen: absurd! Die Begründung, warum so viel Geld verlangt wird, wirkte mehr als nur fadenscheinig.

So leise, wie er gekommen ist, verschwand Jamal wieder. Er verließ uns mit den Worten: »Denkt nicht zu lange nach, ergreift einfach die Chance, ihr bekommt so schnell keine zweite! Ruft mich an.«

Bevor wir reagieren konnten, war er weg. Auf dem Kaffeetisch fanden wir einen Zettel mit dem Wort »Jamal« und einer Handynummer.

Er hinterließ nicht nur seine Handynummer, sondern auch Sprachlosigkeit und Verwirrung.

Wie zu erwarten, fanden wir im Internet weder etwas über Krebsforschungen in Togo noch über afrikanische Heilpflanzen zur Bekämpfung von Krebstumoren. Lediglich ein Geistheiler aus Köln bot seine Dienste an und sicherte eine umgehende und preiswerte Rettung zu. Ganz viel anders war, nüchtern betrachtet, Jamals Angebot auch nicht. Dafür hundertfach teurer. Wir beschlossen, den Auftritt des dunkelhäutigen Laboranten zu vergessen.

Aber kaum, dass wir das beschlossen hatten, drängten sich Jamals Worte in den Vordergrund. Trotz aller Bedenken wurde die Vorstellung, eine Reise nach Afrika zu unternehmen, für Lotte und mich doch ein Thema. Die Option machte sich in unseren Köpfen immer mehr breit und verdrängte zunehmend unsere Skepsis. Die Vorstellung, ein Arzt aus Afrika könnte Lotte leicht heilen, war mehr als verlockend. Seit Jamal aufgetaucht war, sprachen wir nur noch über ein mögliches Wunder. Alles andere, die Arbeit, der Alltag, selbst die Karten für die Oper am Abend, wurde plötzlich unwichtig. Wir waren vom Jamal-Bazillus infiziert!

In den nächsten Tagen drehten sich unsere Diskussionen immer mehr im Kreis: »Ist diese Chance real? Warum sollen wir dieser Chance keine Chance geben, sei sie auch noch so klein? Welche Alternative haben wir sonst, auch wenn sich alles als Lug und Trug erweisen sollte? Können wir einfach die Augen schließen und auf eine andere Wunderheilung, etwa auf eine jahrelange Chemotherapie, setzen? Die steht uns ja immer noch offen!«

Statistisch gesehen, betrug zu diesem Zeitpunkt Lottes Überlebenswahrscheinlichkeit deutlich weniger als fünfzig Prozent. Diese Angabe der Mediziner bezieht sich stets auf ein Überleben der nächsten fünf Jahre.

»Wenn wir weiter warten, wird die Wahrscheinlichkeit bestimmt nicht steigen! Oder doch? Und: Einen Arzt von hier brauchen wir nicht, um seine Meinung zu fragen, die Antwort steht ja von vornherein fest. Wenn wir das machen, dürfen wir auf keinen Fall den standardmäßigen Ablauf – Bluttransfusionen, weitere Chemos etc. – abbrechen.«

Dann begannen wir, uns das Abenteuer schönzureden: Wenn wir es machen, würden wir immerhin eine schöne Fernreise unternehmen, vielleicht unsere letzte, Westafrika und seine großartigen Strände kennenlernen; wer weiß, was sonst noch alles erleben!

Als sei der Entschluss zu reisen schon gefallen, stellten wir uns die praktischen Fragen:»Bekommen wir das geforderte Geld in kurzer Zeit zusammen? Was heißt 50.000 Dollar plus Spesen? Können wir so viel Bargeld einfach im Koffer mitnehmen?«

Wir beschlossen schließlich, erst nach Togo zu fliegen und uns alles anzusehen; noch waren wir ja keinerlei Verpflichtung eingegangen!

Das viele Geld sollten wir aber auf jeden Fall schon einmal besorgen, für den Fall der Fälle.

Es war also zu klären, wie man nach Togo kommt, ob man für die Einreise ein Visum braucht und wie überhaupt alles vor Ort ablaufen soll.

Erste Recherchen im Netz ergaben, dass man von Frankfurt nach Lomé, der Hauptstadt Togos, am besten mit der Air France fliegt, über Paris und Accra in Ghana. Der Flug dauert fast 13 Stunden und kostet über 1000 Euro pro Person und Richtung. Bei sofortiger Buchung gäbe es einen Schnäppchenpreis, allerdings waren nur noch zwei Tickets verfügbar. So weit waren wir aber noch nicht.

Ich versuchte Jamal zu erreichen. Unter seiner Nummer meldete sich jedoch niemand, kein Anrufbeantworter bot sich an. Damit bekam unser Schwung erst einmal einen kräftigen Dämpfer.

Erst beim achten Versuch ging Jamal am nächsten Tag doch ans Telefon. Er sagte, er wäre in Lomé und würde Vorbereitungen für unseren Besuch treffen. Dass wir reisen würden, sei für ihn von Anfang an keine Frage gewesen. Auf jeden Fall sei das die richtige Entscheidung!

Er erklärte dann, wie alles ablaufen soll. Der Onkel würde nicht direkt in Lomé, sondern in einem kleinen Ort, ca. 150 km nördlich der Hauptstadt, arbeiten. Den Transfer dorthin würde er organisieren, bräuchte dafür aber einen konkreten Termin. Als Unterkunft empfahl er uns ein Hotel in Lomé, mit Pool und Garten, etwa 200 Euro pro Nacht. Im Internet könne man aber auch preiswertere Unterkünfte buchen, die jedoch ohne seine Gewähr waren.

Wir sollten bald noch einmal anrufen und den Termin sowie das ausgewählte Hotel nennen. Er würde sich um alles Weitere kümmern.

»Der Laborant scheint auf großem Fuß zu leben, 200 Euro pro Nacht ist nicht gerade wenig«, äußerte Lotte. Aber seine ruhige, professionelle und bestimmende Art vermittelte schon Vertrauen und festigte unseren Entschluss.

Es stand also fest: Wir werden nach Westafrika, fast an den Äquator, reisen. Lotte wird geheilt und wir werden noch 50 Jahre oder so ähnlich zusammen sein. Basta!

Für die Reise brauchten wir nur noch ein Visum, Flugtickets, eine Hotelbuchung und 50.000 amerikanische Dollar, plus Spesen. Dann konnte es losgehen.

Trotz aller Entschlossenheit kamen natürlich immer wieder Bedenken hoch, dass wir einem offensichtlichen Schwindel aufsitzen. Solche Gedanken wischten wir aber immer wieder einfach vom Tisch. Was kann schon geschehen? Schlimmstenfalls würden wir eine, für uns erhebliche, Menge Geld verlieren. Schlimmer als der Geldverlust wäre aber der Verlust einer neuen Hoffnung, die gerade, wie ein zartes Pflänzchen, zu wachsen angefangen hatte. Für den Fall eines Betruges hatten wir natürlich keinen Plan B. Es fiel uns aber von Tag zu Tag leichter, das für uns wahrscheinliche Scheitern zu verdrängen.

Als definitiv feststand, dass wir reisen werden, gingen wir die Vorbereitungen konsequent an. Lotte kümmerte sich um eine Vertretung für ihre Apotheke, die Tickets und das Hotel, ich um das Honorar für den Retter. Wie nicht anders zu erwarten, stellten sich uns dabei einige Hindernisse in den Weg. Als Erstes war ein Visum zu besorgen, das für jeden Einreisenden nach Togo Pflicht ist. Man kann zwar auch eines unmittelbar bei der Einreise bekommen, aber das ohne Rechtsanspruch und nur mit einer Gültigkeit von bis zu einer Woche. Lotte fuhr also zur konsularischen Vertretung Togos nach Bonn und erledigte das, was mit einer langen Wartezeit verbunden war.

Bei dieser Gelegenheit klärte sie auch den Geldtransport: Wir könnten das Bargeld mitnehmen, müssten es aber bei der Fluggesellschaft deklarieren. OK.

Schwieriger war es mit vorbeugenden Impfungen. Es wurden eine Gelbfieberimpfung, eine Malariaprophylaxe sowie Auffrischungen von Tetanus und Hepatitis B und C empfohlen. Da die Impfungen nicht Pflicht, sondern nur Empfehlungen waren, setzten wir uns darüber hinweg. Nur so konnten wir in dieser kritischen Situation einen möglichen Impfschaden ausschließen.

Obwohl wir beide nicht ganz mittellos waren, konnten weder Lotte noch ich 50.000 US-Dollar mal eben so aus der Portokasse nehmen. Es hätte aber viel zu viel an wertvoller Zeit gekostet, die an verschiedenen Stellen angelegten Gelder flüssig zu machen. Da wir diese Zeit nicht hatten, ging ich zur Bank und nahm einen Kredit auf. Als Sicherheit für die Bank reichte meine Grundbucheintragung für die Bauhypothek, die schon fast vollständig getilgt war, auf jeden Fall. Dann musste ich halt nach unserer Rückkehr zum zweiten Mal mit der Rückzahlung der Hypothek beginnen. Einen besseren Grund, in meinem Alter neue Schulden zu machen, konnte ich mir nicht vorstellen! Gegen diesen Plan protestierte Lotte zwar heftig, sah aber auch keinen anderen Weg.

Wir lösten das Problem, indem wir uns einfach in den Arm nahmen und eine lange Zeit gar nichts sagten. Alles wäre so leicht gewesen, wenn das Projekt nur ein ganz bisschen weniger fragwürdig gewesen wäre. Uns war klar, dass jeder, der nicht in unserer Lage steckte, einen vernünftigeren Rat zum weiteren Vorgehen gehabt hätte.

Der Tag der Abreise war gekommen, die Koffer gepackt und das Taxi bestellt. Lotte hatte für die Reise ihre Perücke abgelegt und sah mit ihren sehr kurzen, nachgewachsenen, roten Haaren sehr gut aus, irgendwie wie ein Streichholz, scherzte ich.

Sie zog mich unerwartet an sich, küsste mich zärtlich und sagte:»Moritz, wir müssen das Ganze absagen, es ist totaler Unsinn, wie bescheuert kann man denn sein? Die wollen uns doch nur ausnehmen, noch ist Zeit, ich bitte dich, lass uns umkehren, dieser Weg führt ins Nichts.«

»Du hast recht, vernünftigerweise müssten wir absagen, von ›Müssen‹ kann aber keine Rede sein. Wir sind frei in unserer Entscheidung, aber nicht wirklich frei, diese Reise abzusagen. Wir können nicht aufhören zu hoffen, weder jetzt noch später. Außerdem ist bis jetzt gar nichts passiert, die haben nicht einmal eine Vorauszahlung verlangt, so sicher sind sie, dass wir kommen! Kopf hoch, meine kleine Apothekerin, halte dich an mir fest, ich suche Halt bei dir!«

Bevor wir in das Taxi stiegen, hätten wir immer noch die Notleine ziehen können, aber natürlich zogen wir sie nicht.

Das Taxi zum Flughafen biss sich im morgendlichen Stau fest, am Ende reichte die Zeit doch, wenn auch nur knapp. Dann lief alles wie üblich ab, wir saßen im Flieger nach Paris, wie zwei Urlauber, auf dem Weg zu einem Ressort, irgendwo im Süden. Wir hielten einander die Hände, jeder in seine Gedanken versunken, tranken das internationalste aller Bordgetränke, Tomatensaft mit Salz und Pfeffer, und redeten nur das Notwendigste.

In Paris mussten wir nicht nur das Flugzeug, sondern auch den Flughafen wechseln. Der Shuttlebus von Orly nach Charles de Gaulle geriet in den allgegenwärtigen Stau und wir überschritten die geplante Transferzeit um fast eine Stunde. Als die Zeit sehr knapp wurde, wirkte meine Lotte irgendwie erleichtert: »Falls der Flieger ohne uns abhebt, machen wir uns ein paar schöne Tage in Paris, ja?« Sie setzte noch nach: »Vielleicht ist das jetzt die letzte Warnung aus der Abteilung Gehirnaktivierung.«

Fast alle Passagiere in der Maschine nach Accra waren Afrikaner. Die Frauen sehr bunt gekleidet, die meisten Männer trugen einen weißen Umhang, nur wenige sahen aus wie wir.

Die Stewardessen an Bord der großen Maschine waren auffällig hübsch, trugen bodenlange, bunte Abendkleider und begrüßten uns ausgesprochen freundlich mit einem Glas Champagner.

Die exotische Atmosphäre zog Lotte und mich zwar voll in ihren Bann, unsere Gelassenheit war aber natürlich nur vorgetäuscht.

Hätte man eine Befragung der Passagiere nach dem Grund der Reise gemacht, hätten wir sicher die ausgefallenste Story bieten können. Oder auch nicht, wer kann das schon wissen? Aber mit ziemlicher Sicherheit würde uns keiner glauben, dass wir zwecks Wunderheilung mit 50.000 Dollar in der Tasche in den Urwald von Togo reisten.

Der achtstündige Flug nach Accra in Ghana verlief ruhig, wir waren froh, dass bis zum Besuch des Wunderheilers noch Zeit war. Lotte verschlief den ganzen Flug. Meine Gedanken verselbstständigten sich und kreisten die ganze Zeit um unser naives Vorhaben.

Als ich doch noch eingeschlafen bin, sah ich im Traum einen groß gewachsenen, mit schrillen Farben angemalten Schamanen, der in ein loderndes Feuer Büschel aus getrockneten Kräutern warf, sodass ein dichter, beißender Qualm entstand. Der Schamane vollführte um Lotte und das qualmende Feuer zu dumpfen Trommeltönen einen rhythmischen Tanz, wobei er unverständliche Beschwörungsformeln zum Himmelt schrie. Im Hintergrund sprangen bunt bemalte Eingeborene stampfend und singend um uns herum. Dann wechselte die Szenerie, jetzt trat ein Eremit auf einer Waldlichtung vor sein Zelt. Aus einem vor dem Zelt liegenden Haufen verschiedenster Kräuter, Stöckchen und Knochenresten suchte er sehr konzentriert dutzende Zutaten aus, die er in einen braunen Jutesack stopfte und damit anschließend einen ekstatischen Tanz begann. Dabei schleuderte er den Sack unablässig gen Himmel, fing ihn immer wieder unter lautem Schreien auf und beendete seinen Auftritt, indem er eine kaum hörbare Abschlussbotschaft an die zuständige Gottheit hauchte. Jetzt kamen einiger Helfer mit Knüppeln auf den Plan und schlugen unter markerschütterndem Gebrüll auf den Sack ein ...

Mein Wachtraum hatte aber am Ende auch eine schönere Szene: Ein vertrauenswürdig aussehender Arzt, im weißen Kittel und einem Stethoskop um den Hals, reicht Lotte und mir beide Hände, begrüßt uns liebevoll und bittet uns in ein Untersuchungszimmer, das sehr professionell und strahlend sauber ist ...

Dann rief uns die blecherne Stimme des Kapitäns aus dem Lautsprecher zurück in die Realität. Wir sollten auf die Anschnallzeichen achten usw.

Der Flughafen von Accra in Ghana gehört zu der Kategorie: klein aber unübersichtlich. Trotzdem fanden wir das Gate für den Anschlussflug nach Lomé noch rechtzeitig.

Der Flug von Accra nach Lomé entlang der Elfenbeinküste war kurz, dafür außerordentlich attraktiv: tiefblaues Meer, weiße Sandstrände bei Sonnenuntergang. Fast ein wenig kitschig!

Erst beim Ausstieg in Lomé wurde uns schlagartig klar, dass in Togo Französisch gesprochen wird, eine Sprache, die wir leider nicht im Repertoire hatten.

Der Zollbeamte in Lomé fasste unser Einreisebegehren offensichtlich als eine Verletzung der Souveränität der Republik Togo auf. Unser Gepäck wurde ausgiebig gefilzt, die deklarierten 50.000 Dollar Schein für Schein zweimal nachgezählt. Danach sollten wir erklären, wofür wir das viele Geld in Togo brauchten. Unsere Antwort: »Privat« kam nicht gut an, sodass ein höherrangiger, englisch sprechender Beamter eingeschaltet wurde. Nach vielem Hin und Her glaubte man uns zwar kein Wort, ließ uns aber gehen, nicht ohne uns eindringlich vor Dieben zu warnen.

Nach der überstandenen Einreiseprozedur kämpften wir uns durch das Chaos vor dem Flughafen, wo es von Angeboten von günstigen Unterkünften bis hin zu nahezu geschenktem Elfenbeinschmuck nur so wimmelte.

Ein Taxi brachte uns zum Hotel, das auf den ersten Blick nur geringe bis gar keine Ähnlichkeit mit den Bildern im Buchungssystem hatte. Der Hotelmanager bedauerte mit treuem Augenaufschlag, dass das gebuchte Zimmer wegen eines Computerfehlers nicht zur Verfügung stünde. Gegen einen unbedeutenden Aufpreis könnten wir aber die zufällig freie Präsidentensuite haben. Dagegen konnten wir kaum etwas einwenden, da unser Französisch das nicht einmal näherungsweise hergab. Was soll's, wir haben die Mehrkosten unter »Spesen« abgebucht.

Die Präsidentensuite war offensichtlich für Präsidenten sehr kleiner Staaten ausgelegt, war aber ganz ordentlich. Unsere besondere Aufmerksamkeit fanden aber drei grünlich schimmernde Geckos, die der Hotelboy aus einer kleinen Schachtel holte und auf den Zimmerwänden aussetzte. Seine Erklärungen zum Einsatz der Reptilien verstanden wir nicht sofort, begriffen aber schnell, dass es um eine biologische Bekämpfung von Insekten ging. Trotz der einleuchtenden Erklärung ließen wir die Fenster geschlossen und setzten stattdessen die gut hörbare Klimaanlage in Gang. Danach schliefen wir erschöpft ein. Was für ein Tag!

Das Frühstück kam ziemlich bescheiden daher, offensichtlich ein Überbleibsel aus der französischen Kolonialzeit. Die unter »Extras« angebotene große Früchteauswahl mit Ananas, Mango, und Papaya versöhnte uns aber sofort.

Passend zu den bunten Früchten trat unvermittelt ein sehr exotisch bekleideter, sagen wir »Agent«, der sich als Tayo vorstellte, auf und begrüßte uns überschwänglich, Gott sei Dank auf Englisch. Er bedauerte die kleine Verspätung sehr. Von jetzt an würde er sich um alles kümmern, keine Sorge, wir wären in den besten Händen.

Schon in einer Stunde sollte es losgehen, wir sollten nur das Notwendigste mitnehmen, am Abend wären wir wieder in unserer Präsidentensuite. Wir könnten zum Sonderpreis einen Luxuswagen mit bester Federung nehmen, es ginge aber auch preiswerter, dafür unbequemer. Auch das gehörte wohl zu den Spesen.

Die Fahrt im alten Peugeot auf der Straße nach Norden begann bei starkem Verkehrsaufkommen recht zäh. Je weiter wir fuhren – es waren zwar weniger Autos unterwegs – desto ausgeprägter wurden die Schlaglöcher, sodass sich die Luxusfederung schnell bewährt hat. Lottes Frage nach der voraussichtlichen Fahrzeit beantwortete Tayo sehr unverbindlich mit: »Wir werden sehen. Keine Sorge, alles wird gut!«

Lotte wurde zunehmend nervös, gab sich aber sehr tapfer. Wieder einmal wurde mir klar, wie sehr ich sie liebte. Trotz der etwas widrigen Umstände strahlte sie mich an und berührte zärtlich meine Hand. Mit keiner anderen Frau auf der Welt wollte ich hier in diesem uralten Peugeot durch den Urwald reisen.

Die Holperfahrt führte uns durch ausgedehnte Wälder, mehrere kleinere Siedlungen, immer im Slalom um die mehr oder weniger großen Regenpfützen und dauerte gut drei Stunden. Völlig durchgeschüttelt und ziemlich schwindelig stiegen wir aus der Luxuslimousine aus, um die letzten Meter zu Fuß zurückzulegen. Niemand kann sich die Anspannung, mit der wir die letzten Schritte zurücklegten, auch nur annähernd vorstellen.

Der Weg führte, über einen engen Gang zwischen einigen baufälligen Wohnhütten, auf einen kleinen quadratischen Platz, ungefähr zehn mal zehn Meter groß. Der Platz wurde von einer großen, Schatten spendenden Palme dominiert. In einer Ecke spielten zwei kleine Mädchen mit einem Ball, ein Hund fühlte sich durch uns gestört und knurrte uns an.

Am Eingang zum Haupthaus hing sichtbar ein Äskulapstab, wir waren also angekommen!

Der Arzt hat uns wohl gesehen, die Tür ging auf und er kam mit ausgestreckten Armen auf uns zu. Er begrüßte uns herzlich und fragte im reinsten schwäbischen Deutsch, ob wir eine angenehme Anreise gehabt haben.

Er stellte sich als Dr. Magabu vor, dürfte um die sechzig Jahre alt und um 1,80 Meter groß gewesen sein, hatte volles, graues Haar und lächelte ununterbrochen, als ob in seinem Gesicht Lachfalten eingemeißelt wären. Mit seinen dunkelbraunen Augen zog er uns sofort in seinen Bann. Er taxierte uns nicht, sein Blick signalisierte ein liebevolles Willkommen.

Als wenn in diesem Augenblick eine tonnenschwere Last von Lotte gefallen wäre, umarmte sie den schwäbischen Urwaldarzt mit feuchten Augen. Schlagartig verflüchtigten sich all unsere Befürchtungen und machten einem guten Gefühl Platz. Obwohl noch gar nichts geschehen war, war auch ich plötzlich wie befreit. Ja, es war richtig, hierhin zu kommen.

Eine junge Frau, seine Tochter Kyara, wie er sie vorstellte, brachte zur Begrüßung eine Karaffe mit frischen, eiskalten Wasser. »Es gibt sogar Kühlung hier«, dachte ich und war offensichtlich immer noch in meinem Schablonendenken über eine Arztpraxis in Schwarzafrika.

Die Praxis war hell und sauber, wenn auch nicht vergleichbar mit vielen Designer-Arztpraxen in Deutschland.

Nach einer Viertelstunde Small Talk erzählte Dr. Magabu kurz über sich: Medizinstudium in Stuttgart, Arztpraktikum in Freiburg, danach acht Jahre in einem Krebsforschungszentrum in Paris.

»Wie mein Neffe Jamal bestimmt erzählt hat, bin ich bei meinen Forschungen in Paris auf einen bisher nicht entdeckten Zusammenhang zwischen dem Wachstum, oder besser: Sterben von Tumorzellen, und einigen seltenen Heilpflanzen aus Äquatorialafrika gestoßen. Die Chefs der Pariser Forschungsanstalt waren meinen Erkenntnissen gegenüber aber nicht besonders aufgeschlossen und schoben ein von mir vorgeschlagenes Forschungsprojekt auf die lange Bank. Auch ein bedeutender Pharmakonzern zeigte wenig bis gar kein Interesse. Hier in meiner Heimat kann ich weiter forschen, zusammen mit einigen Kollegen aus der Region. Für diese Forschung brauchen wir Geld. Verglichen mit der institutionalisierten Forschung ist es zwar wenig, aber für eine Eigenfinanzierung doch sehr viel.«

Magabu schwieg eine Weile und fuhr zögernd fort: »Könnt ihr die 50.000 aufbringen, ohne dass ihr zugrunde geht?« Lotte und ich schauten uns an. Lotte sprach es aus: »Nein, wir werden nicht zugrunde gehen, jedenfalls nicht wegen des Geldes.«

Lotte berichtete kurz und bündig über ihre Erkrankung und die bisherige Therapie, überreichte Dr. Magabu ihren aktuellen Arztbrief und schaute ihn voller Erwartung an.

»Es ist gut, dass du gekommen bist, tapfere, kleine deutsche Apothekerin. Ich bin sehr zuversichtlich, dass ich dir helfen kann! Deinen Mut, aus dem Kreislauf von Chemotherapien, Operationen und Transplantationen auszubrechen und zu einem unbekannten Urwalddoktor zu reisen, bewundere ich sehr. Nur wenige waren bisher so mutig.«

Mitten im Gespräch betrat Magabus Tochter den Raum und fragte etwas. Der Arzt unterbrach unsere Besprechung, stand auf, stellte aus verschiedenen Schubladen eine Kräutermischung zusammen und gab sie Kyara mit einigen geflüsterten Anweisungen. Offensichtlich arbeitete er hier nicht nur an der Erforschung von Mitteln gegen Tumorzellen, sondern auch als praktischer Arzt, zusammen mit seiner Tochter, die in Südafrika ebenfalls Medizin studiert hat, was er uns sichtlich stolz anvertraute.

»Jetzt aber zum Ablauf«, leitete Dr. Magabu die Erläuterung seiner Behandlung ein. »Als Erstes sollt ihr wissen, dass ich nicht behaupte, dass alle heute in Europa und in der westlichen Welt von den Krankenkassen bezahlten schulmedizinischen Therapieansätze falsch oder unwirksam sind. Wegen ihrer zumeist schlimmen Nebenwirkungen sollten sie, meiner Meinung nach, aber nur das letzte Mittel sein. Mein Ansatz ist dagegen ganz einfach: Ein Extrakt aus genau zwölf seltenen Kräutern greift die Tumorzellen direkt an und kümmert sich nicht um die gesunden Zellen. Nebenwirkungen gibt es zwar, die sind aber vergleichbar harmlos.«

»Wo kommen die Kräuter her? Wachsen sie wild im Urwald oder werden sie angebaut«, wollte meine kleine Apothekerin wissen. Dr. Magabo antwortete gerne, es ging ja um sein laufendes Projekt. »Zurzeit werden sie noch mit großem Aufwand von ausgewählten Helfern im Wald gesucht. Das ist nicht einfach, weil viele von ihnen nur schwer zu erkennen sind. Um Fehler möglichst auszuschließen, gibt es eine Qualitätskontrolle, die von einem meiner Vettern durchgeführt wird. Er kontrolliert jede gesammelte Pflanze nicht nur mit den Augen. Mit seinem besonderen Geruchssinn erkennt er jede Pflanze. Wir sind aber dabei, den Anbau der Kräuter zu organisieren, damit wir in Zukunft auch einen höheren Bedarf bewältigen können.«

»Wenn das Mittel doch schon perfekt wirkt, was gibt es da noch zu forschen?«, fragte ich vorsichtig. Dr. Magabu antwortete voller Verständnis:»Klar, das Präparat ist erforscht. Wenn das Mittel nicht richtig wirken würde, würde ich es nicht anwenden. Trotzdem sind noch viele Fragen zu beantworten und mehrere Testreihen nachzuweisen, um zumindest eine kleine Chance zu haben, eine Zulassung des Mittels beantragen zu können.«

»Wie soll es jetzt mit mir weitergehen?«, brachte Lotte die Sache auf den Punkt.

Dr. Magabus Plan war schnell dargelegt: Um eventuell bestehende Entzündungen auszuschließen, brauchte er erst einmal ein aktuelles Blutbild von Lotte. Er würde also jetzt eine Blutprobe entnehmen, die Tayo zu einem Labor in Lomé bringen würde. Kyara würde dort gleich anrufen. Wenn wir morgen zurückkämen, sollten wir den Laborbericht mitbringen. Dann würden an sechs aufeinander folgenden Tagen Infusionen mit dem Kräuterextrakt verabreicht. Nach einer Woche Pause sollte eine zweite sechsmalige Invasionsserie durchgeführt werden. Danach wären wir fertig und könnten nach Hause fahren oder sonst wohin. Togo und Umgebung hätten auch touristisch vieles zu bieten, wenn wir schon Mal hier seien.

Der Test, ob die Behandlung angeschlagen hat, wäre erst in drei bis vier Wochen sinnvoll, also erst, wenn wir wieder zu Hause seien, erklärte der Arzt abschließend.

Die beschriebene Behandlung erschien uns normal und nachvollziehbar. Die schreienden, zur Trommelmusik tanzenden und stampfenden Schamanen gehörten wohl ins Land der Fantasie oder des Films.

Unser bunter Chauffeur Tayo hat die ganze Zeit im Hof verbracht und mit dem kleinen Mädchen Ball gespielt. Er hielt Lotte die Wagentür auf, wir fuhren zurück nach Lomé.

Die beiden Infusionsserien verliefen ohne Komplikationen, die Woche dazwischen füllten wir mit Sightseeing aus, wobei unser treuer Tayo den ortskundigen Reiseleiter mimte. Wir glaubten aber, dass er noch nie so viel von seiner Heimat gesehen hatte, wie in der Woche mit uns. Tayo machte uns für jede Fahrt einen Super-Sonderpreis, sodass das Spesenkonto kontinuierlich anwuchs. Die Kosten waren aber überschaubar.

Lomé ist eine bunte und vor allem laute Stadt. Auf den Straßen wimmeln, wie überall in den Städten, viel zu viele Autos, überwiegend ältere französische und japanische Modelle. Zwischen den Autos knattern ungezählte Mopeds und hinterlassen dunkelgraue Wolken. Die Luft steht und stinkt nach Abgas. Am Morgen tragen Frauen in bunten Kleidern zwischen den Autos Obst und Gemüse in großen geflochtenen Körben auf den Köpfen zum Markt, mit den freien Händen ihre Kinder durch den Verkehr bugsierend.

Der »Grand Marché« in Lomé ist eine Sehenswürdigkeit ersten Ranges, wenn auch nichts für ängstliche Seelen: Klamotten ohne Ende, Stoffe, Schuhe, Kleinmöbel, Haushaltsgeräte aller Arten, Schmuck, Masken und Figuren aus schwarzem Holz, natürlich Obst und Gemüse, Berge kunstvoll gestapelter Mangos, Papayas oder Orangen. In einem gesonderten Bereich gibt es Fische und Fleisch, vor allem Hühner, die in großer Zahl, gerupft, mit den Hälsen nach unten hängend, auf Käufer warten. Im Fisch- und Fleischbereich wetteifern Millionen Fliegen um die frei verfügbare Nahrung. Ein sehr strenger, für unsere Nasen kaum erträglicher Gestank, dominierte diesen Teil des Marktes. Mit einer Klammer auf der Nase ist der Grand Marché aber eine richtige Augenweide!

Lotte kaufte einen ausgefallenen Stoff für ein Sommerkleid. Das fand ich großartig; sie dachte also an den nächsten Sommer!

In Lomé gibt es auch Museen, vor allem das *International Museum of the Gulf of Guinea* ist wirklich sehenswert und besonders für einen Regentag zu empfehlen. Natürlich hat Togo noch viel mehr zu bieten, man braucht aber deutlich mehr Zeit, als wir hatten. Zum Beispiel das UNESCO-Weltkulturerbe im Norden mit dem Namen *Koutammakou,* wo es historische Siedlungen mit ganz besonderen Lehmbauten zu sehen gibt.

Als Lottes Behandlung abgeschlossen war, lud uns Dr. Magabu in sein Haus zu einem Abendessen ein. Kyara, die das Essen liebevoll zubereitet hatte, erzählte uns viel Interessantes aus dem Alltagsleben in Togo und manche Anekdote aus ihrer Gemeinschaftspraxis.

Selbstverständlich gab es zum Abendessen landestypische Gerichte, wie scharf gewürzten Fisch, Maniok oder Auberginensalat.

Die Übergabe unserer Spende für die afrikanische Krebsforschung erfolgte wie nebenbei und ohne weitere Erklärungen. Nachgezählt wurde nicht, eine Quittung gab es auch nicht. Wozu auch?

Der Abschied von Dr. Magabu und seiner Tochter Kyara war sehr herzlich. Natürlich tauschten wir Einladungen aus, für den Fall, dass einer der beiden nach Deutschland oder wir noch einmal nach Togo kommen sollten. Auf jeden Fall sollten wir ihm das Ergebnis von Lottes Tests in Deutschland übermitteln, versteht sich.

Die Rückfahrt nach Lomé im alten Peugeot auf der inzwischen vertrauten Slalompiste bei Dunkelheit wurde zum letzten großen Abenteuer in Togo. Wir blieben mehrfach in den Schlammlöchern stecken und mussten den Wagen aus großen Pfützen herausschieben, wozu Tayo vom Fahrersitz aus Instruktionen brüllte.

Ehe wir zurückflogen, verbrachten wir noch eine herrliche Urlaubswoche auf einer malerischen und vom Massentourismus noch verschonten Insel im Golf von Guinea. Sie heißt »Sao Tomé & Principe« und liegt mitten im Meer, ungefähr 1000 km vom afrikanischen Festland entfernt. Wir verbrachten so etwas wie unsere Flitterwoche, was genau zu unserer Stimmung passte.

»Was wollen wir als Erstes machen, wenn wir wieder zu Hause sind?«, fragte ich Lotte am Strand von Sao Tomé & Principe. »Falls der Test die erwarteten guten Ergebnisse ausweist, werde ich mir einen Mann suchen! Ich habe genug vom Singledasein! Ich will mit einem Partner in eine schicke Wohnung mit einem großen Balkon ziehen, mich ganz neu einrichten, mit ihm zusammen kochen, Wein trinken, in viele Urlaube reisen, einfach atemlos vor Glück die ganze Welt umarmen«, hielt Lotte ihre bisher längste Rede.

»Hast du schon jemanden im Blick? Wie soll er sein, der Mann deiner Träume und wie willst du ihn finden?«, ging ich auf ihr Spiel ein.

»Wie wäre es mit dir? Du hast nicht ganz so viele Fehler wie die meisten Männer, passt halbwegs zu mir und ich könnte mir das lästige Suchen sparen!«, argumentierte sie ausgelassen.

»Aber willst du mich überhaupt? Und wenn ja, was bietest du mir eigentlich?«, fragte sie mit halbwegs ernster Miene.

»Um dich zu gewinnen, würde ich alles, alles tun, sogar einen Tangokurs erleiden, wenn es sein muss.«

»Du bist der liebste Blödmann, den ich kenne. Also abgemacht. Wenn die Testergebnisse gut sind, lernen wir zuerst Tango tanzen und heiraten anschließend, ok?«

»Nein, der Deal gilt auf jeden Fall, ob die Testergebnisse gut sind oder schlecht. Sonst steige ich aus«, hatte ich das letzte Wort. Wir umarmten und küssten uns, länger als eine Ewigkeit lang.

Die Rückreise nach Deutschland verlief ohne Komplikationen und war mindestens so anstrengend wie die Hinreise. Jetzt waren wir aber voller Zuversicht unterwegs. Während Lotte wieder in ihren tiefen Fliegerschlaf sank, gingen mir Gedanken durch den Kopf, die von Lottes völliger Heilung bis zur vernichtenden Diagnose:»Keine Veränderung des Krankheitsbildes« reichten. Ein echter *Nerd* kann eben nicht anders! Zurück in Deutschland machten wir natürlich sofort einen Termin bei Lottes Arzt.

Ich will es kurz machen: Lottes neue Werte waren alle ohne Befund, als wenn die Krankheit nie da gewesen wäre! Wir waren unbeschreiblich glücklich und heulten und strahlten abwechselnd, ohne Punkt und Komma. Ein völlig neues Leben konnte beginnen!

Als ich die Fakten nüchtern analysierte, gab es für das, was mit Lotte geschehen ist, drei Möglichkeiten:
Möglichkeit eins: Lotte war niemals krebskrank, ihre Blutproben wurden im Labor vertauscht. Das wäre ein selten vorkommender Fehler, soll aber schon passiert sein.

Möglichkeit zwei: Lotte war niemals krebskrank. Jamal, Magabus Neffe, hat bewusst eine falsche Blutanalyse erstellt, um seinem Onkel eine Patientin und eine Menge Geld zuzuschustern. Eine denkbare Erklärung, jedoch aus unserer Sicht eher als Filmstoff geeignet; weder Lotte noch ich können uns das vorstellen, nachdem wir Dr. Magabu und seine Tochter kennengelernt haben.

Möglichkeit drei: Lotte war krebskrank; Dr. Magabu hat sie geheilt.
Alle drei Möglichkeiten waren gleichermaßen unwahrscheinlich.

Ohne lange zu überlegen, kürten wir den Urwaldarzt zum Helden der Geschichte, gefolgt vom Neffen Jamal, der Tochter Kyara und dem Taxifahrer Tayo. Und so soll es bleiben! Für die nächsten fünfzig Jahre. Mindestens. Basta!

Das ist jetzt schon fünfzehn Jahre her, fünfzehn herrliche Jahre, in denen wir jeden Tag wie ein Geschenk genossen haben. Jetzt leben wir schon ein Jahr in dieser Residenz und sind für jeden weiteren Tag unendlich dankbar.

Nach dem Ende dieses bewegenden Vortrages war es im Café eine ganze Weile mucksmäuschenstill. Erst nach einem ungewöhnlich langen Schweigen meldeten sich die ewig Neugierigen zu Wort:

Zuerst wurde angeregt, diese Geschichte unbedingt aufzuschreiben und das Manuskript dem Fernsehen für einen Film anzubieten.

Eine weitere, wohl eher sarkastisch gemeinte Frage war, ob die Krankenkasse etwas zu den 50.000 Dollar beigesteuert hat.

Einige fragten nach der Adresse, unter der man Dr. Magabu erreichen kann.

Wer sich weiter für meine Affäre mit Irmi interessiert, dem sei gesagt: Ja, ich habe mich inzwischen wegen des Desasters mit dem Rosenkavalier beruhigt. Und ja, ich werde weiterkämpfen. Und ich gedenke nicht aufzugeben!

*

Transsibirische Eisenbahn

Es ist wieder Freitag. In der vergangenen Woche habe ich Irmi kaum zu Gesicht bekommen, weiß der Teufel, was sie so treibt. Auch sonst ist nichts passiert, was zu erzählen sich lohnen würde. Wenn ich mit ihr nicht bald weiterkomme, werde ich tot sein, bevor wir uns geküsst haben. Bis heute weiß ich ja nicht einmal, ob sie das überhaupt in Erwägung zieht.

Der Freitags-Vortrag hat sich inzwischen zu einem Festpunkt unseres Lebens in der Residenz entwickelt. Auch der heutige Abend verspricht, ein Fest des Erzählens zu werden.

In unserem Café haben wir schon so manche herrliche Geschichte gehört, aber bisher war noch kein Reiseabenteuer dabei. Das hat unsere allseits beliebte Mathilde, eine Lehrerin aus Bayern, für heute versprochen. Viel mehr als den Titel: »Transsibirische Eisenbahn« hat sie bisher nicht verraten. Das allein hat dafür gesorgt, dass wir wieder vollzählig und viel zu früh vor Ort waren. In sichtlicher Vorfreude, ihre schönste Reise vor großem Publikum präsentieren zu dürfen, ergreift Mathilde das Mikrofon und erzählt:

Liebe Reiseabenteurer,

ihr kennt mich zwar alle, aber der Vollständigkeit halber fang ich mit meiner Person an: Ich bin Mathilde, komme aus der Oberpfalz und bin gerade 79 geworden. Knapp 40 Jahre lang habe ich als Grundschullehrerin gearbeitet und mehr als 300 Kindern, deren viele Namen ich bis heute nicht vergessen habe, das Lesen, Schreiben, Rechnen und viele andere nützliche Dinge beigebracht. Dazu habe ich noch drei wunderbare Kinder auf die Welt gebracht und großgezogen und fünf Enkel nach Strich und Faden verwöhnt.

Eugen, mein Göttergatte, war Polizist im mittleren Dienst, wurde aber kurz vor der Pensionierung noch in den gehobenen Dienst befördert, wodurch ich mir diese Residenz überhaupt leisten kann. Außer Polizist war er eine Ewigkeit lang Vorsitzender des Schützenvereins und sang im Kirchenchor. Bass. Vor zwei Jahren ist er mir vorausgegangen, um die Lage da Oben zu sondieren, wie er sich kurz vor seinem Abschied ausgedrückt hat.

Als meine Geschichte begann, waren wir fast 60 Jahre zusammen, die Kinder längst aus dem Haus und die Enkel voll im Studentenhimmel. Eugen und ich haben uns in der Regel gut verstanden, mussten nicht sehr oft zum Arzt und waren in der Dorfgemeinschaft gut vernetzt, wie man heute sagt. Unser viel zu großes Einfamilienhaus und der Garten mit seinen besonders widerstandsfähigen Unkräutern forderten uns jeden Tag aufs Neue.

Abgesehen von der Arbeit im Garten und den immer häufiger werdenden Beerdigungen passierte in unserem Leben nicht mehr so viel. Das Wochenprogramm ergab sich aus dem täglichen Einerlei, den Einkäufen und Krankenbesuchen.

Abwechslung entstand aber immer öfter durch Eugens chronische Disterminitis, eine Schwäche, die uns in der Regel viel zu spät, manchmal gar nicht, bisweilen auch einen Tag zu früh zu Verabredungen, wichtigen Terminen oder Vorführungen erscheinen ließ. Eugen verwaltete nämlich alle Termine persönlich und aus Prinzip ausschließlich im Kopf. Diese Zuständigkeit ließ er sich auf keinen Fall streitig machen. »Ein Terminkalender ist der Anfang jeder Demenz«, hat er immer wieder argumentiert und auch: »Als ehemaliger Pfadfinder und Polizist findet man aus jeder noch so vertrackten Situation heraus.«

Ich hatte mich gezwungenermaßen mit seinem Leiden abgefunden und versuchte, die Schäden durch eigene Buchführung zu begrenzen, ab und zu sogar mit Erfolg.

Eugen hat, spät aber doch, das Internet entdeckt. Na ja, er konnte googeln, Sachen bestellen und so etwas.

Beim Surfen hat er bei Ebay den Tombola-Gewinn von Herrn Holzhuber, einem Flug-ängstlichen Bäcker, für erstaunlich wenig Geld ersteigert. Es handelte sich um eine Reise mit der Transsibirischen Eisenbahn von Moskau nach Peking. Den Zuschlag hat er zu einem Preis bekommen, der nicht höher war, als wir für unsere üblichen Urlaube in Kärnten oder am Bodensee normalerweise bezahlt haben.

Eine Reise mit der Transsibirischen Eisenbahn ist mir schon manches Mal durch den Kopf gegangen, aber immer nur als eine vage, nicht wirklich reale Vorstellung.

Eugen, der von Grund auf sparsam war, konnte nicht anders, als mitzubieten. Die Transsibirische Eisenbahn, diese Traum-umwobene Eisenbahnstrecke mit dem Ruf eines der letzten noch verbliebenen Abenteuer, war zwar nur etwas für Mutige, gehörte jedoch schon immer zu seinen geheimen, oft gedachten, aber noch nie formulierten »letzten Wünschen«. Gerade mal 80, hätten wir ja noch die Zeit, den Mut und nun auch die konkrete Gelegenheit, uns diesen, in Anbetracht unseres Alters möglicherweise verrückt scheinenden Wunsch, zu erfüllen. »Wenn nicht jetzt, dann wohl gar nicht mehr«, verteidigte Eugen seine Ersteigerung.

Beim Schützenfest im Mai haben wir es dann öffentlich verkündet: »Wir fliegen nach Moskau und fahren von dort aus mit der Transsibirischen Eisenbahn bis nach Peking, durch Sibirien und die Wüste Gobi in der Mongolei!«

Auf diese Ankündigung folgte langes Schweigen, das erst von unserem Nachbarn Franz unterbrochen wurde: »Das war schon mal im Fernsehen, soweit die Füße tragen oder so.«

Unser wortkarger Küster äußerte nur kurz: »Bären, Wodka, KGB. Na, dann viel Spaß!«

Die Reise sollte in Moskau beginnen und mit einem historischen Zug namens »Zarengold« über Kasan durch den Ural, weiter über Jekaterinburg, Nowosibirsk, Krasnojarsk, Irkutsk, Ulan-Ude, die Wüste Gobi, Ulan-Bator bis nach Peking führen. Allein schon diese Städtenamen klangen nach einem weltweiten Abenteuer! Rund 10.000 Kilometer, und das alles in knapp 20 Tagen!

»Ist das euer Ernst?«, wurden wir gefragt. Und: »Da fährt doch wohl ein Arzt mit!«, sorgten sich unsere Kinder. Offensichtlich zweifelten sie an unserer Zurechnungsfähigkeit. Kinder können manchmal ganz schön brutal sein.

Zur Vorbereitung der Reise blieb, wie das immer so ist, nur wenig Zeit. Um den Papierkram kümmerte sich die Reisegesellschaft, fast alles andere blieb an mir hängen: das Besorgen von dicken Socken, Wollmützen, Handschuhen, Antibiotika, Aspirin und Dosenbrot für den Notfall, Wolle und Stricknadeln für die langen Zugstrecken.

Eugens Googelei im Netz hat weitere dringend benötigte Reiseutensilien ans Licht befördert: Kompass, Morsealphabet, verschiedene Adapter, Schweizer Multifunktionstaschenmesser mit 48 Werkzeugen und, angeblich unentbehrlich, einen Fensterwischer mit Teleskopstiel, zum Säubern der Abteilscheiben von außen, um die Sicht aus dem Zug auf die Millionen Birken sicherzustellen.

Ein wichtiger Tipp im Internet war auch: Zusammenstellen der Adressen für die Reisenachweis-Grußkarten an Freunde und Bekannte. Unterwegs dürfte es dafür wohl zu spät sein!

Nach langem Hin und Her sind dann 196 Adressen zusammengekommen, bestimmt haben wir trotzdem einige vergessen. Sprüche für die Grußkarten haben wir auch gesammelt, man kann ja nicht allen das Gleiche schreiben, einige tauschen sich bestimmt aus! Trotz aller Mühen dürfte am Ende wohl mancher Text doppelt geschrieben werden, die besonders originellen wahrscheinlich noch öfter.

Endlich war der Tag der Abreise gekommen, der letzte Sonntag im Mai, wie Eugen immer wieder verkündet hat.

Natürlich waren wir vor Aufregung schon drei Stunden vor dem Abflug am Flughafen in München, aber trotzdem zu spät! Eugen hat wieder mal Samstag mit Sonntag vertauscht, ich hätte es wissen müssen!

Glücklicherweise hatten wir die Privatnummer von Herrn Steisl aus dem Reisebüro, den wir am Sonntagvormittag gerade noch vor dem Kirchgang und dem traditionellen Stammtisch erreichten. Ohne viel Gerede arbeitete Herr Steisl eine zeitnahe Reisealternative von München nach Moskau aus, um die Reisegruppe einzuholen, was natürlich auf unsere Kosten ging. Wir warteten fünf Stunden auf unseren Flug nach Odessa am Schwarzen Meer, von dort aus ging es weiter über Minsk nach Moskau. Ein Umweg von nur zehn Stunden, immerhin eine Lösung.

Am Ende unserer Odyssee fand Eugen die Änderung des Reiseverlaufs gar nicht so schlimm, immerhin hätten wir die Flughäfen von Odessa und Minsk kennengelernt: »Da wären wir sonst nie im Leben hingekommen«, meinte er. Über den verpassten Direktflug nach Moskau und die zusätzlichen Kosten tauschten wir uns nicht weiter aus, wozu auch.

Am nächsten Vormittag ließ uns der Reiseveranstalter am Flughafen in Moskau abholen und wir wurden zu unserer Reisegruppe gebracht, sodass wir zumindest die letzten beiden Punkte des zweitägigen Moskauer Touristenprogramms mitbekommen haben: Besichtigung einer Metrostation (Stalins Paläste für das Volk) und des Kaufhauses GUM. Über den Besuch des Kremls, der Basilius-Kathedrale am Roten Platz, des Klosters Sagorsk und über den Kennenlernabend im Hotel am Vortag haben uns die Mitreisenden ausführlich berichtet. So konnten wir uns, trotz der individuellen Anreise, doch einen guten Überblick über Moskaus Sehenswürdigkeiten und Besonderheiten verschaffen.

Nahtlos ging es dann zum Jaroslavskij-Bahnhof, wo der berühmte Touristenzug »Zarengold«, den schon viel Politik-Prominenz für geheime Treffen genutzt hat, auf uns wartete.

Beim Einsteigen bekamen wir einen Willkommensschnaps und nette Abteilnachbarn, ziemlich jung, aber deutschsprachig, immerhin. Nach dem zweiten Wodka fühlte ich mich schon fast wie zu Hause. Die Abteile im Zarengold sind zwei mal zwei Meter groß, die Betten fast 75 Zentimeter breit und hochklappbar. Zwischen den Betten ist reichlich Platz zum Aufstehen und Verweilen. Über dem Waggongang befindet sich ein großzügiger Stauraum, der allerdings nur für ausgewählte Passagiere nutzbar ist: Um ihn zu erreichen, muss man jung, dynamisch, schwindelfrei und mindestens 1,90 Meter groß sein. Pro Eisenbahnwagen gibt es zwölf Abteile, eine Dusche, ein WC und eine kleine Teeküche mit Samowar. Jedem Waggon ist eine Babuschka zugeteilt, was übersetzt »Mütterchen« heißt. In unserem nahm eine junge, hübsche Russin die Aufgaben der Babuschka war.

Das Zugrestaurant, in dem fremdländisch anmutende Köche auf kleinstem Raum großartige Menüs zauberten, war sehr nostalgisch eingerichtet und lud zum Verweilen ein. Die Mahlzeiten und alle Getränke, außer Wodka, waren frei! Es gab keine festen Plätze, bei jeder Mahlzeit galt »freie Platzwahl«. Auf diese Weise lernte man jedes Mal andere Mitreisende näher kennen.

So weit, so gut. Es gab aber, wie immer, einen Pferdefuß: Pro Waggon existierte nur eine Dusche für 24 Personen! Nur eine einzige für uns alle! Eine verbindliche Regelung, wer wann und wie lange duschen darf, gab es nicht. Das störte den Ordnungssinn meines Eugen enorm. »Das Problem schreit geradezu nach einer Lösung«, äußerte er immer wieder. Für mich war offensichtlich, dass er schon am ersten Tag angefangen hat, an einem Zarengold-Duschordnungssystem zu tüfteln.

Das allgemeine Konzept der Zarengold-Reise war: nachts fahren, tagsüber besichtigen. Die Schwachstelle aus unserer Sicht war aber, dass wir zur gewohnten nachmittäglichen Ruhezeit in der Regel nicht im Zug waren, sodass das geliebte Nickerchen nicht stattfinden konnte. Es sei denn, wir hätten auf den Tagesausflug verzichtet und wären den ganzen Tag an Bord geblieben. Eine Lösung, die wohl eher für ältere Reisende infrage kam!

Die erste Nacht im Zug zog sich hin und hin und hin. Das ständige Ta-dam-ta-dam der Räder auf den Schienen beruhigte uns (noch) nicht, es störte.

Im Morgengrauen erreichten wir Kasan, eine Stadt mit über einer Million Einwohnern, kurz vor dem Ural, also noch in Europa. Kasan ist die Hauptstadt der Republik Tatarstan und auch Zentrum des russischen Islams.

Bei herrlichem Sonnenaufgang gab es ein hervorragendes Frühstück im Zugrestaurant, mit köstlichen Blinys, Piroggen, Watrushki und überwiegend unausgeschlafenen Mitreisenden.

Wenig später schon begann der Tagesausflug in historischen Bussen, das heißt ohne Klimaanlage und mit ausgeleierter Achsfederung, dafür aber mit gut eingesessenen Sitzen.

Das Programm war klassisch: Kasaner Kreml, die berühmte Moschee, eine Schiffsfahrt auf der unbegradigten Wolga und ein speziell für uns organisiertes Konzert in einer Musikschule.

Nur wenige Flugstunden von zu Hause, wenn man von dem Umweg über Odessa und Minsk mal absieht, waren wir plötzlich in einer völlig anderen Welt.

Eugen und ich fühlten uns auf der Reise von Anfang an sehr wohl. Die Reisegruppe umfasste 80 Personen aus zwölf Nationen, entsprechend erforderte die Verständigung einige Mühen. Wir waren wieder einmal die Ältesten und die Einzigen mit einer bayrischen Muttersprache, was aber nicht weiter schlimm war.

Östlich der Grenze zwischen Europa und Asien liegt Jekaterinburg, ein wichtiger Industriestandort und auch historisch interessant: 1918 wurde dort die Zarenfamilie durch die Bolschewiki ermordet.

Allein die gewaltige Kathedrale war einen Besuch wert! Wir unternahmen einen Spaziergang durch die sehenswerte Altstadt mit ihren prächtigen Bauten im klassizistischen Stil. Im Atrium Palace, dem ersten Hotel am Platz, wurden wir mit einem Wodka-Empfang einschließlich Kaviarverkostung verwöhnt. Wunderbar!

Trotz aller schönen Besichtigungen wurde Eugen im Verlauf der Tour zunehmend unzufrieden, weil wir so wenig Kontakt zu den Einheimischen hätten. Wir würden nicht erfahren, was die so über das Leben und den Tod denken, was sie gut finden und was nicht. Kurz entschlossen informierte er die Reiseleitung, dass wir den Ausflug in Nowosibirsk am Folgetag allein gestalten möchten, am Abend aber wieder rechtzeitig am Zug erscheinen würden. Die Reiseleitung gab ihr OK. Und erklärte: »Wir fahren aber pünktlich weiter, mit oder ohne euch. Abfahrt ist am Nachmittag, Punkt fünf Uhr!« Für den Notfall bekamen wir eine Handynummer.

In völliger Selbstüberschätzung nabelten wir uns nach dem Frühstück von der Gruppe ab und zogen bei strahlendem Sonnenschein und fast 30 Grad entschlossen allein los.

Zuerst ging es mit dem Taxi in die Stadtmitte. Dort warteten die Einheimischen nicht gerade darauf, von Touristen nach dem Sinn ihres Lebens befragt zu werden. Also machten wir das, was Eugen einmal in einem Kinofilm gesehen hat: Wir stiegen in die nächst beliebige Straßenbahn und fuhren bis zur Endstation durch. In Nowosibirsk funktionierte die Kinoversion leider nicht so gut. Wir landeten in einem Außenbezirk, wo zwar einige Einheimische ansprechbar waren, sie verstanden uns jedoch nicht und wir sie auch nicht. Dafür war in der Nähe ein großer, mit mächtigen Bäumen bestückter Park.

In fremden Städten gehe ich liebend gerne in öffentliche Parks, weil man dort das Leben der heimischen Bevölkerung am besten wahrnehmen kann und sich Gespräche schneller als anderswo ergeben.

Gerade, als wir den Park betreten haben, zog eine Hochzeitsgesellschaft durch den Park, offensichtlich wurde das junge sibirische Paar kurz vorher getraut. Vermutlich gingen sie in Richtung Restaurant, wo wohl die Hochzeitsfeier stattfinden sollte. Vorneweg stolzierten die jungen Männer, ihre Sakkos lässig über den Armen, die Krawatten und die weißen Hemden weit offen. Die jungen Frauen stöckelten in bunten Sommerkleidchen hinterher, ständig an ihre Frisuren fassend. Kleine Mädchen liefen, bunt bekränzt, lauthals und aufgeregt zwischen den einzelnen Gruppen der Hochzeitsgesellschaft hin und her, während die Jungen um die Vorherrschaft am Eingang zum Kiosk kämpften. Hintendrein die Älteren, wohl Verwandte der Brautleute, ernsthaft-festlich dreinschauend, nur mühsam Schritt haltend.

Der Bräutigam war gut auszumachen, als Einziger trug er noch Sakko und Krawatte, schwitzend, mit hochrotem Kopf. Er war groß und auffällig stark, beim Gehen baumelten die Arme eng an seinem Oberkörper vorbei.

Etwas abseits der Hochzeitsgesellschaft sahen wir die Braut, allein auf einer Lichtung. Sie tanzte mit geschlossenen Augen, drehte sich, drehte sich immerzu in ihrem langen weißen Kleid, ganz abgetaucht in ihr Glück, im Jetzt. Wie schön!

Danach ging es für uns weiter per Taxi kreuz und quer durch die Stadt. Wir fuhren zu den Brücken, die über den Ob führen, und schauten uns die Alexander-Newski-Kathedrale, die große Oper sowie weitere Attraktionen an. Am Ende landeten wir ziemlich weit außerhalb des Stadtzentrums, wo ein herrlicher Aussichtspunkt lockte. Eugen meinte, dass dafür noch genug Zeit wäre, da wir ohne Eile mit einem Zug, dessen Gleise er auf dem Stadtplan entdeckt hat, zurück in Richtung Zarengold fahren könnten.

Die im Stadtplan eingezeichnete Schienenstrecke haben wir nach längerer Suche auch gefunden, leider war aber dort kein Zug zu erwarten, weder heute noch morgen, noch überhaupt, wie uns eine englisch sprechende Novosibirskerin glaubhaft versicherte; der Fahrbetrieb war schon vor mehr als fünf Jahren eingestellt worden.

Eine nüchterne Besprechung zwischen Eugen und mir über den Status quo ergab, dass die Abfahrt des Zarengold-Zuges in wenigen Minuten sein wird. Ein Anruf an die uns vorsorglich übergebene Handynummer bestätigt unsere Vermutung.

Zusammengefasst haben wir also Novosibirsk im Alleingang erobert, mit bis zu drei Einheimischen kurzen Kontakt gehabt, eine Hochzeitsgesellschaft im Park beobachtet, alle Sehenswürdigkeiten, die auch auf dem Reiseprogramm standen, besichtigt und jetzt unseren Zug verpasst.

Eugen aber war wie immer zuversichtlich, weil, wie er sagt, der nächste Halt des Zarengold nur eine oder zwei Flugstunden weiter in Richtung Osten entfernt läge.

Der zweite Hilferuf nach Hause war mir zwar peinlich, weil ich mir das geduldig-unverschämte Grinsen von Herrn Steisl im fernen Reisebüro vorstellen konnte, aber es half ja nichts. Schon nach einer halben Stunde gab er uns die erneute Änderung unserer Reiseroute durch: in zwei Stunden ab Flughafen Novosibirsk-Tolmachewo, mit UT Air nach Krasnojarsk, Flugzeit: eine Stunde, 35 Minuten. Übernachtung im dortigen DOM-Hotel, dann am Morgen um neun Uhr mit dem Taxi zum Bahnhof in Krasnojarsk, Gleis drei. Anschließend Teilnahme am Besichtigungsprogramm der Zarengold-Reisegruppe. Die Kosten für das Zusatzprogramm würden dann von der ihm bekannten Kreditkarte abgebucht und wir bräuchten uns weiter um nichts zu kümmern.

Die Alternativroute war ein Klacks, auch wenn wir Ermüdungserscheinungen nicht leugnen konnten, keine Wäsche zum Wechseln hatten und zudem ohne Kulturbeutel unterwegs waren.

Über die Vorgänge an diesem Tag tauschten wir uns nicht weiter aus, wozu auch.

Krasnojarsk ist eine sehr großzügig wirkende Stadt mit viel öffentlichem Raum, einer gewaltigen Stahlbrücke über den Fluss Jenissei und einem gigantischen Staudamm. Es machte mir richtig Freude, wieder eine ganz normale Gruppentouristin zu sein, ohne Sprachbarriere und Orientierungsdruck, einfach nur: Raus aus dem Bus, schauen, zuhören, staunen, rein in den Bus und so weiter. Das Tempo war unserem Alter angemessen, wir konnten problemlos Schritt halten und gerieten auch nicht in Atemnot. Eugen scherte zwar immer wieder mal aus, um in Kontakt mit der Bevölkerung zu kommen, ich konnte ihn aber jedes Mal einfangen und zurück in die Gruppe bugsieren, sodass wir am Abend ganz normal unser Abteil im Zarengold in Beschlag nehmen konnten. Es war auch Zeit, die Grußkarten zu schreiben, nicht, dass sie später als wir zu Hause ankommen.

In einem engen Zugabteil fast 200 Urlaubsgrüße in nur einer halben Nacht zu schreiben, war eine bemerkenswerte Leistung. 200 Briefmarken am Bahnhof von Irkutsk zu kaufen und die Karten in einen Briefkasten zu stopfen, erforderte aber einen Menschen mit viel Durchsetzungsvermögen, Geduld und Disziplin, einen wie Eugen.

Irkutsk nimmt für sich gerne den Namen »Paris Sibiriens« in Anspruch. Davon sahen wir nicht viel, da wir uns wieder bei der Reiseleitung abgemeldet haben und gleich mit dem nächsten Bus bis zur Endstation ins Irgendwo gefahren sind. Eugen wollte wieder auf eigene Faust internationale Kontakte herstellen. Nachdem er mit Scheidung und Schlimmerem gedroht hat, verzichtete ich auf die bequeme Stadtführung und erkundete unbequem mit Eugen. Zum wiederholten Mal ging mir das blödsinnige Versprechen bei der Trauung durch den Kopf: »Ich werde dir folgen, wohin auch immer du gehst«, oder so ähnlich.

Es war schon ein glücklicher Zufall, dass wir draußen in der Pampa jemanden trafen, der nicht nur Englisch sprach, sondern auch im Umgang mit Touristen nicht unerfahren schien. Er versuchte gerade, am Straßenrand einen platten Reifen seines uralten Moskwitsch zu wechseln, wobei Eugen ihm aber leider, mangels Erfahrung mit Moskwitsch-Bereifungen, nicht helfen konnte. Er stellte sich als Juri vor und lud uns spontan auf seine in der Nähe gelegene Datscha ein. Juri plauderte offen über sein Leben und bot uns Tee und Plätzchen an. Er erzählte, dass sich seit Glasnost und Perestroika hier vieles verändert hätte, manches zum Guten, manches zum Schlechten, das meiste sei aber miserabel geblieben. Sie können jetzt ihre Meinung äußern, dürfen sich frei bewegen und geheim wählen, wenn es auch, nach wie vor, in der Regel nur einen Kandidaten gäbe. Das Elektrizitätswerk am Staudamm ist privatisiert worden, seine Frau Natascha und er wurden zwangsverrentet. Im Werk würden jetzt weniger Ingenieure, dafür mehr Rationalisierungsexperten beschäftigt. Die beiden hätten also Zeit zum Reisen, kämen aber mit den paar Rubel Rente nicht einmal bis zum nahen gelegenen Baikalsee.

Deshalb wären ihnen Touristen, die im Sommer fast wöchentlich gruppenweise auf ihre Datscha kommen, sehr willkommen. Sie verdienen damit gutes Geld und können ihren Sohn Dimitrij und seine junge Familie unterstützen.

»Die Touristengruppen aus Europa sind seltsame Mitmenschen«, sagt Juri, »Plage und Segen zugleich. Sie laufen, bunt angezogen und laut schwatzend, kreuz und quer durch unseren Garten, fotografieren Gurken, Tomaten und Kürbisse, versuchen, die Schweine mit Grunzlauten zum Quieken zu bringen, machen Bemerkungen über unser Plumps-Klo und knipsen Gruppenfotos vor dem Misthaufen«.

Juri beschreibt den Besuch einer Touristengruppe so: »Der Kontrakt mit der Reiseagentur schreibt vor, Gruppen zwischen zehn bis 20 Personen zum Festpreis von 100 Rubel pro Nase vier Stunden lang zu beschäftigen. Das Programm beginnt mit einem Glas Kwas, beim Empfang am Bus. Anschließend folgt ein freier Rundgang durch den Gemüsegarten, dann die Besichtigung des Schweinestalls, das Händewaschen am kleinen Wasserfall und ein Foto mit uns Eingeborenen vor unserem Haus. Wer mutig ist, darf den Hund Boris streicheln.

Sind alle im Haus, findet noch einmal ein Empfang statt, mit Wodka und Sakuski, wie sich das in Russland gehört. Dann wird ein ›original‹ sibirisches Essen aufgetischt: Borschtsch, Omulfisch, gartenfrische Kartoffeln und Gemüse, für Veganer nur Kartoffeln mit Gemüse, und zum Schluss: Tschai und Prjaniki. Dazu Musik vom Akkordeon.

Das alles findet in der kleinen Datscha statt, an eng aneinander gestellten Tischen unterschiedlicher Formen und Höhen. Das Essen wird auf bunt gemischtem Porzellan serviert, das sich aus verschiedenen Erbschaften, Schenkungen, Tombolagewinnen etc. angesammelt hat. Juri, seine Frau Natascha und der Sohn Dimitrij rennen dann hin und her, bringen das vorbereitete Essen aus der winzigen Küche in das vollgestopfte, viel zu kleine Wohnzimmer. Dabei schauen sie gastfreundlich in die Kameras, immer locker und gut aufgelegt.

Nach einer Weile unterhalten sich die Gäste angeregt, der Wodka wirkt. Jedes Mal äußert einer:»Wie beneidenswert, hier zu leben, immer saubere Luft, frisches Gemüse aus dem eigenen Garten, Bio-Schweine, super, ich bleibe einfach hier!« Jedes Mal ist keiner dageblieben, sie wurden immer vollzählig, beschwipst und zufrieden mit dem Akkordeon zum Bus gebracht. Zum Abschied noch ein Gruppenfoto mit Boris, gastfreundliches Winken und dann ab zur nächsten Attraktion«.

»Die Reiseagentur hofft, dass immer mehr Touristen nach Irkutsk kommen werden, um den nahen gelegenen Baikalsee zu besuchen«, sagte Juri.»Eigentlich wollen die Touristen in Sibirien aber etwas anderes sehen: den freien, trotzigen Sibirier, den mit der leidenschaftlichen Doktor-Schiwago -Seele – und wenn möglich auch seine hübsche Larissa. Aber die hat hier bisher noch niemand zu Gesicht bekommen!«

Die Herzlichkeit und Offenheit unseres Gastgebers haben uns sehr berührt. Wir vergaßen die Zeit und quatschten noch lange, weit über die planmäßige Abfahrt unseres Zuges hinaus.

Also meldeten wir uns per Handy bei Milla für die Nachtfahrt zum Baikalsee ab und kümmerten uns mit Juri um den Fortgang der Reise.

Juri fand im Internet heraus, dass die nächste Möglichkeit, zur Gruppe zu stoßen, in Ulan-Ude ist, also 700 Kilometer von hier in Richtung Osten. Laut Online-Fahrplanauskunft würde ein Bus fahren, der am nächsten Morgen um acht Uhr Ulan-Ude erreicht. In zwölf Stunden wären wir also dort, das hörte sich gut an! Im Bus konnten wir uns wegen der unüberwindbaren Sprachbarriere an den lebhaften Gesprächen der Mitreisenden leider nicht beteiligen. Trotzdem war es eine bemerkenswert schöne Busfahrt, schon allein wegen der wodkaseeligen, herzerweichenden Gesänge, die während der Fahrt von den Reisenden aus voller Kehle geschluchzt wurden.

Am nächsten Morgen in Ulan-Ude waren wir beide natürlich müde, zerknittert und ungewaschen. Aber auch irgendwie aufgedreht und stolz, dass wir in so kurzer Zeit so viele interessante Bekanntschaften gemacht haben, auch wenn wir den Ausflug der Reisegruppe an den Baikalsee verpasst haben. Eugen meinte dazu:»Baden kann ich genauso gut im Chiemsee!«

Über diesen Abschnitt der Reise tauschen wir uns ebenfalls nicht näher aus, wozu auch.

Zurück an Bord, in unserer Vier-Quadratmeter-Traumkabine mit eigenen Liegen, Klo und Dusche nicht weit weg, genossen wir den puren Luxus. Beim Frühstück begrüßten uns die anderen Zarengoldlinge wie der biblische Vater den verlorenen Sohn.

Ulan-Ude ist die Hauptstadt der russischen Teilrepublik Burjatien. Die bunte Mischung aus kleinen Siedlungsflächen, sowjetischen Wohntürmen, farbenreichen buddhistischen Tempeln und einem riesigen, bronzenen Leninkopf mit einer Gesichtshöhe von fast acht Metern, strahlte eine wohltuende Ruhe aus. Unser buddhistischer Reiseführer bemühte sich redlich, uns eine Konvertierung zum buddhistischen Glauben näherzubringen, hatte aber damit, soweit ich das übersehen konnte, keinen Erfolg.

Eugen war bei dieser Führung gedanklich nicht ganz dabei, er grübelte vermutlich über die Nutzungsverordnung für die Dusche im Zarengold-Waggon nach, also darüber, wer wann und wie lange duschen darf. Er war schon seit einigen Tagen dabei, sein, wie er meint, international taugliches Duschordnungs-System bei den Mitreisenden zu kommunizieren, ohne Autorisierung durch die Reiseleitung und ohne auf Interesse bei den Mitreisenden zu stoßen.

Hinsichtlich der örtlichen Gegebenheiten verwunderte ihn sehr, dass auf den Straßen kaum Polizisten auf Streife gingen, dass keine Strafzettel für falsches Parken verteilt wurden und dass man sich bei Unfällen offensichtlich ohne Polizei einigt! Der buddhistische Reiseführer, auf diese Missstände angesprochen, lächelt und erläutert höflich, dass in Sibirien die Polizisten ernsthaftere Aufgaben hätten, wie zum Beispiel Kriminelle im unwegsamen Gelände zu jagen, und zwar nicht mit Autos oder auf Pferden, sondern auf Rentieren! Das saß, Eugen war sichtlich beeindruckt.

Auf der Weiterfahrt in Richtung Mongolei fand ich endlich etwas Zeit zum Stricken. Verrückt, oder? Aber das monotone Ta-dam, Ta-dam, Ta-dam des Zuges hatte, zusammen mit dem aufgeregten Tick-Tick-Tick der Stricknadeln, etwas unglaublich harmonisches, fried- und liebevolles. Ich hätte hundert Jahre lang so strickend weiterfahren können, von mir aus bis ans Ende der Welt und auch noch weiter! In diesen Stunden war ich besonders glücklich, dass wir diese Reise noch haben machen können. Es gibt so viel zu verpassen, besonders im Alter. Wie gut, dass Herr Holzhuber bei der Tombola mitgemacht hat, und vor allem, dass er Flugangst hat.

Eugen war dem Stricken gegenüber ablehnend eingestellt, vor allem, weil der Pullover für ihn sein sollte. Allein das ständige Maßnehmen macht ihn zunehmend bockiger. Am Ende wird er den Pullover aber doch tragen müssen, es wäre sonst eine reine Wollverschwendung. Und er ist geizig!

Eugen hat meine Strickzeit genutzt und mit der Reiseleitung im Zugrestaurant über sein Konzept der Zarengold-Duschordnung konferiert. Ich hoffe, dass er dabei keinen nachhaltigen Ärger generiert hat.

Im Widerspruch zur Reisedramaturgie stand uns in Ulan-Bator, der Hauptstadt der Mongolei, für die nächsten beiden Nächte ein extrem großes Hotelzimmer zur Verfügung. Eigentlich ungeschickt, da danach der Abstieg in unsere Zarengold-Suite unausweichlich kommen musste. Vielleicht gibt es in diesem großen, weiten Land ja ausschließlich große, luxuriöse Hotelzimmer, wer weiß?

Neben der obligatorischen Stadtrundfahrt sah das Besichtigungsprogramm für Ulan-Bator auch einen Tagesausflug in die Berge zu den Nomaden vor. Die Millionenstadt selbst hatte für uns Touristen nichts Aufregendes zu bieten: Einige Tempel, einen interessanten Aussichtspunkt und den Roten Platz mit einer bemerkenswert großen Dschingis-Khan-Statue.

Eugen und ich blieben an diesem Tag bei der Gruppe und hatten so gut wie keinen Kontakt zu den stets lächelnden Mongolen, was sich schon allein aufgrund der Sprachproblematik ergeben hat. Englisch spricht dort so gut wie keiner, Deutsch niemand.

Eugen verschwand am Morgen des nächsten Tages kurz in einer Bank und beschaffte sich US-Dollars, zur Sicherheit, wie er sagte. Zu diesem Zeitpunkt war mir noch nicht klar, um welche Sicherheit es ihm ging.

Im Oldtimerbus fuhren wir bei Eiseskälte über eine Schotterpiste und genossen die herrliche, weite Naturlandschaft der Mongolei, vorbei an grünen, sanften Hügeln, Herden wilder Pferde, silbern glitzernden Flüssen und weißen Jurten, die im Sommer, dem weidenden Vieh folgend, an wechselnden Standorten aufgebaut werden.

Bei einer der Jurten wurde für uns ein Touristenspektakel veranstaltet, mit verschiedenen Vorführungen, wie Ringkämpfen,

Pferderennen, Bogenschießen und einigem mehr. Zum Schluss gab es das obligatorische Essen, wofür leider eine Ziege ihr kurzes Leben abschließen musste. Bitter für die Ziege, lecker für uns.

Eugen gefiel der ganze Rummel bei den Jurten nicht so sehr, er hielt sich abseits bei den Kamelen und Pferden auf. Offensichtlich hat er Kontakt zu einem der Nomaden aufnehmen können, wie ich von Weitem beobachten konnte.

Kurz vor Abfahrt des Busses verkündete er mir, dass er ein bisschen frische Luft braucht und deshalb per Kamel zurück nach Ulan-Bator reisen wird. Wenn ich auch interessiert wäre, könnte er mir leicht ein zweites Kamel organisieren, US-Dollars hätte er noch genug.

In diesem Moment konnte ich mir nicht vorstellen, auf ein Kamel zu steigen. Zudem hatte ich keine Ahnung, wie man es lenkt und auch nicht, wie viele Stunden es per Kamel bis Ulan-Bator dauert. Also stieg ich, völlig überrumpelt, lieber in den Oldie-Bus ein. Eugen schlenderte, bübisch grinsend, zur Kamelkoppel.

Die Kamele brauchten für die 30 Kilometer über vier Stunden. Als Eugen und sein Kameltreiber im Hotel ankamen, war das Abendessen schon lange gegessen. Er nahm dann auf unserem großen Zimmer noch etwas Obst zu sich, das ich vom Buffet für ihn abgezweigt habe, und schlief völlig erschöpft ein. Unseren Austausch über die aktuellen Geschehnisse mussten wir deswegen auf den nächsten Tag verschieben.

Am Morgen strahlte Eugen mit der Sonne um die Wette. Er war natürlich der Star der Truppe und erzählte gern von seiner großartigen Kameltour. Er schwärmte über die herrliche Sicht, die man vom Kamel habe und von dem unvergleichbar authentischen Schaukeln auf dem Rücken des Wüstenschiffes. Natürlich hat er selbst das Kamel gelenkt, wozu man keinen Kamelführerschein bräuchte, wohl aber ein gewisses Talent! Dass er den ganzen Weg im Windschatten eines vorausgehenden Kamels unterwegs war, das vom mongolischen Dienstleister angetrieben wurde, hat er später nur mir verraten. Auch dass ihm alle Knochen wehtaten, dass er stark mit den Symptomen einer mittleren Seekrankheit zu kämpfen hatte und dass sein Gesäß eine längere Zeit kaum einsatzbereit war, verbreitete er nicht weiter. Selbst über den gezahlten Preis für die Sonderbeförderung schwieg Eugen beharrlich und argumentierte stattdessen mit der überschätzten Bedeutung des Geldes im Allgemeinen und im Alter insbesondere. Ich insistierte daraufhin nicht weiter. Männer brauchen auch mal ein eigenes Geheimnis, sei es auch noch so unbedeutend!

Die transmongolische Eisenbahnstrecke ist eingleisig und führt fast ausschließlich durch die Wüste Gobi, eine Region, die fünfmal so groß ist wie Deutschland, überwiegend eine Fels- und Geröllwüste und weniger eine Sandwüste ist. Der Blick durch das Zugfenster war unbeschreiblich eindrucksvoll, besser noch: atemberaubend. Gut, dass Eugen in Ulan-Bator mit seinem Teleskopwischer noch einmal die Scheiben unseres Waggonabteils von außen geputzt hat. Das liebte ich an ihm!

An der mongolisch-chinesischen Grenze mussten wir, wegen der unterschiedlichen Spurweite der Schienen in der Mongolei und in China, den Zug wechseln.

Der Unterschied bei der Spurweite beträgt lächerliche 8,5 Zentimeter! Wer das wohl zu verantworten hat?

In Ereen, der Grenzstation zwischen der Mongolei und China, wurde nicht nur der Zug, sondern auch das gesamte Personal ausgetauscht. Der Abschied von unseren Reiseleitern und den Waggonmädels war dramatisch herzlich, es gab Umarmungen, Küsschen ohne Ende, einen letzten Wodka auf dem Bahnsteig, der aber von den Abschiedstränen stark salzig schmeckte.

Eugens geniale Duschordnung blieb auch im Zarengold zurück, ob und wie lange sie sich bei den folgenden Reisen bewährt, werden wir wohl niemals erfahren.

Die veränderte Spurweite konnten wir im chinesischen Zug

nicht wahrnehmen, sonst aber war vieles anders. Die Kabinen, das Bordrestaurant, das Zugpersonal, der Reiseleiter: alles sehr funktional und wenig persönlich, eine ganz andere Atmosphäre, irgendwie kalt.

Nicht funktional, dafür aber sehr opulent, war unser erstes Frühstück in China. Touristen essen hier in der Regel in Zwölfergruppen an großen runden Tischen. Dabei fahren etwa 20 Schüsseln mit den unterschiedlichsten Speisen auf einer Drehscheibe Karussell. Der Inhalt lässt sich bestenfalls erraten, aber mit etwas Mut und Talent, kann man mit zwei Holzstäbchen durchaus satt werden.

Die nächsten beiden Tage in Peking waren mit den üblichen Standardbesichtigungen ausgefüllt. Die Stadtrundfahrt führte uns zum Kaiserpalast, zum Platz des Himmlischen Friedens und zu den Ming-Gräbern. Am zweiten Tag ging es zum Sommerpalast und zur Großen Mauer, die man ja angeblich mit bloßem Auge vom Mond sehen kann. Ob das wohl den Tod von Millionen Zwangsarbeitern und den unvorstellbaren Aufwand rechtfertigt, bezweifle ich. Eugen meint, die verschiedenen Bauherren hätten seinerzeit wohl andere Ziele, als den Blick vom Mond im Auge gehabt.

Nach zwei Tagen in der Gruppe meldeten wir uns für den nächsten Tag zur Alleinbesichtigung ab. Unser Aktionsprogramm stand schnell fest: das Olympiagelände und möglichst viel Sonstiges. Und alles natürlich per Metro.

Die Pekinger Metro hat mit gut 500 Kilometern das längste Streckennetz der Welt. Es gibt über 300 Bahnhöfe mit jeweils durchschnittlich rund 50.000 Fahrgästen pro Tag. Am Anfang durften nur Staatsdiener damit fahren, jetzt sind alle zugelassen, auch Touristen. Die kommen aber nur zum Ziel, wenn sie das System aus Ticketautomaten, Schlange stehen vor den elektronischen Schranken und den bellend geschrienen Lautsprecheransagen verstehen. Durch »Learning by Doing« kapierten wir es nach einigen Versuchen, während wir uns beim »Üben« sehr misstrauische Blicke der allgegenwärtigen Hilfssheriffs zugezogen haben. Diese Sherrifs sind rekrutierte Rentner, die in China für Ordnung sorgen, sei es an Verkehrsampeln, auf Bahnhöfen und in Zügen, in Fußgängerzonen, in Parks, einfach überall. Ihre Allgegenwart vermittelt ein ständiges Gefühl von Überwachung und Angst. Sie geben durchdringende Töne auf ihren Schrillpfeifen von sich, sobald sie auch nur die kleinste Unregelmäßigkeit im Ansatz vermuten, beispielsweise wenn ein Fahrgast inmitten eines völlig leeren Waggons steht. Er sollte sich nämlich immer so im Waggon platzieren, dass er auf keinen Fall andere potenzielle Mitfahrende stört, egal wie viele Fahrgäste sich tatsächlich gerade im Waggon befinden.

Wir fuhren mit der U-Bahn erst einmal versuchsweise einige Stationen weit und stiegen auf gut Glück aus. Beim Verlassen des Bahnhofs wurden unsere Tickets vom Ausstiegsautomaten geschluckt, für die Weiterfahrt brauchten wir jetzt neue. Tickets auf Vorrat konnte man nicht kaufen.

Im nahe gelegenen Park war schon früh reger Betrieb. Viele Besucher, meistens Rentner, treffen sich hier, samt ihren Vogelkäfigen, schon am frühen Vormittag, um gemeinsam Turnübungen zu absolvieren, Schach zu spielen, zu tanzen und vieles andere mehr zu tun. Unvermittelt wurde Eugen von einer stattlichen älteren Dame überrumpelt und musste, zum ersten Mal in seinem Leben, Tango tanzen! Dabei schaute so unglücklich, wie ich es noch nie bei ihm gesehen habe. Seit langer Zeit tat mir Eugen richtig leid. Ich konnte ihm aber leider nicht beistehen. Erst nach drei oder vier Tänzen konnte er sich aus den Klauen der Tango-Walküre befreien, Pfadfinderpraxis hin oder her. Mich forderte leider niemand zum Tanz auf, gern hätte ich eine sinnliche Rumba auf dem Parkboden hingelegt. Vielleicht ist das Auffordern zum Tanz in China ein Privileg der Frauen. Eugen hatte zu diesem Zeitpunkt schon ausgetanzt und mich nicht aufgefordert! Darüber wird später noch ernsthaft zu reden sein!

Nach dem Tanzvergnügen besuchten wir noch einen Tempel in der Nähe und schauen beim Ritual der Geldverbrennung, wohl Opfergaben für die Toten, zu. Vor der Fahrt zum Olympiagelände essen wir an einer Garküche im Freien noch etwas Undefinierbares mit Nudeln und trinken ein gallenbitteres Getränk. Beides richtet aber keinen Schaden an.

Das wirklich wie ein überdimensionales Vogelnest wirkende Olympiastadion und das angrenzende, recht futuristisch anmutende Bauwerk des Aquaparks beeindruckten uns sehr.

Als nunmehr erfahrene Peking-U-Bahn-Fahrer besuchen wir noch einige Stadtteile, je nachdem, wohin der nächste Zug gerade fuhr. Ein Meinungsaustausch mit der Pekinger Bevölkerung kam aber, trotz der vielen Möglichkeiten, nicht zustande.

Als ehemaliger Polizist hat Eugen natürlich die Leitung unserer Besichtigungstour in Peking übernommen. Auch wenn offensichtlich war, dass er meistens nicht wusste, wo wir gerade waren, konnte er sich erstaunlicherweise immer wieder orientieren. Ich vermute, dass er mithilfe des Sonnenstandes navigiert hat, wie man das als Pfadfinder so macht. Gott sei Dank, war in Peking an diesem Tag kein Smog!

Trotz Sonnenschein hatte Eugen irgendwann, nach den vielen Richtungswechseln, keine Ahnung mehr, wo das Hotel ungefähr liegen könnte.

Eine U-Bahn-Fahrt in Peking während der Hauptverkehrszeit ist sehr speziell. In den völlig vollgepfropften Waggons kamen wir dann doch mit den Einheimischen in näheren Kontakt, wenn auch nur körperlich. Manche Bahnhöfe ähnelten unserer Anfangsstation von heute Morgen sehr, dennoch hatten wir keine Chance, auch nur in die Nähe einer Tür zu kommen, um auszusteigen. Die Entwicklung unseres Ausflugs machte mir zunehmend Sorgen, ich fühlte mich völlig hilflos und verloren in dieser unendlich großen Stadt, mit den unzähligen fremden Menschen.

Ich beobachtete die einheimischen Fahrgäste in der U-Bahn,

die offensichtlich mit der Zeit das richtige Gefühl entwickelt haben, sich so durch Menschenklumpen zu pressen, dass sie an ihrer Zielstation am Ausgang standen. Also bewegten auch wir uns während der Fahrt kontinuierlich in Richtung Ausgang und steigen aus, als wir diesen erreicht haben.

Obwohl wir schnell ein Taxi fanden, kann der Fahrer uns nicht zum Hotel bringen, da wir nur den englischen Namen unserer Unterkunft wussten, womit er aber nichts anfangen konnte.

Hilfe kam ausgerechnet in Form eines Taschendiebes. Als der im dichten Menschengewühl meinen Rucksack zu stehlen versucht hat, nahm Eugen ihn mit einem gekonnten Polizeigriff »fest«. Das brachte sofort drei Hilfssheriffs und im Gefolge zwei richtige Polizisten auf den Plan. Der Dieb und wir wurden zur Feststellung der näheren Umstände in Polizeigewahrsam genommen.

Die anschließende Prozedur dauerte über drei Stunden, danach setzte uns ein Streifenwagen vor unserem Hotel ab, Gott sei Dank!

Es war also ein sehr interessanter letzter Tag, mit zahlreichen Erkenntnissen über das Treiben von Rentnern in Peking am Vormittag, über die Verkehrsabläufe in der Pekinger U-Bahn und die Feststellung von Personendaten auf einer chinesischen Polizeistation.

Damit war unsere schöne Reise leider zu Ende.

Schon früh am Morgen des nächsten Tages ging unser Flieger, der uns in nur zwölf Stunden an den Ausgangspunkt unseres Abenteuers brachte. Im Flugzeug tauschten wir uns noch final über die vergangenen 17 Tage aus und klärten die verbliebenen Missverständnisse.

Zusammengefasst hatten wir eine unglaublich schöne Zeit, mit vielen interessanten Begegnungen, Erlebnissen, neuen Erkenntnissen und auch einigen Überraschungen.

Bei unserer Ankunft am heimischen Bahnhof wurden wir von unseren Freunden in Begleitung der vollzähligen Blaskapelle des Schützenvereins empfangen. Der Bürgermeister hat seinen Stellvertreter zu unserem Empfang abgeordnet. Es gab herzliche Willkommensumarmungen, Glückwünsche zum überstandenen Abenteuer und auch einige Freudentränen.

Der stellvertretende Bürgermeister hielt eine komplizierte Begrüßungsrede und schlug vor, unsere Geschichte bei der geplanten Kulturbiennale im nächsten Herbst vorzutragen, als Beleg für die aktive Mitwirkung unserer Gemeinde beim Aufbau internationaler Beziehungen.

Herr Steisl, der geschwätzige Mitarbeiter aus dem Reisebüro, hat die Gemeindemitglieder über die kleinen Änderungen unserer Reiseroute regelmäßig auf dem Laufenden gehalten. Wegen besonderer »Verdienste um den Ausbau freundschaftlicher Kontakte mit unseren östlichen Nachbarn« hat er uns beim Verband deutscher Reisebüros für den Titel »Senior-Reisende des Jahres« vorgeschlagen!

Zwei Tage später feierte meine Schwägerin ihren 80. Geburtstag. Dazu habe ich ihre Lieblingstorte gebacken.

Das Leben ging weiter!

Aber eines ist sicher: Wenn der Bäcker Alois Holzhuber aus Traunstein keine Angst vorm Fliegen hätte, wären wir niemals nach Sibirien gekommen.

Mathildes ausführlicher Vortrag war für die verwöhnte Zuhörerschaft ohne Zweifel ein absolutes Highlight und sicherlich fühlten sich nicht wenige angesprochen, so eine Reise zu den wichtigen Dingen, die noch zu erledigen sind, zu erklären.

Die anschließende Diskussion zog sich noch lange in die Nacht hinein. Es waren sehr viele Detailfragen, die Mathilde beantworten musste.

Auch Irmi, die ich während des Vortrages und beim Beifall-Klatschen wie immer im Blick hatte, schien von so einem

Abenteuer sehr angetan zu sein, wie ihre praktischen Fragen vermuten ließen.

Ich überlegte, ob ich sie, anstatt in die Elbphilharmonie, nicht besser auf die Chinesische Mauer bei Peking einladen sollte. Auch bei dieser Reisevariante wäre allerdings die Frage: »Doppel- oder Einzelzimmer?«, auf jeden Fall noch zu klären.

Aber vorher ist es erst einmal wichtig, zu recherchieren, ob da zwischen Irmi und dem Casanova etwas läuft oder nicht. Die Antwort auf diese Frage entscheidet alles!

Auf Station

Der Vortrag am heutigen Freitag wird vom Tod von Kurt Thomsen überschattet, der völlig überraschend für uns, die Heimleitung und sogar auch für die Ärzteschaft am letzten Sonntag verstorben ist. Da aber in unserer Residenz der Tod ein nicht gerade seltener Gast ist, war sein Auftritt kein Grund, unseren Fahrplan zu ändern. Also haben wir unseren neuen Mitbewohner Erich gebeten, Kurt heute zu vertreten. Hier ist sein Vortrag: Liebe Freunde, nur wenige von euch dürften mich kennen. Ich bin der Neue aus Zimmer 27, direkt hinter dem großen Gummibaum im zweiten Stock. Ich heiße Erich von der Eich, bin 80 Jahre und, wie gesagt, gerade zugezogen. Früher war ich Filmregisseur, jetzt bin ich zum ersten Mal Statist, in diesem, meinem letzten Film, der gerade hier in der Residenz abläuft.

Als ich von eurem Erzähler-Verein gehört habe, war ich sofort Feuer und Flamme und freue mich darauf, mit euch noch viele Geschichten anzuhören. Glaubt mir, ohne eine gute Geschichte kann man nicht einmal einen mittelmäßigen Film drehen.

Bevor ich loslege, möchte ich mich entschuldigen: Meine Geschichte handelt von einem Krankenhausaufenthalt, einem Thema also, dass laut Satzung in euren Vorträgen vermieden werden soll. Weil mir auf die Schnelle nichts »satzungsgemäßes« eingefallen ist und weil es nicht im Wesentlichen um Krankheit geht, habe ich die Geschichte trotzdem ausgewählt.

Es begann so, wie es viele von euch wohl kennen:
»Kasse oder privat?«, war die erste gestellte Frage, die ich an jenem denkwürdigen Tag beantworten musste.

Meine Antwort: »Privat bei stationärer Aufnahme, sonst Kasse!« hatte jedes Mal eine durchschlagende Wirkung!

Aber von Anfang an:

Weil ich mit einem nur kurzen ambulanten Aufenthalt gerechnet habe, bin ich mit dem Auto gekommen.

Die Ankunft auf dem Krankenhausparkplatz gestaltete sich nicht gerade unkompliziert. Nach angespannter Slalomfahrt entlang der gefühlt mehr als 50 Parkplatzreihen habe ich zwischen zwei SUVs doch noch eine halbwegs verwertbare Restfläche gefunden. Wegen Platzmangels musste aber der Ausstieg ins Freie durch die Heckklappe meines Kombis erfolgen. Da ich Ertüchtigungsübungen, gleich welcher Art, immer gerne wahrnehme, war es für mich nicht mehr als eine der vielen Herausforderungen, denen ich mich tagtäglich stellte. In so einem Fall warte ich in der Regel voller Vorfreude, bis der Breitparker wegfahren will und versucht, in seinen Panzer zu kommen. Für diesen Spaß war heute leider keine Zeit. Ich hatte Schmerzen und einen Termin. Sicherheitshalber sah ich mir noch die Kennzeichen der beiden Parknachbarn an. Da ich über ein nahezu fotografisches Gedächtnis verfüge, waren die Kennzeichen ab jetzt unauslöschlich in meinem Gehirn gespeichert.

Der Grund für mein Erscheinen im Krankenhaus ist schnell erzählt. Der Notarzt, den ich am Morgen wegen unerträglicher Schmerzen im Beckenbereich zu mir nach Hause bat, war mit seinem Latein schnell am Ende: »Irgendeine Entzündung im Unterleib«, war seine erste Äußerung, nachdem er getastet, gedrückt und jeweils nach dem Grad der Schmerzen auf einer Skala von eins bis zehn gefragt hat. Als Pedant fielen mir die Antworten nicht leicht, besonders die Schmerzen zwischen fünf und sechs konnte ich nicht exakt zuordnen. Nach Abschluss der Testreihe meinte er: »Ein Stein in der linken Niere scheint zu ärgern, aber nageln Sie mich nicht fest, es kann auch schlimmeres sein. Man hat schon Pferde kotzen sehen!«

Die letzte Bemerkung fand ich grenzwertig, zumal ich in einer Quizshow gelernt habe, dass Pferde auf keinen Fall kotzen können. Und was meinte er mit »es kann auch schlimmeres sein«?

Er schrieb einen Einweisungsschein für die Klinik und riet mir: »Am besten direkt dorthin gehen, die werden Sie ordentlich durchchecken. So brauchen Sie nicht von Pontius zu Pilatus zu laufen.«

Was haben Pontius und Pilatus mit meinen Schmerzen zu tun? Der Notarzt selbst und seine Bemerkungen haben mich insgesamt schon sehr verunsichert!

So kam ich auf diesen riesengroßen Krankenhausparkplatz und musste mich beeilen, um rechtzeitig zum telefonisch vereinbarten Termin in der Poliklinik anzutreten. Zu diesem Zeitpunkt war mir die Dimension des Geschehens nicht klar, ich hoffte noch auf eine unkomplizierte Wunderheilung.

Ohne Rücksicht auf meinen Zustand musste ich im Krankenhaus zunächst die standardisierte Aufnahmeprozedur über mich ergehen lassen: Kasse oder privat, Name, Geburtsdatum, Hausarzt, eigene Krankheiten, Krankheiten der Vorfahren, verordnete Medikamente und weitere intime Fragen, galt es zu beantworten. Wem ich bei der letzten Kommunalwahl meine Stimme gegeben habe, wurde überraschender Weise nicht gefragt. Immerhin!

Nach nur einer Stunde Wartezeit wurde eine Urinprobe verlangt und eine Ultraschalluntersuchung der Nieren vorgenommen. Meine beiläufige Bemerkung:»Ich bin notfallmäßig eingewiesen und habe Schmerzen«, wird mit der Feststellung gekontert:»Hier gibt es nur Notfälle mit Schmerzen.« Der Ton, in dem dies bemerkt wurde, ließ auf relativ geringes Verständnis schließen. Meine Nachfrage nach der Sicherstellung der Datenschutzbestimmungen in dieser Abteilung hat mir ohne Zweifel weitere Minuspunkte bei der Aufnahmeabteilung eingebracht.

Wieder zwei Stunden später dann die Diagnose der Ultraschallärztin:»Ein Oschi von Nierenstein! Der stört bestimmt schon lange, das hätte auf jeden Fall viel früher gemeldet werden müssen! Jetzt ist es echt kompliziert geworden.«

Meine freundliche Antwort»Ich habe die Schmerzen erst seit

heute Nacht« wertete sie wohl als billige Ausrede.»Manche Patienten glauben, wir sind blöd«, sagte sie im Weggehen zu ihrer Kollegin.

Es war also meine Schuld, den Stein nicht früher bemerkt zu haben! Wenn ich rechtzeitig gekommen wäre, hätte man das Übel leicht mit einer Hochfrequenzbeschallung von außen zerstören können. Jetzt aber bliebe nur eine OP übrig, durch die Blase zur Niere, drei bis vier Tage stationär – unnötig, aufwendig und sehr schmerzhaft! Ich war mir zwar keiner Schuld bewusst, nahm sie aber vorsichtshalber und reumütig auf mich. Die Schmerzen ließen nämlich nicht nach!

Weiterhin schuldbewusst, ließ ich mich von Schwester Amalia stationär aufnehmen: Kasse oder privat? Name, Vorname, Alter, Staatsangehörigkeit, Allergien, Vegetarier, Veganer, Medikamente? Nachdem ich alles gewissenhaft ausgeplaudert habe, war alles von mir öffentlich und ich fühlte mich entblößt.

Schwester Amalia setzte die Aufnahme fort:»Einzelzimmer sind alle, wir haben noch einen einzigen Platz im Zweibettzimmer! Ist der genehm? Oder wollen Sie lieber warten, bis etwas Passenderes frei ist? Wir haben schon mal natürliche Abgänge!«

»Das Zweibettzimmer, bitte. Aber setzen Sie mich auf die Warteliste, für den Fall eines natürlichen Abgangs!«

Im Zweibettzimmer lag ein türkischer Patient, natürlich am Fenster. Wir machten uns bekannt:»Eyman, 53 Jahre, Prostata«, stellte er sich in Deutsch vor, dem schönsten Deutsch Deutschlands, da war alles drin: Deutschland, die Türkei, das Ruhrgebiet, Gelsenkirchen oder Castrop-Rauxel, die Ecke halt.

Jetzt kam Dr. Chiu herein, der Assistenzarzt. Er schien aus China oder Vietnam zu sein und wirkte gehetzt. Als er nach meinem Namen und dem Problem fragte, läutete sein Handy.»Komme gleich ...«, sprach er hektisch hinein und wandte sich dann mir zu.

Nach einer Viertelstunde dann die immer wiederkehrende, aber in diesem Fall alles entscheidende Frage:»Kasse oder privat?« Die Erläuterung folgte auf dem Fuß:»Für privat ist allein der Herr Professor zuständig. Ich mache nur Kasse. Kopf hoch, wird schon schiefgehen! Alles Gute!«

Als der GV (Gott Vater), wie der Herr Professor auf der Station genannt wurde, mit anhängendem sechsköpfigem Trosse, zu mir kam, musste Eyman den Bericht über seinen Lebens- und Leidensweg kurz unterbrechen.

GV dozierte:»Dumme Sache mit dem verschleppten Nierenstein, damit ist nicht zu scherzen. Aber wir kriegen das hin, keine Sorge, die Forschung ist enorm weit. Dr. Schalla, mein Oberarzt, wird das machen, der Beste, den wir haben. Fünf Operationen pro Tag im Durchschnitt, bisher kaum Komplikationen, die gibt es ja immer wieder! Ich muss morgen leider auf eine Fortbildung, ist ja auch wichtig für meine Patienten, oder? Es wird bestimmt gut gehen, Oberärzte haben ohnehin die größere Erfahrung, Kopf hoch!«

»Ich bin mal gespannt, mit welchem Betrag sich dieses ausführliche Beratungsgespräch auf der Abrechnung niederschlägt«, ging mir durch den Kopf.

Kurz nach dem professoralen Auftritt des GV kam, mit mütterlicher Miene, Schwester Amalia an mein Bett:»Sie stehen auf der OP-Liste für morgen auf Platz eins, auf der Poleposition sozusagen. Dann haben Sie es auch als Erster hinter sich!«, versuchte sie mich aufzumuntern.

»Jetzt aber flott, das Vorspiel wartet«, schickte mich Amalia augenzwinkernd mit meiner Patientenmappe auf den Prä-OP-Marathon: EKG, Röntgen, Anästhesie-Aufklärung, überall veritable Wartezeiten, fast überall ein Wiedersehen mit den Notfällen von heute Morgen.

Ich nutzte die Wartezeiten zum Stöbern in meiner Patientenmappe. Vieles, was dort über mich geschrieben stand, konnte ich nicht verstehen, musste ich wohl auch nicht. Was aber bedeutete das gut sichtbar auf der Vorderseite in Rot geschriebene Kürzel »SP«? Ein Autokennzeichen? Spanien ist es nicht, das wäre »ES«. Senil und privat? Ich nahm mir vor, bei Gelegenheit nachzufragen.

Der Weltrekord im Marathon liegt zurzeit bei knapp über zwei Stunden für gut 42 Kilometer, ich schaffe die drei kurzen Untersuchungen in einer Stunde und 59 Minuten, die geschätzte Weglänge dürfte 500 Meter nicht überschreiten. »Das aber interessiert hier niemanden«, sinnierte ich und nahm mir vor, alles, was mir in diesem Haus im Namen der Medizin noch angetan wird, gelassen anzunehmen.

Eyman meinte später, seine Zeit beim Prä-OP-Marathon hätte bei knapp vier Stunden gelegen. Nicht schlecht für einen Kassenpatienten!

Am Abend bekam mein Bettnachbar noch Besuch. Mit seiner Frau, den drei Kindern und den allernächsten Verwandten waren es insgesamt acht Personen, die im Doppelzimmer Platz fanden. Die Stimmung ist wie bei einem Familienfest, gesellig und nicht gerade leise. Alle kommunizierten miteinander, manch einer auch mit Eyman, keiner mit mir.

Die gut gewürzten Häppchen, die Mitbringsel der Besucher, verbreiten einen Duft von Taverne, Urlaub, Basar und Meer. Leider bekam ich nichts ab. Wegen der OP am nächsten Morgen musste ich ja nüchtern bleiben.

Ich erwartete keinen Besuch, da meine Lieben im Urlaub oder anderweitig verhindert waren. Einen telefonischen Rundruf habe ich mir, wegen der zu erwartenden unnötigen Aufregungen, verkniffen. Der türkische Besuch war schon anstrengend genug.

Pünktlich um fünf Uhr morgens wurde ich aus dem Schlaf gerissen. »Wegen der Poleposition«, sagte die Nachtschwester. »Wir bereiten uns jetzt schön vor. Die vom OP-Transport kommen nämlich, wann sie wollen.«

Die Vorbereitungen gingen mäßig voran. Ich tat mein Bestes, aber die Nachtschwester hielt sich zurück, obwohl sie gesagt hatte, wir würden uns vorbereiten. Das Abenteuer begann um halb acht. Ich wurde im Krankenbett durch die Flure geschoben, mit dem Lift ging es nach unten. Die Gänge im Keller waren deutlich enger als in den oberen Etagen. Ich hatte das Gefühl, durch ein Labyrinth von Gängen in einen abgelegenen Ort abgeschoben zu werden. Auf dem langen Weg erzählte Kevin, aus der Abteilung Transportservice, seine Lebensgeschichte und warum der Job hier »so beschissen« sei: »Bekloppte Organisation, unfähige Chefs und miese Bezahlung.« Vor dem OP wurde er etwas friedlicher und verabschiedete sich mit den wohl lieb gemeinten Worten: »Viel Glück und auf nimmer Wiedersehen!«

Unvermittelt tauchte meinen Augen das Bild eines Roulettetisches auf. Man braucht hier also Glück?!

»Kevin, noch eine kurze Frage: Was bedeutet SP auf einer Patientenmappe?«

Mit einem breiten Grinsen klärte er mich auf: »SP heißt »Schwieriger Patient«. Keine Sorge, schwachsinnige Patienten bekommen ein anderes Kürzel.«

Dann übergab er mich an den diensthabenden OP-Vorbereiter. Der versuchte noch, mir Vertrauen einzuflößen und legte mich auf ein steinhartes, bettähnliches Gestell. Ich kann gerade noch den vermummten Anästhesisten wahrnehmen. An das Weitere habe ich keinerlei Erinnerung.

Hoffentlich habe ich Glück gehabt, ging mir als Erstes durch den Kopf, als ich im Aufwachraum langsam zu mir kam. Wie aus der Ferne hörte ich die beiden diensthabenden Pfleger reden. Ich meinte, sie tuscheln über mich. Es muss etwas schiefgegangen sein! »Schalla ist auch nicht mehr ganz der Alte!«, hörte ich eine dunkle Stimme. Oder hieß es »Schalla war wieder ganz der Alte«? Mir brach kalter Schweiß aus, dann döste ich wieder ein.

Als ich erwachte, konnte ich Traum und Wirklichkeit nicht auseinanderhalten.

»Die OP ist gut verlaufen, der Stein konnte zerlegt und die Trümmer entsorgt werden«, löst eine junge Ärztin das Rätsel auf. Und: »Der Oberarzt kommt nachmittags zu Ihnen ans Bett.« »Sie sind für mich der Engel der Verkündigung«, bedankte ich mich etwas tollpatschig. Die beiden Helfer im Aufwachraum grinsen sich an.

Über den restlichen Tag gibt es nicht viel zu berichten, der übliche Ablauf nach so einer OP. Ich habe in meiner Seele etwas aufgeräumt und mir meine Situation ordentlich schöngeredet: »Glück gehabt, es hätte echt schlimm ausgehen können, gut, dass ich in der Zivilisation und nicht im Urwald lebe«, und viele solcher Sprüche mehr. Wegen der OP musste ich jetzt 24 Stunden lang stillliegen, eine fürchterliche Aussicht für die nächste Nacht.

Das Frühstück am folgenden Morgen kann man schlichtweg als eine kulinarische Sensation bezeichnen: Nicht die Brötchen, die Butter oder die Marmelade, nein, die Käsescheibe war die Sensation! Sie lag nicht nur einfach auf dem Teller, nein! Sie hob sich vielmehr an ihren vier Ecken leicht in die Höhe, als würde sie aufstehen wollen. Außen herum war sie mit einem angetrockneten Rand verziert und auf der gesamten Fläche haben sich Schweißtropfen gebildet, vermutlich aus Altersschwäche. Noch etwas Schimmel und es wäre perfekt gewesen!

Ich wollte die Sensation fotografieren und bat die Pflegerin, mir mein Handy zu reichen. Sie konnte es nicht finden. Es war nicht mehr da, wo ich es gestern abgelegt habe! Die eingeleitete Suchaktion brachte dann noch weitere Verluste zutage, wie meine und auch Eymans Geldbörse, sein Handy, unsere elektrischen Zahnbürsten und sogar die neuen Nike-Turnschuhe meines türkischen Bettnachbarn.

Ich grub in meinem Gedächtnis und ... Stopp! Im Morgengrauen habe ich von einem Fremden geträumt, der in unserem Zimmer etwas gesucht hat. Wegen der vielen Medikamente habe ich wohl nicht erkannt, dass ein Krankenhausdieb in Ausübung seines Berufes unterwegs war. Sein Gesicht und die Figur hatte ich aber, dank meines autistischen Talents, vollständig präsent, als wenn es vor einer Minute gewesen wäre.

Es folgte die nach einem Einbruch wohl übliche Prozedur: Zwei Männer vom Sicherheitsdienst kamen, Schadensaufnahme, Zeugenaussagen, Spurensicherung und so weiter. Leider konnte ich die Bilder, die ich im Kopf gespeichert habe, nicht einfach ausdrucken. Das wäre praktisch, oder? Es blieb daher nur eine verbale Beschreibung, die ich abgeben konnte.

Ich fühlte mich deutlich besser, der Diebstahl hat auf der Station eine neue Stimmung geschaffen. Aber ein Blick in den Spiegel holte mich wieder auf den Boden der Tatsachen. »Das soll ich sein?«, fragte ich mich ernsthaft. Ich hatte aber sofort eine beruhigende Erklärung parat: »Kein Wunder, bei diesem fiesen Sparlampenlicht überall!«

Nach wenigen Stunden Ruhe bekam Eyman wieder Besuch. Heute waren es nur sieben Personen, davon einige bekannte Gesichter. Die Stimmung wurde schnell recht gesellig. Eigentlich das Beste für einen Patienten, der am nächsten Tag unters Messer musste.

Miray, eine wirklich nette Tante Eymans, kümmerte sich auch um mich. Sie reichte mir etwas zu trinken, schenkte mir eine Feige und ein mitfühlendes Lächeln. Das tat gut. Bevor sie gehen musste, verabreden wir uns für irgendwann später auf ein Glas Apfeltee. Dann fragte sie, ob ich bei dieser Gelegenheit auch kurz einen Blick auf ein Antragsformular für eine Behörde werfen könnte. »Natürlich nur, wenn Zeit ist«, fügte sie hinzu. Leider habe ich nicht nach ihrer Handynummer gefragt. Mist. Wie das so ist!

Vom Tag völlig geschafft, wollte ich nur noch schlafen. Nachtschwester Ines bringt das obligatorische »Schnäpschen«. Um diese Zeit verwandelt sich die Station von einem medizinischen in einen menschlichen Durchgangsort. Ines erzählte von ihrer Heimat Spanien, von ihrem früheren Leben und dem verfluchten Macho, der sie vor Jahren sitzen gelassen hat.

Kurz vor dem Wegnicken gehen mir einige Bilder meines bisherigen Krankenhausaufenthaltes noch einmal durch den Kopf, von Kevin, dem verärgerten Bettentransporteur, bis Ines, aus der Abteilung Erzählservice. Die Schmerzen sind jedenfalls weg. Wenigstens das.

Am nächsten Tag war der Herr Chefarzt wieder zurück, gut gelaunt und fortgebildet, wie ich hoffte.

»Wie geht es uns heute, was machen die Schmerzen?«, erkundigte er sich.

Ich wollte ihn fragen, ob er auch Blasenprobleme hat, weil er von »Wir« sprach. Das war mir dann aber doch zu abgedroschen und wer weiß, ob er das in den falschen Hals bekommen hätte.

Auf Station herrschte an diesem Vormittag eine entspannte Stimmung. Das Frühstück war erledigt, viele Patienten waren noch im OP, Schwestern und Pfleger saßen zusammen, Zeit für den zweiten Kaffee. Aus dem Personalzimmer war ab und zu ein unbeschwertes Lachen zu hören, das auch dem Kränksten unter uns ein Schmunzeln aufzwang. Es dauerte eine Weile, bis der Klingelnotton aus einem Patientenzimmer endlich wahrgenommen wurde. Die Mädels brauchten aber auch mal eine kleine Auszeit. Klar.

Beim Frühstück am nächsten Morgen kam Ilonka, um das Zimmer zu säubern. Sie wedelte ein bisschen den Staub hoch, machte den Boden feucht, fertig. Für ein Schwätzchen ist aber immer Zeit, auch für ein Angebot unter Freunden: »Brauchst du Gras? Kann ich billig besorgen von Freund.« Bot Ilonka mir an.

»Hat dein Freund eine Gärtnerei? Geht es um Trockenfutter für Kühe oder um Rollrasen?«, fragte ich vorsichtig.

»Nix gerollter Gras. Beste Qualität, von Plantage in Glashaus«, antwortet Ilonka ein wenig verwundert. Das Gespräch ist schnell beendet, als die Schwester hereinkommt und Pillen für Eyman bringt.

Dann kam der Tag der Entlassung! Die Wartezeit bis zum Finale verbrachte ich mit Zeitunglesen. Jede Menge Neuigkeiten, Kriegsberichte, Kommentare zur wirtschaftlichen Entwicklung, alles, was im Krankenhaus völlig unwichtig ist, auch die aktuellen Liebesaffären von Politikern. Bei den Todesanzeigen schaute ich wie immer auf das Geburtsjahr: Lag es nach meinem, ging es um einen viel zu früh Verstorbenen. Lag es vor meinem, rechnete ich aus, wie viel Zeit mir noch bis zum Sterben bliebe, wenn ich so alt würde, wie der gerade Verschiedene.

Meine Entlassung von der Station war unspektakulär. »Sie können gehen, ihr Bett wird gebraucht«, brachte Amalia die Situation nüchtern auf den Punkt.

Ich stopfte noch einen Geldschein in das Kaffeeschweinchen der Station, ein letztes Dankeschön an das Team und: »Tschüss!« Selbstverständlich sagte ich nicht »Auf Wiedersehen« oder »Bis bald«! Abschiedstränen flossen auch nicht.

Am Ausgang der Klinik erkannte ich aus einiger Entfernung den Typen wieder, der auf meiner Station geklaut hat. Um mich zu vergewissern, näherte ich mich ihm unauffällig. Er wollte wohl gerade das Weite suchen. Da ich mich auf mein Gedächtnis hundertprozentig verlassen kann, informierte ich den Sicherheitsriesen im Eingangsbereich. Der Verdächtigte schien die Gefahr zu riechen und versuchte zu fliehen. Aber zwei von der Security versperrten ihm den Ausgang. Nach kurzem Gerangel wurde er gefasst und abgeführt. Ich gab den Sicherheitsleuten noch meine Karte, für den Fall, dass mein Handy und die Geldbörse bei dem Herrn auftauchen sollte.

Am Parkautomaten zahlte ich mit meinem Reserveschein, den ich immer in einer Hosentasche mit mir trage, die Parkgebühren. Zum Teufel, das hätte ja für ein Taxi hierher und zurück nach Hause gereicht!

Die SUVs neben meinem Parkplatz waren beide weg. Allerdings haben die Türen meines Kombis Beulen abbekommen, richtige Oschis. Das war aber nicht weiter schlimm, die Karre war uralt. Außerdem hatte ich ja beide Kennzeichen im Kopf! Der wirklich humorvolle und locker vorgetragene Bericht wurde mit ausgesprochen freundlichem Beifall bedacht. Da die meisten von uns wohl schon einen »Stationsbesuch« hinter sich haben, konnten wir in der anschließenden Diskussion die verschiedenen Details eines solchen Aufenthaltes noch vertiefen. Dabei hatte fast jeder aus unserem Kreis einen individuellen Beitrag zu dem Thema, sodass es an diesem Abend wieder recht spät geworden ist. Sowohl der Gastwirt unseres Cafés als auch die Heimaufsicht mussten an diesem Abend recht lange wach bleiben, ehe die Türen geschlossen werden konnten.

Die wichtigsten Wortmeldungen zum Vortrag befassten sich mit den Themen: Höhe des Trinkgeldes, das man bei der Entlassung in die Kaffeekasse der Station gibt, ob sich eine Privatversicherung irgendwie auf die Behandlung auswirkt und ob der GV einen langen grauen Bart hatte. Erich konnte alle Fragen zufriedenstellend beantworten und wir machten uns relativ erschöpft auf den Heimweg zur Residenz.

Nordische Brautschau

In Seniorenresidenzen sind weit mehr Akademiker zu Hause als in herkömmlichen Altenheimen. Wen wundert es, bei den Preisen? Professor Josef Rennpath, der in der Residenz auch *Casanova* genannt wird, wohnt schon über zwei Jahre hier und scheint auch keine Probleme damit zu haben, die relativ hohen Kosten aufzubringen. Zudem ist er immer sehr elegant gekleidet und zeigt sich auch sonst sehr großzügig. Sein gepflegtes Äußeres und auch sein Auftreten kommen gut an, besonders bei den Damen. Schon seit Tagen wird in unserer Gruppe gerätselt, was der »Casanova« heute erzählen wird. Es wird getuschelt, dass er natürlich eine Liebesgeschichte zum Besten geben wird, worauf sich, wiederum die Damen, besonders freuen.

Souverän, wie immer, tritt Josef nach vorne, lässt sich das Mikrofon reichen und beginnt, nach dem üblichen *Test,Test,Test* seinen Vortrag:

»Die Geschichte, die ich heute erzählen will, hat nichts mit Krankheiten zu tun. Vorausgesetzt, man zählt die Liebe nicht dazu was, streng genommen, nicht ganz richtig ist.

Ich will euch heute erzählen, wie ich die zweite Liebe meines Lebens gefunden habe. Und das mithilfe einer professionellen Partnervermittlung. Ich möchte vorausschicken, dass Unternehmungen dieser Art die spannendsten Augenblicke des Lebens bescheren können. Sie können aber auch viel Stress und Frust verursachen.

Bei meinem monatelangen Suchen nach einer passenden Partnerin musste ich schmerzlich erfahren, dass meine zu Beginn empfundene Aufbruchsstimmung schnell in Ernüchterung umgeschlagen ist. Es war zum Verzweifeln: Eine Kandidatin nach der anderen stellte sich als absolut nicht geeignet dar, ich vergeudete mit der Suche viel Energie und vor allem Lebenszeit. Meine Freunde vermuteten den Fehler bei mir und entwickelten ständig neue Strategien, wie ich vorgehen müsste, was ich bei Verabredungen sagen und tun sollte und was nicht. Es lag bestimmt nicht an meinem Äußeren, zumal im Alter eher innere Werte im Vordergrund stehen sollten. Wahrscheinlich lag es damals generell an meiner Art, mit dem Thema umzugehen, oder daran, dass ich zu wenig offen für Experimente war.

Ich muss zugeben, dass ich völlig ungeschult unterwegs war, trotz intensiver Versuche, Erfahrungen im Anpirschen zu belegen. Eine Beratung bei der Volkshochschule hat diesbezüglich auch nichts gebracht. Die hatten zwar einen Kurs zum Thema »Heranpirschen« im Programm, der fiel aber in die Rubrik »Natur- und Tierbeobachtung« und war für meinen Zweck nicht geeignet.

Weshalb ich eine Partnerin suchte, ist schnell erklärt: Meine liebe Frau ist mir vor fünf Jahren vorangegangen und ich bin nicht ganz sicher, ob sie dort, wo sie jetzt ist, auf mich wartet oder schon andere Sachen im Kopf hat.

So oder so war ich des Alleinseins müde.

Ich suchte also eine Partnerin! Eine liebevolle, intelligente, attraktive, humorvolle, unkomplizierte, verständnisvolle, anschmiegsame, kunst- und musikinteressierte, spontane, ausgleichende, erotische, kochkundige, parfümfreie, modisch souveräne, fahrradfahrende und umzugswillige Frau in meinem Alter. Vermögen und gutes Aussehen waren keine Ausschlussgründe!

Das waren hoffentlich nicht zu viele Anforderungen, es mussten ja nicht alle erfüllt werden. Aber schließlich hatte ich auch einiges zu bieten: Ich war pflegeleicht, großzügig, mutig, vertrauens- und kreditwürdig, treu, nichtrauchend und vor Allem: Ich konnte tanzen! Außerdem verfügte ich über detaillierte Kenntnisse über steinzeitliche Höhlenmalereien! Dieses Wissen, das mich selbst bei angesagten Partys oftmals in den Mittelpunkt gerückt hat, hatte ich schon an viele Studenten weitergegeben, sodass mein Hinscheiden in dieser Hinsicht kein nennenswerter Verlust für die Wissenschaft wäre.

Trotz vieler Rückschläge hatte ich meine Suche noch nicht aufgegeben. Mit dem Rest des mir verbliebenen Selbstvertrauens reiste ich als Kunde einer besonders innovativen Partnervermittlung auf einem Kreuzfahrtschiff zum Nordkap und zurück. Während der zwölftägigen Fahrt sollte auf dem Schiff eine Braut- oder Bräutigamschau besonderer Art stattfinden. Neben mir hatte die Partneragentur noch rund 50 weitere Frauen oder Männer an Bord geschickt, um nach einem Partner oder Partnerin Ausschau zu halten. Trotz der relativ großen Anzahl von Partnersuchern, waren wir doch eine verschwindend kleine Gruppe unter den unzähligen Urlaubspassagieren.

Das Schiff war so riesig, dass man eine nur sehr kleine Chance hatte, jemanden ohne Handy- oder Kabinennummer wiederzufinden. Wir Kandidaten aus der Partnervermittlung kannten einander auch nicht und eine Veranstaltung zum Kennenlernen war auch nicht geplant.

Das Vermittlungskonzept der Agentur sah vor, dass jeder aus der Gruppe pro Tag einen Kandidaten bzw. eine Kandidatin trifft und testet. Die für mich vorgesehenen sieben Kandidatinnen standen auf Basis meiner Antworten auf die 87 Fragen des Personenbogens bereits fest. Für die einzelnen Dates sollte ich per Handy die notwendigen Instruktionen bekommen. Ich konnte also mit Damen im Alter zwischen 60 und 75 Jahren rechnen, die in ihren wesentlichsten Charaktereigenschaften zu mir passen müssten.

Schon das Auswahlverfahren schien sehr ausgeklügelt zu sein. Bei der Auswertung der 87 Antworten wurden nicht einfach nur die Kreuzchen auf den Fragebögen miteinander verglichen. Vielmehr wurden, mittels Computerprogramm, die Antwortkombinationen mithilfe von mehrdimensionalen Regressionsanalysen hinsichtlich relevanter psychosozialer Aspekte ausgewertet, um aus den Ergebnissen Erfolg versprechende Anziehungspotenziale zu generieren. So stand es jedenfalls im Werbeprospekt der Agentur!

Der Haken für die Probanden (so nennt uns die Agentur) ist allerdings folgender: Selbst, wenn vor Ablauf aller geplanten Treffen der ideale Partner vorzeitig gefunden sein sollte, musste dennoch das ganze Schnupperprogramm absolviert werden. Ansonsten würden nicht nur Stornogebühren fällig, ähnlich wie zum Beispiel bei einem verpassten Massagetermin, sondern auch Entschädigungszahlungen an die vernachlässigten Probanden.

Die Leistung der, nicht gerade billigen, Agentur endete mit der Vermittlung der Treffen. Ob und was danach passierte, war allein unsere Sache. Klingt sehr spannend, oder?

Für den ersten Tag hat die Agentur ein individuelles Abendessen an Bord vorgesehen. Auf dem großen Schiff standen 15 Restaurants verschiedener Nationalitäten zur Auswahl. Ich entschied mich für die italienische Trattoria, da ich keine Lust auf Experimente hatte.

Im voll besetzten Italiener bot mir der Kellner überschwänglich den letzten freien Platz an einem halb besetzten Zweiertisch an. »Mit Meerblick!«, kommentierte er seine Bemühungen.

Bevor ich mich wehren konnte, stand ich am Tisch einer sehr sympathisch aussehenden Dame in meinem Alter. Sie blätterte gerade in ihrem Reiseführer und brach bei meinem Erscheinen nicht gerade in Euphorie aus, zeigte aber Situationshumor und deutete lächelnd auf den freien Stuhl.

Wir kamen schnell ins Plaudern und es schien, als ob es ein sehr unterhaltsamer Abend werden könnte. Sie war Französin, hieß Ivy Morlais und hatte einen wallenden roten Lockenkopf. Ivy kam aus Straßburg im Elsass und sprach ein herrlich frankophil marmoriertes Deutsch, etwa so, wie Franzosen in der Regel in deutschen Filmen synchronisiert werden. Sie reiste allein, um Abstand von einem privaten Ereignis zu gewinnen, über das sie aber nicht reden mochte.

Um Missverständnisse zu vermeiden, schenke ich ihr gleich

reinen Wein ein. Ich erzähle ihr, wer ich bin, warum ich zum Nordkap fahre, was ich mir davon verspreche und wie der Ablauf geplant ist.

Das Gespräch verlief ausgesprochen harmonisch und interessant, wir blieben, bis fast alle Gäste gegangen waren.

Zum Abschied schlug ich ein Wiedersehen vor:»Morgen Abend, gleiche Zeit, gleicher Ort?«

Sie lächelte geheimnisvoll und fragte verschmitzt:»Warum nicht?« Und:»Sollen wir nicht *Du* sagen? Das ist heutzutage normal.«

Da ich nicht wusste, ob es heutzutage noch normal ist, auf Bruderschaft zu trinken, verkniff ich mir den Vorschlag.

Beim Hinausgehen gab ich dem Kellner einen viel zu großen Schein, mit der Bitte:»Der gleiche Tisch für uns, morgen Abend! Mit Meerblick!«

Unser Schiff, das mehr als 3.000 Passagiere und über 1.000 Personen aus dem Servicebereich an Bord hatte, ankerte im Geirangerfjord, ungefähr einen halben Kilometer vor der Anlegestelle Geiranger. Diese ist für unser hochhausgroßes Schiff viel zu klein, sodass wir mit Tenderbooten an Land gebracht werden mussten.

Parallel zum heutigen Blind Date standen an diesem Tag folgende Punkte auf dem Programm: Besuch im Fjordcenter, eine Art Touristeninformation mit einer Ausstellung spannender Exponate zum Thema»Die Welt der Fjorde«, sowie eine Busfahrt auf einer Panoramastraße zu einem hoch gelegenen Aussichtspunkt. Bei beiden Programmpunkten sollte ausreichend Gelegenheit sein, um sich gegenseitig zu beschnuppern und auszufragen.

Die Sonne schien, der Himmel war azurblau und ich war aufgeregt! Mein erstes Date auf diesem Schiff!

Der Tag verging wie im Flug. Es war spannend und eine echte Herausforderung, Sehenswürdigkeiten zu bewundern und gleichzeitig eine potenzielle Partnerin auszukundschaften. Wichtig war dabei, die Schönheiten der Natur nicht mit der Schönheit der Kandidatin zu vermengen!

»Wie war dein Rendezvous heute, Christian?«, war der erste Satz von Ivy, als sie am Abend, sehr gut angezogen und recht spät, an unserem Tisch erschien.

»Und du, was hast du heute gemacht?«, entgegne ich, um die Zeit zu überbrücken, bis sie Platz genommen hat.

»Dies und das«, antwortet sie ausweichend. »Aber erzähl' du zuerst.«

»Es war ein ausnehmend schöner Tag«, berichte ich, »besonders die Fahrt auf der Panoramastraße mit netten Menschen und unglaublichen Ausblicken ...«, holte ich etwas weiter aus.

»Christian, komm bitte zur Sache, was war mit der ersten Kandidatin? Hast du Feuer gefangen? Ich platze vor Neugier, erzähl schon!«

»Also in Kurzform: Ich bin nicht entflammt und die erste Kandidatin auch nicht! Sie war im Großen und Ganzen nicht schlecht«, beginne ich meine Zusammenfassung. Bei dieser Einführung konnte Ivy ein schelmisches Grinsen nicht unterdrücken.

Ich fuhr fort: »Sie heißt Elke, ist eigentlich recht sympathisch, zieht sich geschickt an und spricht gerne und viel. Für meinen Geschmack etwas zu viel. Ihr schwäbischer Dialekt hat mich sehr vom Sinn der gesprochenen Worte abgelenkt. Am Aussichtspunkt begann sie mit der Schilderung ihrer Lebensgeschichte, die bis zur Rückfahrt im Tenderboot noch nicht ganz zu Ende erzählt war. Wegen ihrer detaillierten Ausführungen konnte ich die herrlichen Ausblicke auf den Fjord und die Gletscher-bedeckten Berge leider nicht optimal genießen«, versuchte ich die Situation authentisch wiederzugeben.

Ivy schaute mich schelmisch an, ich setzte die Berichterstattung fort: »Elke kommt aus Stuttgart, hat einen Hund sowie einen studierenden Sohn. Ihr verstorbener Mann war Diplom-

Ingenieur, was sie nicht ohne Stolz mehrfach in ihrem Rede-
schwall erwähnte. Bis zu ihrer Pensionierung hat sie beim Film
in der Maske gearbeitet, heute singt sie in einem gemischten
Chor.»Mezzosopran«, beendete ich meinen Bericht.»Was mich
angeht, bin ich ziemlich sicher, trotz intensiver Bemühungen,
nicht Elkes Wunschkandidat zu sein. Besonders enttäuscht
schien sie davon, dass ich schon emeritiert bin, also nur ein
Professor im Ruhestand und nicht mehr in Betrieb. Auf diesen
feinen Unterschied bezog sich leider keine der 87 Fragen der
Agentur. Ansonsten kann ich nicht viel falsch gemacht haben,
ich bin ja kaum zu Wort gekommen.«

Ivy schaute mich voller Mitleid an und legte für einen kurzen
Augenblick tröstend ihre Hand auf meine. Diese kurze Berüh-
rung elektrisierte mich!

»Warum gehört Ivy nicht zu meinen Kandidatinnen? 87 Fragen hin oder her ...«

Der Rest des Abends gehörte nur uns beiden. Wir reden quer-
beet über früher, heute und morgen, über Gott und die Welt,
aktuelle Kunstausstellungen und solche Sachen. Erst als der
Kellner mit dem Stühlerücken begann, bemerkten wir, dass alle
anderen Gäste schon gegangen waren.

Beim Abschied fragte ich noch:»Morgen wieder Italienisch?«

»Ja, aber bitte mit Meerblick!«

Klasse!

Von meiner Balkonkabine im elften Stock unseres Schiffsun-
geheuers schaute ich mir am nächsten Morgen das Anlegema-
növer in Trondheim an. Die Szene war unwirklich, die Schiffs-
bauer mussten sich im Maßstab geirrt haben: Das Schiff mit
den Ausmaßen eines Hochhauses und die Anlegestelle, die
eigentlich für die Postschiffe der Hurtigruten gebaut worden
ist, passten gar nicht zueinander! Die von oben wie Spinnfäden
aussehenden, in Wirklichkeit aber armdicken Seile, wurden von
Matrosen vertäut, die krabbelnden Ameisen ähnelten.

Auf dem Programm für Trondheim stand, neben einer Stadtrundfahrt, der Nidarosdom und ein Ausflug ins norwegische Hochgebirge.

Die Angaben der Agentur zu meinem heutigen Date waren: Treffpunkt neun Uhr vor Ausgang fünf, sportliche Dame mit großem Hut und Sommerkleid. Ich sollte meinen Panamahut tragen und eine gerollte Zeitung in der Hand halten. Sehr originell! Am Ausgang fünf entdeckte ich sie sofort. Sie stand aufrecht und selbstbewusst da, mit einem kleinen Spiegel in der einen und einem Lippenstift in der anderen Hand – die finale Korrektur vor dem Date. Bei diesem Auftritt wurde ich neugierig. Obwohl ich zu diesem Zeitpunkt noch nicht sagen konnte, wie viele meiner Wunschadjektive am Ende zutreffen werden, attraktiv war von vornherein auf jeden Fall dabei.

Auch das Wetter spielte wieder mit. Strahlender Sonnenschein bei sommerlicher Temperatur, was will man mehr?

Unsere Begrüßung war filmreif:»Hallo«, kurzes Nicken, Umarmung, Küsschen links, Küsschen rechts,»großartiges Wetter.«

Die attraktive Kandidatin hieß Klara und kam aus Wien, wo sie eine Modeboutique hatte, was ich bereits nach den ersten zwei Sätzen wusste. Die Boutique mache viel Arbeit und bringe kaum etwas ein, beklagte sie sich, und den Rest würde das Finanzamt fressen. Zudem sei das Personal faul und wolle immer mehr Lohn. Überhaupt wäre alles nicht so einfach!

Klara suchte einen Partner, zweifellos, aber offensichtlich nicht für ihr Leben, sondern als Verstärkung für ihre geschäftlichen Aktivitäten. Er müsste schon Liebe zur Stadt Wien mitbringen, mindestens das, meint sie, möglichst auch bei der Eröffnung einer Filiale in Graz oder Innsbruck helfen können. Dazu sollte er praktisch veranlagt sein, etwas Mut zum Risiko haben und auch ein angemessenes Betriebskapital mitbringen, formulierte sie ihre Erwartungen im Detail.

Auf dieses Partnerschaftskonzept war ich nicht vorbereitet, auch keine der 87 Fragen hat in diese Richtung gezielt.

Ich machte offensichtlich keinen sehr euphorischen Eindruck und Klara kommentierte:»Sehr begeistert schaust' net drein, Christian. Aber denk mal in Ruhe darüber nach, ist doch besser als gar nichts.

Trondheim ist eine wirklich interessante Stadt, besonders der Dom, der zu den bedeutendsten Sakralbauten des Landes und zu den wichtigsten norwegischen Nationalheiligtümern zählt. Er ist dem Heiligen Olav gewidmet, einem Wikingerkönig, der vor 1.000 Jahren auf dem Schlachtfeld für seinen Glauben fiel und dafür später heiliggesprochen wurde. Besonders gut hat mir die prachtvolle Fassade des Doms und die riesige Fensterrosette gefallen.

Klara fand den Dom ein wenig düster, der aktuelle Blumenschmuck am Altar war ihrer Meinung nach aber o.k. Beim Stadtrundgang erregten insbesondere kleinere Klamottengeschäfte ihre Aufmerksamkeit und sie sammelte und fotografierte Anregungen für die Dekoration ihrer Boutique in Wien.»Allein dafür hat sich die Reise schon gelohnt«, bilanzierte sie zufrieden.

Auf der anschließenden Busfahrt ins Hochgebirge nach Røros, eine Stadt des frühen Kupferbergbaus mit dem Status eines Weltkulturerbes, erfuhr ich Ergänzendes und Wissenswertes aus Klaras Welt. Nach knapp einer Stunde war sie aber erschöpft und schlief mitten im Satz, ein. Dieser Erschöpfungsschlaf tat auch mir gut, jetzt konnte ich die wunderschönen Landschaftsbilder mit ungeteilter Aufmerksamkeit genießen.

Nach der Besichtigung von Røros setzt Klara die Schilderung ihres Daseins, ihrer Vorlieben und offenen Wünsche ohne weitere Schlafeinlagen fort. An irgendwelchen Erklärungen von meiner Seite schien sie nicht besonders interessiert zu sein. Ich auch nicht.

Zurück auf dem Schiff beeilte ich mich, um Ivy auf keinen Fall warten zu lassen. Als ich sie von Weitem an unserem Tisch sitzen sah, schlug mein Herz ein paar Takte schneller.

»Was ist los mit mir?« Diese Frage stellte ich mir aber nicht wirklich ernsthaft.

»Hallo, Casanova, wie war es auf deinem Eroberungsritt heute?«, begrüßte sie mich mit ihrem umwerfend strahlenden Lächeln.

Der wunderschöne Ausflug und die wesentlichen Gründe für das Scheitern des Eroberungsversuches waren schnell erzählt. »Ach wie schade, wieder nichts!«, kommentierte Ivy meine Berichterstattung. »Du darfst aber nicht aufgeben, Christian, die Richtige ist bestimmt hier an Bord und wartet wie du, irgendwo in einem der vielen Restaurants oder ganz allein in ihrer Kabine. Wahrscheinlich schaut sie verträumt aufs Meer und denkt voller Vorfreude an dich, den edlen Ritter, der sie bald heimholen wird!«

Allein für solche Sätze liebte ich Ivy, ich hätte ihr stundenlang zuhören können.

»Allerliebste Ivy, mir kommen die Tränen. Ich gebe ganz bestimmt nicht auf und werde die Prinzessin retten, zu gegebener Zeit. Aber erzähl du jetzt, wie war dein Tag?«

Ivy schwieg kurz. Aber dann sieht sie auf und erzählte mir unerwartet ihre Geschichte, die sie bis jetzt für sich behalten hat.

Sie war Kunsthistorikerin und lebte bis vor Kurzem mit einem Mann namens Robert zusammen, einem Kunstmakler, der mit hochkarätiger zeitgenössischer Kunst handelte. Robert war in der Szene gut etabliert, erfolgreich und sehr ehrgeizig. Wie sich später herausstellte, hatte er enorme Spielschulden.

»Vor einem halben Jahr hat er einen spektakulären, damals in den Medien viel beachteten, Kunstraub begangen und ist kurz danach tödlich verunglückt. Der Raub wurde aufgedeckt, die millionenschwere Beute ist bis heute nicht aufgetaucht«, erzählte Ivy und beteuerte, von alldem nichts gewusst zu haben. Sie hatte geglaubt, mit dieser Geschichte längst abgeschlossen zu haben – doch heute wurde sie eines Besseren belehrt.

Wie fast alle Passagiere war auch sie am Vormittag an Land gegangen, um Trondheim zu besichtigen, vor allem den prächtigen Dom und das Forside-Kunstmuseum. Als sie im Museumscafé saß, erhielt sie einen Anruf. Jemand forderte, mit offenbar verstellter Stimme, barsch die Herausgabe von Informationen über den Verbleib der geraubten Bilder des Kunstraubes ihres Mannes. Falls sie sich weiter weigere, würde es sehr schmerzhaft für sie, drohte der anonyme Anrufer unverhohlen. Sie hätte einen Tag Zeit, die Angaben zusammenzustellen und zu übergeben, man würde auf dem Schiff Kontakt mit ihr aufnehmen. Falls sie sich weiter weigere, würde man zu anderen Mitteln greifen. So aufgeregt habe ich Ivy bisher noch nicht erlebt: »Sie sind wieder hinter mir her! Woher wissen sie, dass ich auf dem Schiff bin, woher haben sie meine Handynummer? Wenn ich etwas über die Bilder wüsste, hätte ich es doch schon längst der Polizei gesagt! Robert hat mir nichts, aber auch gar nichts anvertraut, bestimmt wollte er mich auf keinen Fall in die Sache hineinziehen.«

Das weitere Gespräch an diesem Abend drehte sich natürlich nur noch um den Kunstraub, den unerwarteten Anruf und besonders um die Drohung des Unbekannten.

»Ich habe Angst, Christian, bitte hilf mir«, flüsterte Ivy fast tonlos.

Nach langer Diskussion entscheiden wir uns, zunächst auf eigene Faust zu agieren. Das Einschalten der Polizei würde alles nur noch verkomplizieren. Stattdessen beschlossen wir, auf dem riesengroßen Schiff erst einmal unterzutauchen.

Sicherheitshalber sollte Ivy, unter dem Vorwand zu lauter Nachbarn, erst einmal die Kabine wechseln. Wir wussten ja nicht, über welche Informationen die Beutejäger verfügten. Dann musste sie ihr Aussehen verändern, besonders den roten Lockenkopf gegen eine weniger auffällige Frisur tauschen, zum Beispiel einen Kurzhaarschnitt. An Bord gab es mehrere Friseurläden, die das erledigen könnten. Außerdem verabredeten wir, ab sofort als Liebespaar aufzutreten und uns so offen an Bord zu zeigen. Eine geniale und zudem reizvolle Strategie, wie ich fand.

Da wir nun einen Plan hatten, ging es uns besser, die Bedrohung verlor ein wenig an Brisanz. Ich gab Ivy meine Handynummer und auch die der Agentur. Für alle Fälle!

Trotz der bedrohlichen Lage freuten wir uns, wie zwei verschworene Komplizen, auf den nächsten Tag, einen Tag an Bord. »Erholung auf See«, stand im Reiseprogramm.

Die Nacht brachte mir wenig Schlaf, dafür Sorgen und Ängste, etwas, das ich lange nicht mehr empfunden habe. »Wie soll ich Ivy beschützen, wenn es hart auf hart kommt? Werde ich möglicherweise in diese kriminelle Sache hineingezogen? Und was mache ich mit den Restkandidatinnen, wenn ich doch öffentlich mit Ivy liiert bin?« Drei Fragen, keine Antwort!

Für den Mittag hatten wir uns am Pool auf dem Oberdeck verabredet. Ivy brauchte den Vormittag für den Umzug und das Haareschneiden.

Was soll ich sagen? Die Verwandlung war geglückt, und wie! Zuerst konnte ich sie wirklich nicht erkennen, so verändert und fremd kam sie daher. »Eigentlich noch hübscher als gestern Abend«, versicherte ich höflich, nahm sie fest in meine Arme und küsste sie.

Sie befreite sich rasch und meinte: »Den verliebten Gockel spielst du ganz hervorragend, aber bitte, übertreibe nicht!« Dann nahm sie meine Hand und bugsierte mich ausgelassen an einen Tisch im nahegelegenen Restaurant. Ich war gerne mit Leib und Seele ein verliebter Gockel. Und Ivy spielte auch sehr authentisch.

Trotz aller Liebe wussten wir, dass die Gefahr überall lauerte. Einer der zahllosen Passagiere musste Ivy's Feind sein, das durften wir keinen Augenblick vergessen. Wir achteten besonders auf männliche Verdächtige, die allein reisten. Auch auf Paare, die ihre Begleitperson offensichtlich erst vor Kurzem kennengelernt haben. Woran wir das erkennen sollten, war allerdings nicht klar. Je länger wir die Szene beobachteten, umso mehr Verdächtige tauchten auf. Meistens sahen sie aus, wie die Typen, die auch im Fernsehen die Bösewichte spielen: verschlagene Typen mit bösem Blick, 3-Tage-Bart und starkem Brusthaar. Ich schlug vor, unsere Strategie unbeirrt zu verfolgen und besonders verliebt aufzutreten. Ivy stimmte zu, ohne mich aber zu umarmen oder gar zu küssen.»Mein Gott, Ivy«, dachte ich,»das kannst du doch bestimmt besser!«

Den Tag auf See genossen wir, so gut es unter den gegebenen Umständen eben ging. Neben dem Baden im Pool gab es an Bord zahlreiche Möglichkeiten, um die freie Zeit angenehm zu verbringen: Trampolinspringen, Tischtennis, Bogenschießen, Minigolf, Muckibuden, Sauna, Massagen, Bingo, Karaoke, Spielsalons, Cafés, Bars und noch vieles mehr. Wir ließen uns überall sehen und beobachteten weiterhin hauptsächlich männliche Singles und Paare, die wie Kurzzeitbekanntschaften wirkten. Und überall traten wir als fröhliches, verliebtes Paar auf Nordlandreise auf.

Das Abendessen nahmen wir, wie gewohnt, bei unserem Italiener ein. Der Kellner erkannte Ivy nicht und gab sich zuerst etwas frostig, vermutlich wegen meiner wechselnden Begleitdamen. Ich ließ ihn in dem Glauben.

Ziemlich kurz angebunden servierte eine ganz frisch zubereitete Pasta mit gegrillten Crevetten. Dazu einen 2013er Brunello, genau richtig temperiert. Von mir aus konnte es ewig so weitergehen!

Wir schauten uns noch die Show im Theater an und gingen dann zu Bett. Meine Frage, ob es nicht geschickter wäre, nur eine Kabine zu benutzen, beantwortete Ivy breit lächelnd:»Wir wollen doch nicht übertreiben, oder?«

Gerne wollte ich nachfragen, warum wir nicht übertreiben sollen. Aber dazu fehlte mir der Mut.

Die angekündigte Kontaktaufnahme des Verfolgers ließ auf sich warten, offensichtlich funktionierte unsere Tarnung. Am nächsten Tag wollte Ivy an Bord bleiben, lange schlafen, lesen, abhängen. Sie meinte, ich solle einfach meine Brautschau fortsetzen, die Gefahr sei ja gebannt.

Ich hatte den Eindruck, dass es ihr mit der Verfolgungs- und der Liebespaarnummer zu unheimlich wurde und sie sich neu sammeln möchte. Das konnte ich gut nachvollziehen und machte mich für den Ausflug auf die Lofoten landfein.

Die nördlich des Polarkreises gelegene Inselgruppe verdankt ihr mildes Klima den Ausläufern des Golfstroms und ist für jeden Touristen ein Muss. Nicht nur wegen der angenehmen Temperaturen, sondern auch wegen der bizarren Schönheit der Felsformationen, der gelassenen Insulaner und der hier besonders gut zu beobachtenden Nordlichtern.

Die Ankunft in Leknes, wo ich meine nächste Kandidatin treffen sollte, erfolgte wieder mit Tenderbooten. Als Erkennungszeichen für die nächste Kandidatin waren dieses Mal Sonnenbrillen, die über der Stirn platziert sind, vorgegeben. Das war wieder nicht besonders originell!

Wir fanden nur schwer zueinander. Geschätzte 20 Mädels hatten ihre Sonnenbrillen nicht auf der Nase, sondern auf dem Kopf sitzen. Erst nach zahlreichen fragenden Blickkontakten entdeckten wir uns endlich.

Zum ersten Mal seit Beginn der nordischen Brautschau hatte ich das Gefühl, dass eine reale Chance für das Finden einer Partnerin bestand. Die Kandidatin trat lächelnd und selbstbewusst, aber nicht affig auf, redete nicht zu viel, aber auch nicht zu wenig, wirkte emanzipiert, aber nicht verbissen, war humorvoll, intelligent, hübsch und ... insgesamt beeindruckend, jedenfalls auf den ersten Blick. Sie hieß Caroline, hatte fünf Kinder aus mehreren Beziehungen und lebte in Kiel. Die vielen Kinder sprachen für ihren Familiensinn, die zahlreichen Väter zumindest für Flexibilität.

Die Kinder waren mittlerweile erwachsen und hatten bereits selbst Kinder. Caro, wie sie genannt werden wollte, hatte inzwischen neun besonders liebe Enkelkinder. Ihre Namen mit zugehörigem Alter zählte sie stolz auf, was ich mir auf die Schnelle aber nicht merken konnte. Sie kümmerte sich mit großem Engagement um jeden Einzelnen, wie aus ihren Erzählungen unschwer herauszuhören war. Und sie fände es großartig, wenn ein liebevoller Opa die Familie ergänzen würde, formulierte sie ihr wichtigstes Anliegen. Besonders gerne würde sie an die Zeit zurückdenken, als ihr Opa an Heiligabend immer die Weihnachtsgeschichte vorgelesen hat.

Sie suchte also in erster Linie einen Opa für Weihnachten, resümierte ich. Für eine engere Beziehung dürfte sie kaum Zeit haben. Ihr eigener Vater sei schon gestorben und die Väter der Kindesväter kooperieren beim Vorlesen von Weihnachtsgeschichten nicht.

An dieser Stelle wurde mir klar, dass meine Erwartungen an die Brautschau ausgesprochen naiv, um nicht zu sagen: Weltfremd waren. Es ist deutlich anders als auf einem Wochenmarkt, wo die Früchte im Spalier aufgereiht stehen und man nach Belieben zugreifen kann. Jeder, der bei so einem Casting mitmacht, bringt seine eigene Lebensgeschichte mit, die er nicht so einfach abstreifen kann, um irgendwo mit einem völlig unbekannten Menschen neu anzufangen. Diese Einsicht tat mir erstaunlicherweise gut, stellte ich fest und dachte an Ivy.

Von meinen Hoffnungen befreit, auf dem Schiff fündig zu werden, konnte ich den Spaziergang durch das typische Fischerdorf Henningsvær und den Besuch des örtlichen Museums, mit seinem rekonstruierten Langhaus aus der Wikingerzeit, in vollen Zügen genießen.

Zurück auf dem Schiff kam ich an einem Friseursalon vorbei, und dachte für mich: Warum nicht etwas Verrücktes tun?«. Schnell war der Entschluss gefasst, meinen wallenden grauen Lockenkopf auch durch einen Kurzhaarschnitt ersetzen zu lassen, aus Mitgefühl mit Ivy, sozusagen. Aber auch ein bisschen aus Übermut. Bis zum Abendessen war ja noch reichlich Zeit.

Der redselige Coiffeur wunderte sich in Anbetracht meiner Lockenpracht, über meinen Wunsch und berichtete plaudernd, dass kürzlich eine Dame auch ihren prächtigen roten Lockenkopf gegen einen unscheinbaren schwarzen Pagenschnitt getauscht habe.»Das scheint ja Schule zu machen! Schon gestern Abend hat sich ein Typ nach solchen Umwandlungsmöglichkeiten erkundigt«, erzählte er weiter.

In diesem Augenblick gingen in meinem Kopf sämtliche Lichter an.»Wer hat sich wonach erkundigt, was haben Sie ihm erzählt?«, fragte ich ziemlich aufgeregt.

Wie nicht anders zu erwarten, hat der Quatschkopf freudig Auskunft gegeben und Ivy vor und nach dem Cut genau beschrieben.

Die Tarnung ist aufgeflogen! Ivy ist in Gefahr, schoss es mir in Sekundenbruchteilen durch den Kopf. Ohne ein weiteres Wort rannte ich aus dem Laden, hechtete die Treppe hoch und sprintete zu Ivys Kabine. Sie öffnete nicht, wahrscheinlich hat sie die Kabine verlassen.

»Ich muss sie finden, sie warnen, sie beschützen! Wo könnte sie sein?« rasten die Gedanken in meinem Kopf.

Erst einmal zum Pooldeck, fürs Restaurant war es noch zu früh! Es war lange her, dass ich so schnell unterwegs war. In meiner Aufregung suchte ich zuerst nach einem roten Haarschopf, natürlich vergebens.

Dann sah ich sie an der Reling stehen, in ziemlich unnatürlicher Haltung, wie mir schien. Mit einem Typen, bullig und um zwei Meter groß.

Nach Luft schnappend, kam ich näher. Er hielt Ivy brutal fest, presste sie an die Reling und brüllte auf sie ein.

Ohne auch nur eine Sekunde zu zögern, stürzte ich mich auf ihn. Daraufhin musste er Ivy loslassen und wendete sich blitzschnell mir zu. Seine stahlblauen Augen fixierten mich höhnisch. Er holte mit seinem rechten Arm mächtig aus, die geballte Faust raste auf meinen Kopf zu. Als ich mich instinktiv duckte und hart auf dem Boden landete, raste sein Schlag über die Reling ins Leere.

Der Schlag war so wuchtig, dass der Typ das Gleichgewicht verlor. In größter Panik versuchte er noch, sich an der Reling festzuhalten, aber vergebens! Mit einem langen, durchdringenden Schrei stürzte er in die Tiefe.

Ich zog mich an der Reling hoch und schaue dem immer noch fallenden Angreifer völlig verdutzt hinterher. Erst nach einigen Sekunden verschwand ein kleiner Punkt mit einem kaum sichtbaren Spritzer im Wasser.

»Mann über Bord!«, riefen Ivy und ich gleichzeitig, unsere Stimmen überschlugen sich. Wir schauten fassungslos hinunter und konnten uns nicht vorstellen, wie dort jemand gefunden werden könnte.

Noch Stunden später stand Ivy unter Schock und musste behandelt werden. Ich fand meine Fassung schneller wieder, immerhin war ich der Held und habe überlebt.

Die sofort eingeleitete Suchaktion blieb ohne Erfolg und wurde nach drei Stunden eingestellt. Die Küstenwache übernahm die Suche und das große Schiff setzte die Reise mit leicht gekürzter Passagierliste fort. Das Treiben an Bord ging weiter, als ob nichts passiert wäre.

Ich gab dem Sicherheitsbeauftragten zu Protokoll, wie der Unfall passiert ist. Zeugen, die den Vorfall aus einiger Entfernung beobachtet haben, bestätigten meine Aussage. Die Sache mit dem Kunstraub und Ivys Bedrohung fand keine Erwähnung. Wozu auch?

Am nächsten Tag verkroch sich Ivy nach dem Frühstück in ihre Kabine, um die gestrigen Ereignisse aufzuarbeiten. Sie wollte heute nicht an Land, angeblich auch wegen des nachlassenden Wetters. Schade, ich war sehr enttäuscht und habe mir von diesem Tag mehr versprochen. Aber ich konnte sie gut verstehen. Frauen brauchen nach solchen Vorfällen etwas mehr Zeit. Nicht alle, aber die meisten schon.

Trotz meiner Brautschaumüdigkeit nahm ich per Handy die Instruktionen für das nächste Date entgegen und mache mich auf den Weg. Ich hielt die Vorstellung, den ganzen Tag ohne Programm an Land zu verbringen oder allein an Bord zu bleiben, für wenig reizvoll. Ein Besuch des Nordkaps und die Teilnahme an einer Vogelsafari war, ohne Frage, die bessere Alternative. Wann würde ich wohl noch einmal diese Chance bekommen? Das Schiff machte in Honningsvåg auf der Insel Magerøya fest. Die nächste Kandidatin sollte einen gelben Regenmantel und eine knallrote Bommelmütze tragen, wie mir die per Handy mitgeteilten Instruktionen sagten. Ich sollte mich am Treffpunkt auffällig suchend verhalten!

Unter den gefühlt 200 Nordkap-Ausflüglern gab es zwar mindestens 15 mit gelbem Regenmantel, davon aber nur eine Dame mit roter Bommelmütze.»Das ist ja leicht«, stellte ich für mich fest. Obwohl meine Erwartungen mittlerweile bei null lagen, bin ich auf das nächste Mädel ziemlich neugierig.»Die Hoffnung stirbt zuletzt«, sagt man doch, oder?

Sie hat sich an einem kleinen Häuschen am Pier untergestellt und schaute, mir den Rücken zugewandt, in Richtung Schiff. Ein zielgerichtetes Suchen konnte ich bei ihr nicht feststellen, also brauchte ich auch nicht den Suchenden zu spielen.

Ich ging auf sie zu und grüßte auf Englisch:»Good morning, Lady.«

Sie drehte sich um, lächelte mich bübisch an und antwortet betont langsam:»Bonjour, Monsieur.«

Völlig verdattert erkannte ich zuerst die Stimme und dann den halb in der roten Mütze versteckten Pagenkopf meiner Ivy! Amüsiert äußerte sie:»Du kannst den Mund wieder schließen, Christian. Ja, ich bin es.«

Ich war so verblüfft, dass mir zunächst gar nichts einfiel, weder etwas Intelligentes noch etwas Humorvolles, nicht einmal etwas Banales, einfach gar nichts. Nach einer Weile gelang es mir aber doch, den Mund zu schließen und Ivy in den Arm zu nehmen.

Mein erster Satz klang bestimmt etwas dümmlich:»Was machst du denn hier?«

Ivys bestimmt vorbereitete Antwort lautete:»Ich bin auf Partnersuche, genau wie du!«

»Wie lange machst du das schon? Während der ganzen Schiffsfahrt oder noch länger?«, fragte ich, immer noch verwirrt.

»Erst ab heute!«, antwortete sie.»Genau genommen ist es keine Suche. Ich habe schon gefunden, was ich mir wünsche!«

Was wie ein Rätsel klang, das ich auflösen sollte, war für mich in Wirklichkeit ein Wunder. Ein Wunder auf dem Nordkap, ein Nordkapwunder, ein nordisches Brautschauwunder!

Nach einigen Minuten habe ich mich einigermaßen beruhigt. Dann erklärte Ivy, dass sie mit der Partneragentur Kontakt aufgenommen hat. Sie habe die Situation dargestellt und einen fairen Preis für meinen Ausstieg aus der Brautschaurunde ausgehandelt.»Zu meiner eigenen Sicherheit, damit du mir am Ende nicht doch noch durch die Lappen gehst. So sagt man doch in Deutschland, oder?«, erklärte sie ihr Engagement.

Am Nordkap gab es, während die Polarlichter tanzten, den schon lange überfälligen Kuss. Was sonst?

»Der alte Mann hat einen Fisch gefangen! Oder zappelt er selbst im Netz?«, sinnierte Ivy und hatte wieder einmal das letzte Wort.

Als die wundervolle Reise beendet war, ist in unser beider Leben, nach und nach, Ruhe eingetreten, die dramatischen Erlebnisse entlang der norwegischen Küste verblassten immer mehr. Wir haben uns gefunden. Es passte alles, besser ging's nicht. Wir lebten abwechselnd in Straßburg und in Aachen, manchmal allein, meistens aber zu zweit. Nach kurzer Zeit konnte ich ein wenig Französisch sprechen, mit einem herrlich deutsch marmorierten Akzent, so wie die Franzosen die Deutschen in

Filmen synchronisieren. Wir haben viele neue Freundschaften geknüpft und die meisten der alten erhalten. Ivy war völlig unkompliziert, sie ging mit ihrem nachgewachsenen roten Lockenkopf auf meine Freunde zu und die Freunde auch auf sie. Ich war in dieser Hinsicht etwas schwerfälliger, lernte aber täglich dazu. Im Sommer nach unserer Reise nach Norwegen verbrachten wir einige Wochen in der Provence. Roberts Bruder, Ivys Schwager, hatte dort ein nettes Ferienhaus, das er uns überlassen hat, solange er sich dienstlich in Marokko aufhielt.

Eines Tages kochten wir gemeinsam eine Bouillabaisse, die frischen Fische haben wir auf dem Markt in Avignon besorgt.

Ivy bat mich, etwas Thymian, Oregano und Bohnenkraut für die Boulliabaisse zu holen und reichte mir eine Gartenschere. Ich wusste nicht, an welcher Stelle die gewünschten Kräuter wuchsen und ging im Garten auf die Suche. In der Nähe eines alten Schuppens, den offensichtlich seit Jahren keiner mehr betreten hat, wurde ich fündig und schnitt eine ansehnliche Portion der gewünschten Kräuter ab.

Neugierig, wie ich nun mal bin, öffnete ich nach dem Kräuterschnitt den Schuppen und sah mich darin um. Es machte den Eindruck, als hätte ein Messie diese Hütte schon vor Jahren fluchtartig verlassen. Ungeschickterweise fiel mir die Gartenschere aus der Hand und geriet zwischen zwei Kartons, die völlig verstaubt waren und ohne erkennbare Ordnung abgestellt worden sind. Nach kurzem Suchen fand ich die Schere und entdeckte dabei unter einer Plane einige, scheinbar achtlos hingestellte, ziemlich große Bilderrahmen. Ich zog einen heraus und drehte ihn um. Ein sehr großes Gemälde kam zum Vorschein: Ein eng umschlungenes junges Paar.

Der Kuss! Ohne Zweifel ein echter Klimt!

Natürlich war die Geschichte damit nicht zu Ende. Was danach geschehen ist, kann ich heute leider nicht mehr erzählen. Dazu bräuchte ich mindestens noch eine halbe Stunde, und das würde ja gegen die Satzung unserer Gruppe verstoßen. Soviel aber noch: Ivy und ich waren fast fünf herrliche Jahre zusammen, dann hatte sie gegen eine tückische Krankheit keine Chance. Es war aber eine wunderbare Zeit, die ich auf keinen Fall missen möchte.

Allen, die planen, auf Partnersuche zu gehen, empfehle ich, es auf einem Kreuzfahrtschiff zu versuchen, am besten auf einer Tour zum Nordkap.

Trotz des überwiegend hohen Alters unserer Gruppenmitglieder war das Interesse an der Idee einer Partnervermittlung auf einem Kreuzfahrtschiff geweckt. Neben der Kostenfrage waren in der Diskussion der allgemeine Ablauf der Reise, das Bordleben und das Unterhaltungsangebot von besonderem Interesse. Selbstverständlich wurden auch der Kunstraub und die Verfolgungsaktion tiefer hinterfragt. Einige erkundigten sich nach der Adresse der Partnervermittlung, was auf ein offensichtliches Interesse der Senioren an einem späten Liebesabenteuer schließen lässt.

Der Abend im Café war wieder einmal ein voller Erfolg und Irmi ließ sich zum wiederholten Mal für ihre Idee der Erzählabende loben. Da es mir immer öfter gelang, in ihre Nähe zu kommen, färbte Irmis Prominenz auch etwas auf mich ab.

Kaffeefahrt

In der Residenz hat es sich natürlich herumgesprochen, was an jedem Freitagabend im Café am Friedhof vor sich geht. Viele unserer Mitbewohner haben bei der Heimleitung vorgesprochen und gefragt, ob sie auch an den Veranstaltungen teilnehmen dürfen. Die Leiterin hat die Interessenten zu mir geschickt. Unser Kreis wurde immer größer, am heutigen Freitag sind fast 30 Interessierte im Café erschienen. Wenn die Teilnehmerzahl noch weiter ansteigt, bekommen wir Kapazitätsprobleme und wir müssen mit dem Wirt sprechen, vielleicht baut er ja an? Aber nun zum Vortrag, den heute unsere liebe Clara halten soll. Clara gehört mit Ihren 69 Jahren zu den jüngeren Gästen der Residenz, hat jedoch mit ihrer Krankheit eine enorme Last zu tragen. Sie lässt sich aber kaum etwas anmerken und vermittelt uns allen, dass sie gerne lebt und sich hier, in unserer Residenz, sehr wohlfühlt.

Zu unserer Unterhaltung, wie sie sagt, will sie heute über eine Kaffeefahrt berichten, die sie vor Jahren mit 3 Freunden unternommen hat. Das ist ihre Geschichte:

Liebe Residenzler!
Wenn die gelben Müllsäcke abgeholt wurden, war Skatabend. Jeden zweiten Donnerstag im Monat. Immer abwechselnd, in einer festen, nicht veränderbaren Reihenfolge, lud einer von uns zu sich ein: Ich fing an, danach war Christoph, nach ihm Carlos und zum Schluss Conrad dran. Danach wieder von vorne. Ausfall gab es nur in ganz seltenen Ausnahmefällen. In mehr als drei Jahrzehnten ist das höchstens fünfmal vorgekommen.

Freunde, die von unseren Abenden wussten, nannten uns die »C-Bande«. »C« wegen unserer Vornamen und »Bande« wegen der angeblich bandenartigen Struktur.

Wir vier kannten uns aus der Grundschule, genauer: aus der

Zeit, als unsere Kinder in der Grundschule waren. Mit Mitte 30 haben wir uns auf Spielplätzen kennengelernt, uns in die Schulpflegschaft wählen lassen, auf Klassenfahrten gemeinsam mitgeholfen und uns auch privat als Freunde gefunden. Der damals verrückt scheinende Vorschlag, eine Skatrunde ins Leben zu rufen, kam ausgerechnet von mir, der einzigen Frau in der Runde. Die Idee wurde anfangs von unseren Partnern belächelt. Dann haben sie einen eigenen Kreis gegründet, praktisch eine Gegenveranstaltung, die aber rasch im Sande verlaufen ist. Dagegen hat sich unsere Skatrunde zu einem festen Bestandteil unseres Lebens entwickelt. Ja, es stimmt, wir waren so etwas wie eine verschworene Gemeinschaft, wobei es nur am Rande um das Skatspiel ging. Einer unserer Bekannten hat uns öffentlich als »Skatmafia« bezeichnet. Das stimmte schon, aber natürlich nicht in letzter Konsequenz. Umgebracht und einbetoniert haben wir niemanden.

Unsere Abende verliefen stets nach einem festen Ritual: Zunächst servierte der Gastgeber ein Essen. Keine 08/15-Kost, sondern schon etwas Besonderes. Dabei ging es überhaupt nicht ums Sattwerden, sondern hauptsächlich um Tischgespräche bei besonders gutem Essen! Wiederholungen des Aufgetischten im selben Jahr wurden gnadenlos zur Sprache gebracht. Als Getränk gab es, neben Wasser, in der Regel Wein, immer bevorzugte, wechselnde Lagen und Jahrgänge. Bier war nur in begründeten Ausnahmefällen zugelassen, zum Beispiel bei großer Hitze.

Zur Zeit der Gründung unserer Runde waren wir junge Eltern mit unterschiedlichen Berufen, aber annähernd gleichen privaten Interessen. Später wurden wir Ruheständler mit erwachsenen Kindern, die das Studium größtenteils schon abgeschlossen haben und ihr eigenes Leben führten. Dann traten Enkelkinder auf den Plan, wie das so ist.

Was unsere Berufe angeht, waren wir ziemlich breit aufgestellt. Christoph war Mediziner und stolzer Vater von vier Töchtern. Zuletzt war er Oberarzt in unserem Krankenhaus und hatte als Kardiologe deutschlandweit einen sehr guten Ruf. Er soll vor Jahren eine Affäre mit einer OP-Schwester gehabt haben, was er jedoch vehement bestritten hat. Beim Skatspiel war er jedenfalls stets ehrlich.

Carlos war Musiker und stolzer Vater einer Tochter. Zuletzt hat er an vorderster Front die erste Geige im städtischen Symphonieorchester gespielt. Natürlich kannte ihn in unserer Stadt jeder, der mit der Kulturszene einigermaßen vertraut war. Sein Skatspiel war eher unterdurchschnittlich, jedenfalls deutlich schlechter als sein Spiel mit der Geige. Er war aber stets bemüht, möglichst wenig falsch zu machen.

Conrad hatte drei Söhne und war unser Problemspieler! Er konnte die gespielten Karten nicht nachhalten, was beim Skat in der Regel verheerende Folgen hat. Früher war er Fluglotse. Immer, wenn er beim Skatspiel einen fatalen Fehler machte, sagte mindestens einer von uns: »Gott sei Dank ist er nicht mehr im Dienst«.

Ich, Mutter von ganz süßen gemischten Zwillingen, habe am hiesigen Amtsgericht als Richterin gearbeitet und bin seit Jahren pensioniert. Auf die Spielabende, die eigentlich Diskussions- und Tratsch-Abende waren, freute ich mich immer sehr. Besonders, nachdem mein Mann verstorben war. Mein Skatspiel war ohne Frage besser als das meiner Mitspieler. Ich versuchte aber, das auszugleichen, indem ich gelegentlich kleine Fehler eingebaut habe.

Einmal im Jahr unternahmen wir gemeinsam einen Ausflug, den jeweils einer von uns organisierte, natürlich in einer festen Reihenfolge. Die Kosten spielten dabei kaum eine Rolle. Unsere Skatkasse, die mit den Zahlungen der Verlierer an den Skatabenden gespeist wurde, war in der Regel gut gefüllt.

An einem Spielabend im Mai sollte über den anstehenden nächsten Ausflug beraten und entschieden werden. Christoph, unser Gesundbeter, war an der Reihe, den nächsten Trip zu organisieren.

Natürlich waren wir gespannt, welche Unternehmung Christoph vorschlagen wird. In den Anfängen haben wir eher klassische Ziele von Skatrunden unternommen: Berlin, Paris, Rüdesheim, der Rotweinwanderweg an der Ahr, Florenz, Siena und Ähnliches. Seit einigen Jahren versuchten wir, interessantere Erfahrungen zu sammeln, wie zum Beispiel: Exerzitien in einem Kloster, Probehaft in einer Justizvollzugsanstalt, Mitwirkung als Statisten bei einer Aufführung in unserem Theater oder Teilnahme an einer Quizsendung. Langsam gingen uns aber die Ideen aus. Deshalb sahen wir Christophs Vorschlag mit großer Spannung entgegen.

Als von der knusprigen, süß-sauren Entenbrust mit Bambussprossen an Ingwersauce nichts mehr da war, räusperte sich Christoph und zog das Kaninchen aus dem Hut, wie er sich ausdrückte:»Wir machen eine Kaffeefahrt! Eine kostenlose Busfahrt mit einer Verkaufsveranstaltung irgendwo im Niemandsland!« Als er in unsere etwas verdutzten Gesichter blickte, legte er gleich nach:»Wir trotzen den Bedenken, die mit Kaffeefahrten allgemein verbunden sind! Wir sind vier gestandene Erwachsene, was kann uns schon passieren? Wir können erfahren, was dran ist, an den vielen Warnungen der Verbraucherschützer und der Polizei. Und vielleicht können wir einige hilflose Teilnehmer aus den Schlingen der brutalen Verkaufsmafia befreien. Möglicherweise gelingt es uns sogar, die Verbrecher dingfest machen, an die Polizei zu übergeben und, per Zeitungsbericht, berühmt zu werden? Auf jeden Fall dürfte uns jede Menge Spaß sicher sein!«

Christoph legte uns eine Einladung einer Firma vor, die sich »Gesellschaft für innovative Kommunikation« nannte: Dort wurde ein wunderschöner, unbeschwerter Ausflug ins Grüne versprochen!»Kostenlose Anreise in bequemen Reisebussen. Reichhaltiges Frühstücksbuffet gratis. Verlosung von 1.000 Euro während einer kurzweiligen Verkaufsshow. Leckeres Mittagsessen mit einem Freigetränk. Zum Abschluss für alle Kunden ein prall gefüllter Präsentkorb!« Damit wir etwas von dem schönen Tag haben, sollte die Abfahrt schon um fünf Uhr morgens erfolgen, gute Laune war mitzubringen! Rückkehr um 20 Uhr, pünktlich zur Tagesschau! Die Veranstalter freuten sich auf einen rundum interessanten Ausflug und warben für eine verbindliche Anmeldung.

Wow! Was für ein Angebot. Bei diesem Programm brauchte Christoph keine weitere Überzeugungsarbeit mehr zu leisten.

Nach dem üblichen Hin und Her war es dann »amtlich«: Unser nächster Ausflug sollte eine organisierte Kaffeefahrt ins Grüne sein. In knapp vier Wochen sollte es losgehen.

Wir verabredeten, nicht als Gruppe, sondern einzeln aufzutreten. Das könnte am Ende von Vorteil sein.

Es folgen noch drei Skatabende mit viel Spaß, guten Gesprächen und meist spannenden Spielen. Natürlich wurde bei unseren Treffen die geplante »Kaffeefahrt« zunehmend erörtert.

Die Männer bemühten sich um ein passendes Outfit für den Ausflug. Dabei waren alle drei entschlossen, sich extra dafür ärmellose, kakifarbige Rentnerwesten anzuschaffen. Wie kleine Jungs wetteiferten sie um die größte Anzahl der Taschen und Täschchen an und in den Westen. Wie ich mitbekommen habe, hatte Carlos mit 17 Taschen und fünf Geheimfächern am Ende die Nase vorn.

Endlich ging es los! Ziemlich wortkarg und unausgeschlafen standen wir um fünf Uhr an der Abholhaltestelle und warteten auf den hoffentlich bequemen und geheizten Reisebus. Der fuhr auch relativ pünktlich vor und war schon zu einem Drittel von Kaffeefahrtausflüglern besetzt, die zum größten Teil bereits wieder eingeschlafen waren. Der Busfahrer nahm uns die Einladungen samt Anmeldebestätigungen ab und legte sie in einen bereitstehenden Karton. »Sie dienen als Beleg, dass wir zur Mitfahrt berechtigt sind. Und außerdem sind das die Lose für das Gewinnspiel!« erklärte er wichtig.

Carlos hat, vorausschauend wie er war, von allen schriftlichen Ankündigungen Kopien gemacht, sodass wir bei Bedarf die Versprechungen des Reiseveranstalters hätten belegen können. Getrennt verteilten wir uns im Bus. Christoph, Carlos und Conrad schlossen sich umgehend dem Schnarchkonzert der Mitreisenden an. Ich natürlich nicht. Frauen gehören zu über 99 % der Nichtschnarcher-Fraktion an, was allerdings hier und da bestritten wird.

Die Fahrt entlang der vielen Abholstationen dauerte vier Stunden und endete irgendwo im Grünen. Wie weit wir wirklich gefahren sind und wie viel Zeit die Abholaktion in Anspruch genommen hat, konnte am Ende niemand sagen. Da sich keiner von uns an irgendein Ortsschild erinnern konnte, herrschte über unseren Aufenthaltsort tiefstes Unwissen.

Das versprochene reichhaltige Frühstücksbuffet war schon im vermieften »Festsaal« eines einsam gelegenen Landgasthofes aufgebaut: Ein Berg blasser Brötchen, ein halber Eimer Marmelade und etwas Butter waren für uns – im ganzen 56 Teilnehmer – bereitgestellt. Der dünne Kaffee in drei großen Thermoskannen reichte gerade aus, um jeden Plastikbecher ein einziges Mal zu füllen.

Dann wurden Zettel verteilt, auf denen Extras zum Frühstück angeboten wurden. Trotz der stark überhöhten Preise konnten die meisten nicht widerstehen und bestellten Rühreier, Wurst und Käse sowie diverse Getränke.

Das Frühstück zog sich eine gute Weile hin. Als eine Dame in knallgrüner Steppjacke einen Piccolo orderte, kam eine Bestelllawine ins Rollen. Der Sekt hellte die Stimmung im Saal hörbar auf, die Lautstärke der Gespräche nahm zu. Auch meine Skatbrüder genossen den Ausflug offensichtlich und prosteten den Mitreisenden zu, jeder an seinem Tisch.

Dann positionierte sich ein kleiner, rundlicher Mann mit einem Mikrofon vor dem »Publikum«. Er trug einen schwarzen Anzug und ein schwarzes Hemd. Zusätzlich war er mit roten

Hosenträgern ausgestattet, die seine Hose erfolgreich daran hinderten, am kräftig ausgeprägten Bauch nach unten zu rutschen. Er war Mitte 50, stellte sich als Alfred vor und fuhr mit seinem dominanten Mikrofon den angeregten Unterhaltungen der Senioren im Saal in die Parade:»Im Namen der Gesellschaft für Kommunikation und Innovation begrüße ich euch ganz herzlich«, schallte es unvermittelt durch den ungemütlichen Raum. Der gut gelaunte Moderator duzte uns wie selbstverständlich. »Wir wollen ja nicht den ganzen Tag mit Frühstücken vertrödeln, wir haben heute mit euch noch viel vor! Die Geschäftsführung unseres Unternehmens hat weder Mühen noch Kosten gescheut, um diesen Ausflug zu einem schönen und erfolgreichen Erlebnis für uns alle werden zu lassen«, setzte Alfred seinen Monolog fort. »Wir haben euch kostenlos hierhergefahren, als Gäste aufgenommen und ein gutes Frühstück spendiert. Bestimmt ist keiner unter euch, der sich nicht auf unsere Show und die anschließende Verlosung von 1.000 Euro freut! Oder möchte jemand lieber einen Spaziergang machen?« Seine pointiert vorgetragenen Sätze, untermalt von rhythmischer Musik, lösen einen verhaltenen Applaus aus. Trotz des miesen Frühstücks hielten viele »Kunden« an der Hoffnung auf den versprochenen schönen Tag fest.

Bei zunehmend lauter werdender Musik wurden die Vorhänge an der Stirnwand des Saales zur Seite geschoben. Die dahinter erscheinende Bühne erstrahlte in grellem Lampenlicht.

»Als Erstes wollt ihr bestimmt wissen, wer wir sind und warum wir euch heute eingeladen haben?«, fragt Alfred mit einem gut geübten Augenaufschlag in Richtung des 56-köpfigen Publikums. »Wir sind ein seriöses Handelsunternehmen, das, nicht anders als zum Beispiel der Kaufhof, durch Einkaufen und Verkaufen Geld verdient. Dabei haben wir es viel schwerer als all die Handelsketten, die euch Tag für Tag mit billigen, in Indien oder anderen Entwicklungsländern hergestellten und zu Spottpreisen eingekauften Waren betrügen. Wir beziehen unsere Artikel zu fairen Preisen nur aus Europa! Beim Ordern der Waren gibt es für uns nur drei Kriterien: Qualität, Qualität und nochmals Qualität! Jeden Tag sind für uns in ganz Europa speziell geschulte Spezialisten unterwegs. Sie spüren innovative Produkte für unsere Kunden auf, bevor sie von den Handelsriesen entdeckt und mit bis zu 1.000 % Gewinn auf den Markt geworfen werden. Dabei braucht man sich nicht zu wundern, dass die Preise überall gleich hoch sind. Sie werden nämlich regelmäßig abgesprochen, damit den Haien auch ja kein Cent Gewinn entgeht.«

Ein Teil des Publikums murmelte zustimmend, vereinzelt gab es auch Applaus.

»Jetzt aber genug geredet, ihr wollt ja schließlich etwas sehen, oder?«

Von einem Tusch begleitet, trugen zwei, wie Türsteher anmutende, Typen eine gewöhnliche, schlaff durchhängende Schaumstoffmatratze auf die Bühne. Alfred ließ sich theatralisch auf den Schaumstoff plumpsen und schrie ins Mikrofon, als ob man ihm ohne Betäubung einen Backenzahn ziehen würde.

Als die Schmerzen offenbar nachließen, erklärte er mit gebrochener Stimme: »Mit solchen billigen Schlafunterlagen werden unsere wichtigsten Organe – Lunge, Herz, Leber, Magen, Nieren und Darm – jede Nacht gequält, genauer gesagt: gefoltert!«

Nach weiteren hanebüchenen Behauptungen über die im Schlaf malträtierten Organe trugen die Türsteher eine weitere, in Goldfolie eingewickelte Matratze auf die Bühne. Alfred ließ sich wieder nach unten plumpsen, wälzte sich eine ganze Minute lang mit wohligem Stöhnen darauf und erläuterte, auf dem Bauch liegend, in einem halbstündigen Monolog, die heilende Wirkung des Produktes und garantierte mehrfach die Schonung aller wichtigen Organe. Schließlich stand er auf und erklärte, dass diese Matratze in mühevoller Handarbeit ausschließlich aus Naturstoffen in einem abgelegenen Kloster in Albanien hergestellt worden sei, wobei geheime, mittelalterliche Regeln den Produktionsprozess bestimmt haben. Seinen Leuten sei es gelungen, eine ganze Jahresproduktion des Klosters einzukaufen und mühsam nach Europa zu schaffen, insgesamt 72 Stück! Jetzt holt Alfred zum finalen Schlag aus:»29 sind schon verkauft, nur 43 sind noch verfügbar! Ich wette um 500 Euro, dass bis heute Nachmittag alle weg sein werden!«

Den Preis für eine Matratze deutete Alfred nur an: Sie würde nicht mehr kosten als eine aus dem sogenannten Premiumbereich der Matratzenmafia, die wider besseres Wissen als gesundheitsfördernd angepriesen werden.

Mitten in Alfreds Rede rief jemand von hinten aus dem Publikum:»Ich habe noch niemals von einem albanischen Kloster mit einer Matratzenmanufaktur gehört. Können Sie sagen, wo das sein soll?« An der Stimme erkannte ich, dass es Carlos war.

Alfred reagiert gelassen:»Du da hinten, was nützt es dir, wenn ich jetzt den Namen des Klosters nenne? Willst du etwa dorthin pilgern, um deine Sünden loszuwerden? Komm doch in der Mittagspause zu mir, dann können wir über alles reden!« Das Publikum reagiert zustimmend auf Alfreds Antwort.

Aus der gegenüberliegenden Ecke meldete sich noch ein Aufmüpfiger:»Bei Nichtgefallen kann man doch sicher vom gesetzlichen Widerrufsrecht Gebrauch machen, oder?« Das war Christoph.

Alfred reagierte immer noch ruhig, er schien Kummer dieser Art gewohnt zu sein:»Was soll das für ein Vertrauen sein, wenn man schon vor dem Kauf nach dem Rückgaberecht fragt? Ich hatte in all den Jahren noch nie einen Widerruf. Und ich bin stolz darauf, glaubt mir das bitte!« Die Reaktionen im Saal waren jetzt eher ablehnend.

Ich konnte beobachten, wie Alfred einem seiner beiden Türsteher einen vielsagenden Blick zuwarf, bevor er weiter zum Publikum sprach:»Wer an einer Matratze interessiert ist, der kommt bitte nach dem Mittagessen zu mir. Wer zuerst kommt, mahlt zuerst, so ist das nun mal!«

Wieder erschallte aus den Lautsprechern ein grausam lauter Tusch. Alfred verkündete nun die Verlosung der 1.000 Euro. Einer der beiden Türsteher trug einen Karton auf die Bühne und versicherte uns, dass sich darin alle vom Busfahrer eingesammelten Teilnehmerscheine befänden. Alfred verband umständlich seine Augen, wühlte eine Weile in der roten Kiste, zog einen Schein heraus und zeigte ihn unter verhaltenem Applaus ins Publikum. Anton, ein besonders seriös wirkender Kaffeefahrtteilnehmer aus der ersten Reihe, wurde auf die Bühne gebeten, um den Namen des Gewinners vorzulesen. »Trude Schimanski« verkündet er wichtig, womit er starken Applaus erntete.

»Trude, du Glückliche unter den Glücklichen, komm nach vorne und lass dich umarmen!«, schrie Alfred ins Mikrofon.

Trude, die Dame mit der giftgrünen Steppjacke, betrat verlegen die Bühne. Alfred stellte ihr persönliche Fragen, nach ihrem Alter, der Anzahl ihrer Ehen, den Namen ihrer Kinder und Enkelkinder, die Trude pflichtgetreu beantwortete. Als der Moderator ihr zehn Hunderter in die Hand zählte, kann sie ihre Freudentränen nicht unterdrücken. Nachdem sie ihre Fassung wiedererlangt hat, rief sie mit sich überschlagender Stimme in den Saal: »Ich lade euch alle auf ein Glas Sekt ein!« Das Publikum tobte.

Merkwürdigerweise stand der Sekt schon bereit und wurde auch umgehend verteilt. Der Eindruck, dass der Veranstalter Trudes edle Regung schon vorausgeahnt hat, drängt sich nicht nur mir auf. Jemand warf das Wort »Manipulation« in den Saal. Ein anderer aus dem Publikum, dieses Mal war es Conrad, rief: »Frau Schimanski, mal ehrlich, Sie sind eine Strohfrau und fahren öfters mit! Sie dürfen das Geld doch nicht wirklich behalten?«

Alfred versuchte, sich den Ärger über diese erneute Attacke nicht anmerken zu lassen, wirkte aber deutlich sauer. Auf den indirekt ausgesprochenen Betrugsvorwurf reagierte er einfach nicht. Um die Situation nicht eskalieren zu lassen, rief er ins Mikrofon:»So, jetzt haben wir uns das Mittagessen aber mehr als verdient! Es gab Frikadellen vom Biometzger mit hausgemachtem Kartoffelsalat zum Vorzugspreis von 12,90 Euro pro Portion. Für Vegetarier gabt es den Kartoffelsalat pur für nur 9,90 Euro. Der Senf ging aufs Haus, ein Getränk auch, wie in der Einladung versprochen.»Allseits einen guten Appetit wünscht eure Gesellschaft für Kommunikation und Innovation!«, verabschiedete sich der sichtlich angesäuerte Moderator in die Pause. Jetzt machte sich im Publikum doch vermehrt Unmut bemerkbar.»Das Mittagessen sollte doch frei sein?«, empört sich einer.»Werden wir etwa abgezockt?«

Schnell sprach sich die Erklärung herum, dass laut Prospekt nur ein Getränk, aber nicht das Mittagessen frei sei. Der eine oder andere war zwar stinksauer, kaufte das lieblos auf einem Pappteller hingerotzte Gericht mangels Alternative dann aber doch. Trotz der offensichtlichen Irreführung hielt ein Teil der Gäste weiterhin am Glauben an einen schönen Ausflug fest. Das lag auch daran, dass mehrere Kartoffelsalatexperten bestätigen, dass der Salat eigentlich nicht schlecht sei. Für den bissfesten Fleischkloß, dem es nicht nur an Gewürzen fehlte, engagieren sich nur wenige Konsumenten. Die meisten trösteten sich mit der Erklärung:»Bio schmeckt eben so!«

Ein weiterer Tusch läutete die nächste Runde ein. Alfred fragte nett nach, ob es gemundet hat, erntet aber als Antwort Buhrufe und ablehnendes Schweigen. Die Stimmung schien zu kippen, was nicht nur auf die Bio-Frikadellen zurückzuführen ist.

Ich versuchte, meine Skatbrüder im Publikum zu finden, konnte aber nur Conrad entdecken. Nach einer angemessenen Zeit des Wartens – die beiden hätten ja auf der Toilette sein können – machte ich mich auf die Suche. Conrad hatte den gleichen Verdacht und stieß zu mir.

Wir suchten die Toiletten ab, ohne Erfolg, eilten durch einen großen, leeren Raum in einen Hinterhof. Dort endlich hörten wir so etwas wie Hilferufe und fingen an zu laufen. Ganz hinten, in einem ehemaligen Schweinestall, fanden wir Carlos und Christoph, eingesperrt und am Boden liegend! Die beiden Türsteher haben ihnen kräftige Leberhaken verpasst und sie eingeschlossen, als Dankeschön für ihr »beschissenes Gequatsche«. »Jetzt reicht es!«, rief Conrad und griff nach seinem Handy, um die Polizei zu rufen. Aber es gab kein Netz! Wir saßen in der Falle, besser: in einem Funkloch.

Nach kurzer Beratung beschlossen wir, die Veranstaltung weiter zu stören und die Teilnehmer zu animieren, sich zu wehren. »Was hier abläuft, ist filmreif!«, stellten wir einstimmig fest. Leider gab es keinen Kameramann, der es dokumentieren könnte. Der gut gelaunte Alfred schien Drehbuchautor, Hauptdarsteller und Regisseur zugleich zu sein.

Zurück im Saal hörten wir seine neuen Verkündigungen: »Vor dem Mittagessen haben wir über die Schädigung unserer Organe durch krankheitsfördernde Matratzen gesprochen – eine nicht zu unterschätzende Bedrohung von außen! Was aber ist mit der Bedrohung von innen? Seien wir doch ehrlich, wer kennt das nicht: Arzttermine zum Sankt Nimmerleinstag, überfüllte Wartezimmer und dann, nach zwei Minuten im Allerheiligsten, im Sprechzimmer des weiß gewandeten Manitus, wieder einmal ein Rezept für Chemiebomben, die schon bei den letzten Beschwerden nicht geholfen, dafür aber zu weiteren, den sogenannten Nebenwirkungen, geführt haben. Wie groß die Macht der Pharmaindustrie ist, kann sich keiner von euch wirklich vorstellen! Es ist ungefähr so, wie mit der Macht der Priester im alten Ägypten. Die Priester haben seinerzeit das Monopol der Allwissenheit an sich gerissen und das unwissende Volk mit selbst erfundenen Wahrheiten und zugehörigen Scheinbeweisen beherrscht.«

Das Publikum reagierte auf Alfreds Monolog zum Teil zustimmend, überwiegend aber verwundert.

Die Verkaufsshow ging weiter:»Wie bei den albanischen Gesundheitsmatratzen, die im Übrigen alle verkauft sind, sind unsere Beobachter permanent auf der Suche nach den neuesten Heilmitteln. Heute kann ich euch stolz unsere Alles-in-einem-Lösung anbieten, mit der ihr alle wesentlichen alterstypischen Beschwerden voll in den Griff bekommen könnt. Das Medikament haben wir auf Malta entdeckt, wo es schon seit Hunderten von Jahren von den Ureinwohnern genutzt wird. Es wird aus einer geheimen Mischung nur dort wachsender Kräuter extrahiert und schützt vor Krebserkrankungen, mindert Herzrasen und das Schlaganfallrisiko und beugt Demenz oder Alzheimererkrankungen vor. Der Pharmaindustrie ist es bis heute gelungen, dieses extrem wirksame und naturbelassene Heilmittel vor der Öffentlichkeit geheim zu halten!«, behauptete Alfred in seiner halbstündigen Rede, die er ohne Punkt und Komma vortrug. Diesen Redefluss musste jeder, der sich in der Psychologie der Menschenbeeinflussung auskannte, ohne Wenn und Aber anerkennen. Chapeau, Alfred!

»Auch bei diesem Produkt handelt es sich um eine streng limitierte Charge. Die hier und jetzt verfügbare Menge dürfte nicht ausreichen, um euren Bedarf zu decken«, lautet die Prognose des Moderators. Er erklärte noch, worauf es jetzt ankommt: »Auch hier gilt, was schon in einer alten Mühlenordnung steht: Wer zuerst kommt, mahlt zuerst!« Damit war Alfred beim eigentlichen Ziel seines Vortrages angelangt, dem Verkauf von kleinen braunen Fläschchen mit hellen Kapseln. »70 Euro für eine Jahrespackung, weniger als 20 Cent pro Tag!«, lautete das günstige Sonderangebot.»Verkauf nur gegen bar, das Geld bitte passend bereithalten!«

Conrad und Carlos unterrichteten mich zwischenzeitlich, dass es ihnen mithilfe von GPS-Signalen gelungen ist, unseren Standort zu bestimmen. Ihrer Meinung nach musste ganz in der Nähe ein kleiner Ort liegen, wo bestimmt Hilfe geholt werden könnte.

Also machten sich die beiden auf den Weg. Christoph und ich hielten im Landgasthof die Stellung.

Alfred und seine beiden Türsteher hatten sich unterdessen eine mobile Verkaufstheke, eine Art Bauchladen, um den Hals gehängt und verteilen sich im Raum, um jedem Einzelnen eine Kaufentscheidung abzuverlangen. Das Gesamtbild dieser Aktion lässt sie folgendermaßen umschreiben: Drei Schäferhunde versuchen, ihre Schäfchen zusammenzuhalten, während diese jede Gelegenheit zum Ausweichen nutzten. Je mehr Schäfchen den Kauf verweigerten, umso aggressiver wurden Alfred und seine Gehilfen. Nach und nach übertrug sich der immer ruppigere Ton der Verkäufer auf die getriebenen Schäfchen. Es war Christoph, der jetzt in den Saal rief: »Es reicht! Wir wollen sofort nach Hause!« Viele andere schlossen sich seiner Forderung an. Das Ausbrechen eines Tumultes wurde immer wahrscheinlicher.

Alfred reagierte auf die prekäre Entwicklung, stieg mit dem Mikrofon auf die Bühne und ging auf die Forderung der Teilnehmer ein: »OK, wie ihr wollt, dann machen wir eben Schluss. Der Bus kommt in einer Stunde und fährt euch heim. Da heute aber viel zu wenig gekauft wurde, ist für die Veranstalter ein Defizit entstanden, sodass wir einen Beitrag für den Rücktransport erheben müssen, wie es in den Teilnahmebedingungen im Kleingedruckten steht.« Ob es tatsächlich im Kleingedruckten stand, konnten wir im Augenblick nicht nachprüfen, da alles Schriftliche eingesammelt worden ist. Carlos hat zwar Kopien gemacht, war aber leider momentan nicht vor Ort.

Der Moderator trat immer weniger moderat auf und rief: »Meine beiden Helfer werden jetzt von jedem 50 Euro für den Rücktransport einsammeln. Wer nicht zahlt, kann zu Fuß gehen, es ist ja noch eine Weile hell! Dort unten am Ende des Weges geht es nach rechts und dann acht Kilometer geradeaus, immer an der Landstraße entlang. Im nächsten Dorf könnt ihr auf den Bus zur Kreisstadt warten oder ein Taxi rufen. Soweit ich weiß, gibt es dort kein Mobilnetz! Es ist eure Entscheidung!«

Jetzt wurde es für mich Zeit, zu handeln. Ich stieg auch auf die Bühne und nahm dem verdutzten Alfred das Mikrofon einfach aus der Hand.

»Hören Sie bitte zu! Wie jeder erkennen kann, ist das hier eine illegale Veranstaltung, auf der wir gutgläubigen Senioren über den Tisch gezogen werden. Keiner sollte jetzt auch nur einen Cent, für was auch immer, zahlen. Meine Freunde und ich haben herausgefunden, dass der nächste Ort nur wenige hundert Meter von hier entfernt ist, in der entgegengesetzten Richtung als von Alfred beschrieben. Zwei Freunde von mir sind schon unterwegs und benachrichtigen die Polizei. Wir sollten uns etwas gedulden, der Polizei wird bestimmt etwas einfallen, wie wir nach Hause kommen.« Als das Wort »Polizei« fällt, verschwindet der gestresste Moderator nicht nur von der Bühne, sondern auch aus dem Saal. Seine beiden Adjutanten folgen ihm auf dem Fuß.

»Und noch etwas«, fuhr ich fort: »Für alles, was Sie hier gekauft haben, haben Sie gemäß § 312 Absatz 1 Satz 1 Nummer 2 BGB ein Widerrufsrecht. Sie können den Kaufvertrag binnen zwei Wochen ab Aushändigung der Widerrufsbelehrung ohne Begründung widerrufen. Falls Sie einen solchen Vertrag unterschrieben haben, sehen Sie jetzt nach, ob dort das heutige Datum eingetragen ist!«

Am Rande konnte ich erkennen, dass sich auch Trude Schimanski durch eine Seitentür vom Acker machte. Als der Abgang der Betrüger offensichtlich war, klatschten die Betrogenen Beifall und die Stimmung lockerte sich ein wenig auf.

Jetzt blickten alle Augen auf mich. Ich habe ja das Wort und damit die Führerschaft ergriffen. Etwas anderes, als Zuversicht zu verbreiten und erneut Geduld abzufordern, blieb mir aber nicht.

Nach einer guten halben Stunde kehrten Conrad und Carlos, erhitzt vom schnellen Ausschreiten, zurück. Als ich von der Flucht des Quartetts erzählte, konnten sich die beiden ein überlegenes Grinsen nicht verkneifen und berichteten: »Wir haben die Polizei verständigt. Aber was noch besser ist: auf dem Weg zur nächsten Ortschaft haben wir, außer Sichtweite vom Gasthof, einen Transporter mit ausländischem Kennzeichen entdeckt. Es handelt sich mit Sicherheit um den Wagen von Alfred und seinen Helfern. Um eine wahrscheinliche Flucht der Betrüger zu verhindern, haben wir die Luft aus allen vier Reifen befreit. Ich wette, die drei werden *not amused* sein«, schließt Conrad seinen Bericht ab. Gerade in diesem Moment hörten wir die Sirenen der anrückenden Polizei.

Als schließlich ein Reisebus vorfuhr, löste sich bei den Kaffeefahrtteilnehmern die Anspannung und Erleichterung breitete sich aus. Einige Teilnehmer fielen sich in die Arme, die meisten schüttelten sich die Hände oder klopften sich gegenseitig auf die Schultern. Viele bedanken sich bei uns herzlich für das engagierte Auftreten.

Unser Skatausflug in diesem Jahr war, alles in allem, doch interessant und abwechslungsreich gewesen. Das nächste Mal wollten wir es aber lieber etwas lustiger angehen. Vielleicht auf einer Reise nach Washington, mit einem Empfang bei Donald Trump!«

Was für eine großartige Geschichte! Man konnte spüren, dass die Kaffeefahrt genauso abgelaufen ist, wie Clara sie beschrieben hat. Es war wieder einmal ein außerordentlich guter Beitrag und auch eine Ermutigung für alle, sich für eine der nächsten Erzählungen zu verpflichten.

Zu meiner Affäre mit Irmi gibt es Neuigkeiten: vor zwei Tagen hat sie mich, völlig überraschend, zu einem »klärenden Gespräch« eingeladen.

Was zu klären ist, hat sie nur angedeutet: »Es geht um etwas Wichtiges, das man nicht so einfach zwischen Tür und Angel besprechen kann«. Den Ort und den Zeitpunkt des Treffens sollten wir vom Wetter abhängig machen, da wäre sie flexibel.

Aus den wenigen Informationen konnte ich unmöglich schließen, was ich bei dem Treffen anziehen soll, ob ich einen Friseur-
termin brauche und ob ein Blumenstrauß besorgt werden muss.
Das Treffen hat nachmittags, an einem sonnen überfluteten
Tag, in Form eines Spaziergangs durch den Kurpark stattgefunden und hat über eine Stunde gedauert. Eine ganze Stunde, mit
Irmi allein im Park, es war der reinste Wahnsinn!

Irmi ist ziemlich schnell auf den Punkt gekommen: »Es geht
um unser Verhältnis, Georg, also um die Beziehung zwischen
uns beiden. So wie bisher kann es nicht weiter gehen! Ich muss
das jetzt klären. Ich muss mich nämlich entscheiden!«

Ich fragte dazwischen: »Wofür oder wogegen musst du dich
entscheiden?«

»Für oder gegen dich!«, war die knappe Antwort. Schon nach
diesen wenigen Sätzen wurde ich ziemlich nervös, ich konnte
mir nicht einmal näherungsweise vorstellen, was sie im Schilde
führte.

Irmi fuhr fort: »Also, hör zu. Ich merke seit Wochen, dass du
versuchst, mich näher kennenzulernen, wobei die Betonung auf
dem Verb *versuchen* liegt.«

Jetzt erst ahnte ich halbwegs, wohin die Reise ging. Ich habe
bestimmt etwas falsch gemacht!

Irmi fuhr fort: »Vorweg: Äußerlich bist du für mich einigermaßen vorzeigbar! Das reicht aber nicht! Josef zum Beispiel ist auch
vorzeigbar.« Als ich den Namen des Casanovas hörte, wurde ich
natürlich hellhörig. Der nächste Satz klang aber schon besser.

»Als du von der tollkühnen Aktion in San Francisco erzählt
hast, habe ich dich sehr bewundert. Du hast Initiative und Mut
gezeigt, Eigenschaften, die ich an Männern sehr schätze. Aber
seitdem scheint die Luft rauszusein, oder? Immer, wenn wir uns
sehen, ob an den Freitagabenden oder auch sonst, sehe ich nur
deinen schmachtenden Blick. Aber sonst passiert gar nichts.
Rein gar nichts«. Und weiter ging es mit den Ermahnungen: »So
einen Auftritt, wie ihn Josef nach meinem Vortrag am letzten

Freitag mit seinen Rosen hingelegt hat, so einen Auftritt hätte ich eigentlich von dir erwartet. Und ich hätte mich sehr gefreut!« Das traf mich mitten ins Herz. Und Irmi war noch nicht fertig: »Abgesehen von deiner offensichtlichen Blockade, möchte ich gerne wissen, was und wie du dir das so vorstellst mit uns beiden. Aus dem Alter, möglichst schnell in die Kiste zu hüpfen, sind wir beide ja wohl raus, oder? Was also sind deine Absichten? Wenn es nicht das Testosteron ist, was treibt dich dann an? Was stellst du dir für uns beide vor? Welche Zukunft schwebt dir für uns vor? Abendessen bei Kerzenlicht, Händchenhalten bei Mondschein, Tango tanzen in einer Tanzschule. Wenn es etwas dieser Art ist, Georg, dann bin ich sofort dabei. Aber irgendetwas darüber hinaus müsste schon passieren!«

Die Fragen trafen mich völlig unvorbereitet. Bei Lichte betrachtet wusste ich ja selbst nicht genau, was ich mir von einem Verhältnis mit Irmi erhoffte. Mein Werben um sie hat sich einfach so ergeben. Ich fand sie überaus attraktiv und begehrenswert. An einen »Sprung in die Kiste« habe ich, bisher jedenfalls, auch nicht ernsthaft gedacht.

»Wie auch immer, wenn das mit uns noch etwas werden soll, braucht die Angelegenheit etwas mehr Tempo. So viel Zeit bleibt uns beide nicht mehr. Und ich kann mir beim besten Willen nicht vorstellen, wie wir, Händchen haltend, mit einem Rollator nebeneinander in die Zukunft schreiten. Es wird also Zeit, Georg, etwas Fahrt aufzunehmen. Das vorsichtige Heranpirschen können wir uns schenken, ich bin kein scheues Rehkitz mehr, das beim leisesten Knacken im Gebüsch das Weite sucht«, Natürlich war ich von Irmis Offenbarungen sehr beeindruckt. Dass die Initiative aber von ihr ausging, war mir, offen gestanden, nicht wirklich recht. Schließlich sollte in so einem Fall das Geschehen eher vom Mann gesteuert werden, oder?

Jedenfalls war das Treffen für unsere Beziehung enorm wichtig und ich habe die Botschaft verstanden: Nicht weiter kleckern, sondern von nun an klotzen!

10 000 v. Chr.

Seit Irmi unsere Freitagsrunde ins Leben gerufen hat, haben viele Erzählabende stattgefunden; jeder war ein Erfolg gewesen. Es waren aber nicht nur die spannenden und außergewöhnlichen Geschichten, die den Erfolg ausmachten. Es waren besonders die Diskussionen in vertrautem Kreis, die ein wunderbares Gefühl von Zusammengehörigkeit und gegenseitiger Achtung geschaffen haben. Nachdem jeder von uns eine Geschichte aus seinem Leben erzählt hatte, schlug Irmi vor, etwas Abwechslung ins Spiel zu bringen, indem die Prozedur leicht verändert wurde und ab und zu auch ausgedachte Geschichten vorgetragen werden konnten. »Wer weiß, vielleicht weilt unter uns ja eine weitere Schriftstellerin oder ein begnadeter Autor, die erst noch entdeckt werden müssen?«

Dieser Vorschlag hat in unserem Kreis nicht nur große Zustimmung gefunden, sondern auch eine »Schreiblawine« ausgelöst: Ab sofort fühlten sich einige von uns berufen, zur Feder zu greifen und eine Kurzgeschichte zu schreiben.

Heute ist der erste Literaturfreitag, an dem eine schriftstellerische Geschichte präsentiert werden soll. Bezeichnenderweise ist es unsere Autorin Irmi, die aus ihrem neuen Buch »Im Laufe der Zeit« liest.

Nach der üblichen »Test, Test, Testprozedur« und dem Nippen an einem Glas Wasser, präsentiert Irmi ihr neuestes Spätwerk:

»Hallo, Ihr Homo sapiens, stellen wir uns eine Zeit vor, die heute als Steinzeit bezeichnet wird, sagen wir: 10 000 Jahre vor Christus. Die Menschen, die damals lebten, gingen schon seit einer Million Jahren aufrecht, lebten hauptsächlich von der Jagd und konnten kontrolliert mit dem Feuer umgehen. Sie lebten in Gruppen, in sippenähnlichen Verbänden. Die Männer gingen auf die Jagd und zeugten die Kinder. Die Frauen sammelten

Früchte, Pflanzen und Pilze, bereiteten das Essen zu, sorgten für die Kleidung, trugen die Kinder aus, brachten sie auf die Welt und zogen sie groß. Allgemein herrschte das Gesetz des Stärkeren. Die Frauen waren auf den Schutz der Männer angewiesen, die Männer beschützten sich gegenseitig, wenn sie nicht gerade eine Fehde austrugen. Der stärkste und gewaltbereiteste Jäger war der Anführer des Clans, dessen Aufgabe die Führung der Jäger bei Angriffs- und Abwehrkämpfen war.

In jeder Sippe gab es eine Hierarchie: Hinter dem Chef kam die Heilerin, von deren Wissen und gutem Willen mehr oder weniger nahezu alles in der Gemeinschaft abhing. Dann folgten die Jäger, in der Reihenfolge ihrer Jagderfolge. Die Kinder mussten gehorchen, hatten aber viele Freiheiten, waren sie doch die Zukunft der Sippe. Die Frauen mussten sich in nahezu jeder Beziehung unterordnen. Die Fleißigen und Geschickten hatten aber gewisse Vorteile vor den Faulen oder den Dummen.

Das Leben war also nicht sehr kompliziert. Es ging im Wesentlichen nur um Ernährung und Vermehrung. Irgendwelche Ablenkungen kamen kaum vor, es sei denn, man zählt Unfälle oder Missgeschicke dazu. Von Ausnahmen abgesehen, lebte der Mensch nicht viel mehr als 30 Sommer lang, weil es so gut wie keine harmlosen, sondern in der Mehrzahl nur tödliche Krankheiten gab.

Natürlich war nicht alles so einfach, wie ich es hier beschreibe. Es war aber auch nicht viel komplizierter, wie die folgende Liebesgeschichte zeigt:

»Es gibt Tage, da will nichts gelingen: Es fängt schon am Morgen beim Waschen am Bach an, als mir das Bündel Lavendel ins Wasser fällt und in der Strömung verschwindet. Außerdem haben sich auch noch alle Engelwurzpflanzen wie durch einen Zauber unsichtbar gemacht, wahrscheinlich, weil meine Mutter, die Heilerin des Clans, mir aufgetragen hat, einen ganzen Sack davon zu sammeln. Ich finde so gut wie gar nichts von dem Kraut und der Ärger geht weiter. Auf dem Rückweg treffe ich dann noch meinen Vater, der Anführer unseres Clans ist. Keineswegs beiläufig spricht er mich wegen der überfälligen Wahl eines Partners an: »Es wird Zeit, Töchterchen! Es stehen genug gute Jäger zur Auswahl. Sonst muss ich dir einen aussuchen«, droht er lachend.

Müde und unzufrieden kehre ich mit dem fast leeren Kräutersack zur Höhle zurück. »Noch so ein Tag und ich nehme eine große Portion Fliegenpilze«, denke ich missmutig.

Da knackt es im Gebüsch. Keuchend schleppen zwei Jäger einen Verletzten den Berg zu unserer Höhle hinauf und legen ihn vorsichtig vor den Eingang. Ich kenne keinen von ihnen! Es sind wohl Fremde, die in unserem Revier gewildert haben, wird mir schnell klar. Die haben hier nichts zu suchen, es sind Feinde!

Ja, es sind Feinde, aber sie kommen offensichtlich nicht, um zu rauben oder zu töten. Sie brauchen Hilfe! Sie haben wohl erfahren, dass hier eine Heilerin wohnt und flehen um Beistand.

Ich bin unsicher, wie ich mich verhalten soll. Mutter ist nicht hier, sie macht in einer weiter entfernten Höhle einen Krankenbesuch. Schon oft habe ich ihr beim Zusammenflicken eines Jägers zugesehen und weiß, was zu tun ist. Spontan lasse ich den Schwerverletzten, der ohne Bewusstsein ist, auf das Astgestell mit dem weichen Hirschfell legen.

Während ich mir den Fremden genauer ansehe, wird mir klar, dass es Ärger geben wird, wenn ich ihm helfe. Mit Jägern aus anderen Sippen finden immer wieder Auseinandersetzungen statt. Es gibt zwar genug Wild in unserem Tal, aber die Herden ziehen unvorhersehbar umher und Gebietsabgrenzungen gibt es nicht. Letztlich gilt bei Konflikten das Recht des Stärkeren. Regelmäßig kommt es zu Kämpfen zwischen den rivalisierenden Gruppen, wobei schwere Verletzungen die Regel sind und sogar Todesfälle vorkommen. Am klügsten wäre es, sich aus dem Weg zu gehen. Aber es scheint, als ob die Jäger den Kampf suchen, um sich zu beweisen oder den anderen zu imponieren. Männer halt.

Der bewusstlose Fremde hat viele tiefe und stark blutende Verletzungen abbekommen, offensichtlich beim Kampf mit einem Tier.

Mir wird schlagartig klar: Feind hin oder her, ich kann ihn, trotz aller Bedenken, nicht einfach verbluten lassen. Das mach ich auf keinen Fall!

Also wasche ich die Wunden zuerst mit einem stark brennenden Kräuterelixier aus. Auf die besonders tiefen Wunden kommt ein kräftiger Schuss einer schmerzlindernden braunen Tinktur. Schließlich suche ich aus der Sammlung meiner Mutter eine mittelgroße Knochennadel aus und nähe die größten Verletzungen mit einem Faden aus Mammutfell zu. Ich verknote die Fadenenden und versiegele zum Schluss die genähten Stellen mit einer klebrigen Paste aus Basilikum, Bärlauch und Lärchenknospen. Fertig.

Erst jetzt schaue ich mir den Burschen genauer an. Ein stattlicher Junge, nicht schlecht, das muss ich schon zugeben. Seine beiden Begleiter haben die ganze Zeit mit angespannten Gesichtern am Eingang der Höhle herumgestanden und wortlos bei der Versorgung der Wunden zugesehen. »Wird er durchkommen?«, fragt flüsternd der Größere. »Wenn er aufwachen sollte, hat er eine gute Chance, wenn nicht, dann hat er Pech gehabt. Genau kann ich das nicht sagen, er ist mein erster Patient!«, entgegne ich knapp. Bei diesen Äußerungen werden beide Gesichter weiß wie Schnee.

»Kommt wieder, wenn die Sonne so oft aufgegangen ist, wie Finger an beiden Händen sind, dann könnt ihr ihn abholen«, schicke ich die beiden weg und frage noch: »Wer ist er eigentlich?«

»Er heißt Eric und ist der Sohn unseres Chefs. Wir lagern drei Täler weiter in Richtung Sonnenuntergang. Als wir einem Bären gefolgt sind, haben wir die Orientierung verloren. Kann doch mal vorkommen, oder?«

»Ich will versuchen ihn wieder hinzukriegen. Wenn ihr wiederkommt, denkt an meinen Lohn. Sagen wir: eine gut abgehangene Rehkeule. Es kann aber auch Hirsch oder Bison sein.« Ich decke meinen Patienten mit einem Lammfell zu und überlasse ihn einem, hoffentlich heilenden, Schlaf. Ich bin ziemlich stolz auf meine Leistung, aber auch voller Sorge über die Reaktion meines Vaters und der Jäger unseres Clans.

Das Heilen von Verletzungen und Krankheiten habe ich von Mutter gelernt. Die hat das von ihrer und diese wieder von ihrer übernommen, und so weiter, immerfort. Mittlerweile kenne ich fast alle Kräuter, Beeren, Pilze, Wurzeln und Baumrinden, ihre heilenden und auch giftigen Wirkungen, sowohl einzeln als auch in den verschiedensten Mischungen. Oft, während meine Freundinnen draußen mit den jungen Jägern herumalbern, stelle ich neue Kräutermischungen her und versuche, Mutter von meinen »Wunderkompositionen« zu überzeugen.

Wenn der Schnee getaut ist, werde ich meine Mutter als Heilerin im Clan ablösen, so ist es ausgemacht. Bis dahin gibt es für mich noch viel zu lernen. Sorgen, ob ich das schaffen werde, habe ich keine. Mutter wird mich bestimmt noch eine Weile unterstützen. Wie ihre Mutter es bestimmt auch getan hat und wie alle Mütter es tun.

Um meinen Freundinnen zu berichten, was passiert ist, laufe ich einige Höhlen weiter. Wie immer, wenn es etwas zu erzählen gibt, trinken wir einen Tee. Ani macht Feuer für das Teewasser. Sie ist die einzige Frau im Clan, die diese Kunst beherrscht, sodass wir beim Wasserkochen auf keinen Mann angewiesen sind. Um heißes Wasser zu bekommen, werden zuerst die Kochsteine in loderndem Holzfeuer erhitzt. Mit einer Astgabel werden die heißen Steine in eines der mit Ziegenfellen ausgelegten Kochlöcher im Boden gelegt. Klares Wasser aus dem Bach rein und schon gibt es Teewasser! Wir bereden das Ereignis mit dem verletzten Fremden ausgiebig. Natürlich interessiert die Mädels alles, was es über den Fremden zu berichten gibt, bei uns passiert ja sonst kaum etwas. Wir finden erst ein Ende, als unsere Jäger, zu viert einen großen Bären tragend, von der Jagd kommen. Was für eine Freude! Schon der zweite Bär in diesem Winter, das wird bis zur Schneeschmelze reichen. Ich bekomme noch ein gutes Stück aus der Hüfte, mit den besten Grüßen an die Frau Mama. Zu einer Heilerin eine gute Beziehung zu haben, kann niemals schaden. Ich bin sehr stolz, dass ich einmal auch so eine wichtige Person sein werde, wie meine Mutter es ist. Als Frau hat man in unserem Clan eine mehr dienende Funktion. Wir müssen im Wald Beeren, Pilze, Nüsse und sonstige Früchte sammeln, Essen kochen, die Kleidung in Ordnung halten und natürlich Kinder gebären und großziehen. Als Heilerin hat man dagegen einige Privilegien.

Zurück in unserer Höhle schaue ich zuerst nach meinem Patienten und ertappe mich bei dem Gedanken: »Nicht schlecht, aber leider keiner von uns.« Gerade in diesem Moment macht er seine himmelblauen Augen auf und lächelt mich an. Zuerst fällt keinem von uns eine passende Bemerkung ein, also schweigen wir eine lange Zeit.

Obwohl ich bei der Arbeit mit meiner Mutter schon sehr viele Krankheiten kennengelernt habe, werde ich von dem, was jetzt mit mir passiert, völlig überrumpelt: Während der Patient wieder einschläft, macht sich in meinem Inneren ein noch nie erlebtes, wunderbares, warmes und liebevolles Gefühl breit, gleichzeitig bin ich ganz aufgeregt und sehe alles irgendwie verschwommen, wie aus großer Entfernung. Eine unbekannte Krankheit scheint von mir Besitz zu ergreifen. In Panik geraten, suche ich in Gedanken ein Gegenkraut, es fällt mir aber keines ein; diese Krankheit ist mir noch nicht begegnet.

Als Mutter zurückkommt, stürze ich auf sie zu und zähle atemlos die Symptome auf: Herzrasen, Schwindel, Atemnot, weiche Knie und, und, und. Mutter hört sich alles an, auch die Geschichte mit der Notoperation, und stellt lächelnd die Diagnose: »Einen Feind gerettet und sich in diesen verliebt. Und das auch noch in den Sohn des Chefs unserer Gegner. Großartig! Wenn ich mal ein paar Stunden aus der Höhle bin!« Verängstigt will ich wissen, wie lange das mit dem Verliebtsein andauert, so im Durchschnitt. Mama lächelt verschmitzt und antwortet weise: »Es dauert, so lange es dauert, manchmal ein Leben lang, meistens aber kürzer.«

Eric erholt sich schnell und kann schon nach zwei Tagen ein paar Schritte gehen. Mutter beobachtet ihn und sein seltsames Benehmen, besonders die Art seiner Blicke, wenn ich in der Nähe bin. Mutter ahnt Schlimmes. Offensichtlich ist der Kranke nicht zurechnungsfähig, vermutlich hat ihn die gleiche Krankheit wie mich erwischt: Liebeswahn! Mutter sinniert: »Bei Lichte gesehen ist die Krankheit heilbar, ohne Kräuter, Tinkturen oder sonstige Heilmittel. Schwimmen im kalten See lindert manchmal den Wahn, wenn auch nur vorübergehend. Wenn aber, wie in diesem speziellen Fall, die Verliebten aus verschiedenen Sippen kommen, ist es besonders kompliziert. Dagegen ist leider kein Kraut gewachsen!« Mutter ist zwar voll auf meiner Seite, macht aber einen etwas ratlosen Eindruck.

Die nächsten Tage vergehen wie im Flug. Eric kommt wieder voll auf die Beine. Dazu haben sicher auch die ordentlichen Bärensteaks beigetragen, die ich täglich für ihn auf dem Bratstein krustig und mit besonders wohlschmeckenden Gewürzen zubereitet habe.

Eric und ich lassen einander nicht aus den Augen. Er hilft mir beim Sammeln von Kräutern, Beeren und Nüssen im Wald, beim Säubern der Heilpflanzen und beim Aufräumen der Höhle. Interessiert lässt er sich auch in mein System der Lebensmittelbevorratung einweihen. Durch bestimmte Zeichen, die ich in die Höhlenwände ritze, kann ich zuverlässig den Zeitpunkt der Ungenießbarkeit der einzelnen Vorräte aufzeichnen, sodass keine verdorbenen Lebensmittel in die Kochlöcher oder auf die Bratsteine kommen. Dazu gehören: gedörrte Fische, geräucherte Fleischstücke, getrocknete Pilze, Beeren und vieles andere mehr. Wie lange die einzelnen Lebensmittel haltbar bleiben, habe ich in mühevoller Kleinarbeit aus dem Wissen der Alten zusammengetragen.

Im Gegenzug bringt Eric mir die Kunst des Feuermachens bei, was eine seiner besonderen Stärken zu sein scheint. Er befasst sich damit seit seiner Kindheit und hat es inzwischen perfektioniert. Dadurch werde ich zur zweiten Frau in unserem Clan, die ein Feuer entzünden kann. Ich werde dafür kämpfen, dass es immer mehr werden!

Auch beim Heranpirschen an grasendes Wild hat Eric große Perfektion entwickelt und bringt mir die wesentlichen Grundregeln bei. Das Töten der Tiere zeigt er mir nicht. Ich will es auch nicht lernen, das soll Sache der Jäger bleiben, denke ich.

Wir sind den ganzen Tag unzertrennlich und auch nachts schauen wir die gleichen Sterne an.

Im Clan löst unser Treiben allerdings zunehmend Unruhe aus, besonders bei den jungen Jägern, die noch allein sind und darauf warten, von einer der jungen Frauen ausgewählt zu werden. Besonders Urs, der stattlichste unter ihnen, sorgt für Missstimmung. Dass er schon lange ein Auge auf mich geworfen hat und täglich darauf wartet, dass ich ihn endlich auswähle, ist weit und breit bekannt.

»Ein Mädchen von uns mit einem feindlichen Jäger, das hat uns noch gefehlt. Erst wildern sie in unserem Tal und dann machen sie sich an unsere Mädels heran. Es wird nicht lange dauern, bis sie uns aus unserer Heimat verdrängt haben«, sagt Urs jedem, ob der es hören will oder nicht. Die Älteren in unserem Clan versuchen, ihn zu mäßigen. Der Junge ist aber wie von Sinnen und verbreitet seine Hassbotschaften ungebremst.

Unausweichlich kommt für Eric und mich der Tag des Abschieds. Vor aller Augen nehmen wir uns in die Arme. Dann verkünde ich laut und deutlich, sodass es jeder, auch in den benachbarten Höhlen, hören kann:»Eric ist es, den ich ausgewählt habe!«

So eine Wahl gilt bei uns als unumstößliche Tatsache, die nicht weiter diskutiert wird. In meinem Fall gibt es aber Aufregung! So etwas hat es hier noch nicht gegeben, dass ein Fremder in die Gemeinschaft einzudringen versucht. Allerorts wird aufgeregt diskutiert! Ob beim Ausweiden erbeuteter Tiere, beim Gerben oder beim Schnitzen der Speere: In diesen Tagen gibt es nur ein Thema! Viele sagen, ich soll meine Wahl widerrufen und einen von hier auswählen, es sind doch genug gute Anwärter dabei.

Es gibt aber auch Stimmen, die eine Durchmischung der Männer und Frauen aus den verschiedenen Clans befürworten und darin eine Chance für die weitere Entwicklung der Gemeinschaft sehen.

Die unterschiedlichen Ansichten halten sich die Waage. Mein Vater, der Anführer, steckt in einem tiefen Dilemma, besonders, weil es um seine Tochter geht. Am liebsten hätte er schon, dass ich Urs nehme und Friede einkehrt. In zahlreichen Einzelgesprächen versucht er, einen Kompromiss zu finden, eine Lösung, die den bisher guten Zusammenhalt unseres Clans nicht gefährdet.

Die Mehrzahl unserer Sippe meint, dass der Rat der Ältesten entscheiden soll, wie es mit mir weitergehen soll.

Nach einer langen Beratung in der großen Höhle tritt Vater endlich hervor und verkündet:»Unser Überleben hängt von der Kraft und Geschicklichkeit unserer Jugend ab. Also soll ein Wettkampf stattfinden! Es soll derjenige obsiegen, der besser bei der Jagd, beim Zerlegen der Beute und beim Feuerentzünden ist. Urs oder Eric. So ist es beschlossen!«

Für diese Entscheidung bekommen er und der Rat der Ältesten großen Beifall. Da in der Regel hier kaum etwas Aufregendes passiert, freuen sich alle auf die Abwechslung.

Ein würdiger Abgesandter wird mit ausreichend Proviant ausgestattet und einer Einladung zum Wettkampf in das eine Tagesreise entfernte Lager der Aruhus geschickt. Der Wettkampf soll am ersten Tag nach dem nächsten Vollmond stattfinden. Der Abgesandte soll auch viele Grüße an den dortigen Chef und seine Frau ausrichten, versteht sich.

So nehmen die Dinge ihren Lauf. Wenn alles normal läuft, findet der Wettkampf in gut zwei Wochen statt.

Wegen Urs macht sich im Clan keiner Sorgen: Er ist fit, schlau und in allen angefragten Disziplinen bei uns der beste. Die Fähigkeiten des fremden Kämpfers kann dagegen niemand einschätzen, sodass sich zunehmend Spannung aufbaut und Wetten auf den Sieger abgeschlossen werden. Man wettet um einen Hasen oder gar ein Reh oder einfach nur um die Ehre.

Ich habe mich zum bevorstehenden Wettkampf nicht geäußert. Mir ist aber klar, was der Ausgang für mich bedeutet! Falls Urs siegt, werde ich entweder gehorchen müssen oder aus der Gemeinschaft ausgestoßen!

Da wird mir weder meine Mutter noch mein Vater helfen können. Um nicht vor Aufregung durchzudrehen, wird es für mich in den nächsten Wochen das Beste sein, viel zu arbeiten und fest daran zu glauben, dass die Unsichtbaren auf meiner Seite stehen. Dass Eric ohne deren Unterstützung gewinnen kann, davon bin ich nicht so richtig überzeugt.

Es kommt, wie es kommen musste, der nächste Vollmond ist da, die Arahu-Gäste werden jede Stunde hier sein. Alles ist vorbereitet, die Wettkampfstätte hergerichtet. Über dem Feuer schmort schon seit gestern ein stattlicher Hirsch und verbreitet einen herrlichen Duft. Zur Begrüßung stehen Kürbisschalen mit dem beliebten Honigmet bereit. Die Kinder toben ausgelassen um den bratenden Hirschen herum und werden von den Erwachsenen ermahnt, sich zu benehmen.

Als am Horizont Rauchzeichen die Ankunft der Gäste ankündigen, wird mir ganz flau im Magen.

Sie treten auf die Lichtung vor den Höhlen und es wird still. Neben dem Arahu-Chef haben seine Frau, Erics Mutter, die auch eine Heilerin ist, und zehn ausgewählte Jäger den langen Weg zu uns auf sich genommen. Eric geht, sichtlich angespannt, ein paar Schritte hinterher. Sein Blick sucht und findet mich. Das Wiedersehen löst in meinem Herzen einen pochenden Sturm aus, noch heftiger, als am ersten Tag.

Die Gäste sehen etwas mitgenommen aus, schließlich sind sie vor dem Sonnenaufgang aufgebrochen und schon sehr lange unterwegs.

Jetzt schreitet der Chef der Arahus feierlich auf Vater zu. Über der Schulter trägt er eine große Rehkeule und spricht:»Deine Tochter hat meinem Sohn das Leben gerettet. Dafür danken meine Frau, ich und der ganze Clan der Arahus von ganzem Herzen.« Er nimmt die Rehkeule von der Schulter und spricht weiter:»Hier erst einmal der Lohn für die Heilung. Wohl bekomm's!«

Zur Begrüßung wird jedem eine Schale mit Honigmet und ein ansehnliches Stück vom gegrillten Hirsch gereicht. Man spricht über das Wetter, die kurz bevorstehende Schneeschmelze und natürlich, dass früher alles besser war. Man verständigt sich auch darüber, dass es Gründe genug gibt, sich Sorgen für die Zukunft zu machen.

»Jetzt soll der Wettbewerb beginnen, dann sehen wir weiter«, spricht Vater, der seine Unruhe kaum noch verbergen kann.

Der ganze Clan und die Gäste schlendern in Richtung Wettkampfplatz. Die Clanchefs unterhalten sich beiläufig über die Größe und Beschaffenheit der hiesigen Höhlen, die beiden Heilerinnen vermutlich über das Vorkommen bestimmter Kräuter.

Dann geht es los!

Der erste Wettkampf soll klären, wer von den beiden Kontrahenten schneller ein Feuer anzünden kann. Nur wer diese Kunst beherrscht, kann seine Familie vor wilden Tieren schützen, die Ernährung sicherstellen und bei Kälte für Wärme sorgen.

Die beiden Widersacher sehen gleichermaßen zuversichtlich drein, schließlich zünden sie jeden Tag mit Erfolg ihre Feuer an. Die Spannung steigt und die Anfeuerungsrufe aus beiden Lagern werden lauter.

Neben zwei Erdmulden liegen die erforderlichen Zutaten bereit: gut getrocknete, fingerdicke Holzstäbchen, ein paar Bündel Reisig, etwas Moos und Heu. Das wichtigste, die Holzbretter mit Vertiefungen, die vom vielen Reiben versengt sind, die angespitzten Feuerstöcke aus hartem Holz und vor allem die Ledersäckchen mit Pulver aus getrockneten Pilzen, bringen beide Kämpfer selbst mit. Mit eigenem Werkzeug kann man ja wohl am besten umgehen.

Auf ein Zeichen meines Vaters beginnt der Wettkampf. Mit großer Routine gehen die beiden die Aufgabe an: Sie legen die Feuerbretter auf den Boden, führen den Feuerstock an die dunkle Vertiefung und drehen dann zwischen den Handflächen regelmäßig den Stock, bis es am Stockende brennend heiß wird. Dann kommt eine Prise des wertvollen Pilzpulvers darauf, es wird immer weitergedreht, bis ein dünner Rauchfaden entsteht. Jetzt kommen noch das trockene Gras, Moos und Reisig dazu, und schon brennt es!

Als das Feuer von Urs entfacht ist, blickt er zu seinem Konkurrenten. Erics Feuer brennt aber schon lange! Der lehnt lässig am Felsen und versucht, gelangweilt dreinzuschauen.

Unter dem Beifallssturm seiner Anhänger sucht Eric in Siegerpose unter den Zuschauern nach mir. Als sich unsere Blicke treffen, sehe ich es ihm an, wie stolz und glücklich er ist.

Im zweiten Wettkampf soll geklärt werden, wer schneller einem Hasen das Fell über die Ohren ziehen kann. Diese Kunst ist besonders im bitterkalten Winter wichtig. Es muss schnell gehen, ehe der Hase zu Eis wird und das Fell sich kaum noch abziehen lässt.

Zwei frisch erlegte, in etwa gleich große Hasen liegen auf einem Gestell bereit. Die Kontrahenten sehen sich in die Augen, ziehen die Jacken aus und greifen zu ihren Schneidesteinen. Wieder auf ein Zeichen meines Vaters beginnt der Wettkampf! Bevor Eric überhaupt anfängt, hat Urs schon mit wenigen gezielten Schnitten die Häutung eingeleitet. Noch ein kräftiger Zug und der Hase liegt, sozusagen nackt, auf dem Gestell. Als Eric die Überlegenheit seines Gegners erkennt, legt er den Schneidestein neben seinen noch völlig unversehrten Hasen hin und gratuliert seinem Gegner. Es scheint, als ob er erleichtert wäre, dass dieser Wettkampf vorbei ist. Das Hasenausziehen ist wohl nicht seine Sache.

Während die Freunde von Urs ausgelassen jubeln, ist es nun im Lager der Gäste mäuschenstill.

Eins zu Eins!

In der dritten Disziplin soll der bessere Schütze ermittelt werden. Hierzu wird eine aus Stroh geflochtene Scheibe aufgestellt, in deren Mitte ein knallroter Apfel befestigt ist. Aus einer Entfernung von etwa zwanzig Schritten sollen die Kontrahenten ihren Speer in die Scheibe, möglichst nahe zum Apfel, werfen.

Eric steht nervös ein wenig abseits und sucht wieder meinen Blick. Ich winke ihm aufmunternd zu, wodurch er aber noch unruhiger wird. Unter anspornenden Rufen seiner Freunde geht er aber erhobenen Hauptes in Richtung des markierten Abwurfplatzes.

Jetzt betritt Urs, bereits in Siegerpose, den Schauplatz. Seine Freunde jubeln ihm zu, als ob schon alles gelaufen wäre. Schließlich ist er mit dem Speer mit Abstand der beste Jäger des Clans.

Nach einer tiefen Verbeugung in meine Richtung nimmt er kurz entschlossen ein paar Schritte Anlauf und schleudert den Speer mit großer Wucht in Richtung des Zieles. Nach einem ruhigen Flug trifft sein Speer die Strohscheibe mittig und verfehlt den knallroten Apfel um nur zwei Fingerbreit. Jeder, der schon einmal so einen Speer geworfen hat, weiß, dass es kaum besser geht. Urs blickt wieder zu mir herüber und winkt siegessicher. Mir zittern die Knie! Verzweifelt flüstere ich für mich: »Niemals, niemals werde ich dich auswählen, niemals. Lieber will ich sterben!«

Als Eric anläuft und wirft, kann ich gar nicht hinsehen. Hätte ich die Augen nicht geschlossen, hätte ich ein Wunder gesehen: Der Speer wird mitten im Flug von einer Windböe erfasst und gerät völlig aus der Bahn, steuert auf eine Felswand zu, prallt vom Gestein ab und trifft dann den Apfel genau in der Mitte! Nach einer ganzen Weile ungläubigen Schweigens wirft Eric seine Hände in die Höhe, seine Freunde brechen in frenetisches Jubelgeschrei aus. Ausnahmslos jeder auf der Lichtung schaut verwundert erst auf den gespaltenen Apfel und dann zum Himmel. Alle sind fassungslos und blicken wie gelähmt nach oben!

»Das können nur die Unsichtbaren gewesen sein«, versucht jeder das Geschehene zu begreifen. Selbst Urs gesteht, wenn auch widerwillig, ein, dass die allgegenwärtigen Unsichtbaren so und nicht anders entschieden haben!

Ohne das Wunder auch nur näherungsweise zu begreifen, falle ich, am ganzen Körper zitternd und tränenüberströmt, meinem Auserwählten in die offenen Arme. Eine sehr lange Weile stehen wir eng umschlungen mitten auf der Lichtung, bis der Beifall aller uns zurückholt.

Was danach passiert kann sich jeder denken. Die Feier nach dem Wettkampf entwickelt sich zu einem Vermählungsfest und dauert bis zum Morgengrauen. Die beiden Clans schließen Freundschaft und man vereinbart auch einen regelmäßigen Austausch über die Herstellung von Werkzeugen, Jagdwaffen, Kochgeräten und so weiter.

Auch wenn der Honigmet nicht ganz bis zum Sonnenaufgang reicht, war dieser Tag für alle, außer natürlich für Urs, besonders schön und abwechslungsreich. Bevor jeder zu seinem

Schlafplatz geht, umarmen sich alle und versprechen für die Zukunft ein friedliches Miteinander. Wie glücklich Eric und ich an diesem Morgen sind, kann und brauche ich ja wohl nicht zu beschreiben.

Viele Monde später ist für uns so etwas wie Normalität eingetreten. In den letzten Tagen haben wir unsere Höhlen sommerdicht gemacht, weil es Zeit war, in Richtung Süden zu ziehen, wo es jetzt reichlich Wild gibt. Es ist wie jedes Mal sehr aufwendig, alles für den Sommerzug Notwendige einzupacken und zu gut tragbaren Paketen zusammenzuschnüren: Zeltstangen mit den zugehörigen Fellen, Speeren, Pfeilen und Bögen, Schlingen, Werkzeugen, Schlaffellen, die gesamte Kochausstattung und, und, und ...

Ich bin jetzt die Heilerin unseres Clans und muss zusätzlich meine Heilkräuter, Tinkturen, Schalen, Nadeln, Fäden und Schnüre, Verbandszeug und so manche Hilfs- und Heilmittel einpacken. Alles kann ich nicht mitnehmen und bei jedem Teil fällt mir die Entscheidung schwer.

Beim Tragen all der vielen Dinge werde ich dieses Mal keine allzu große Hilfe sein können, weil das Kind in meinem Bauch von Tag zu Tag größer und schwerer wird. Es wird auf die Welt kommen, wenn wir weit entfernt von hier sein werden.

Ich habe schon bei vielen Geburten mitgeholfen und weiß genau, was und in welcher Reihenfolge dabei passiert. Bestimmt ist es aber ganz anders, wenn ich selbst im Mittelpunkt stehe. Obwohl meine Mutter dabei sein wird, bin ich jeden Tag voller Sorgen, ob das Kind und ich die Geburt überleben werden.

Viel mehr als neugeborene Tiere sind unsere Kinder nach der Geburt völlig hilflos und, in jeder Beziehung, eine sehr lange Zeit auf ihre Eltern angewiesen. Es ist selbstverständlich, dass diese Fürsorge Sache der Frauen ist, während sich die Männer sehr zurückhalten. Im Frauenkreis beteuere ich überzeugt, dass mein Eric mir zur Seite stehen wird, sooft er nur kann. Darauf entgegnen die erfahrenen Frauen mit wissendem Blick, er würde bestimmt mehr helfen, als die anderen Männer, aber eben nur so viel, wie es neben den vielen anderen wichtigen Aufgaben eines Jägers möglich sein wird.

In den letzten Monaten muss ich immer wieder über das, was zwischen Eric und mir passiert ist, nachdenken. Wie konnte es dazu kommen, dass wir beide unbedingt zusammenleben wollten? Was ist das für eine Kraft, die zwei Menschen dazu bringt, gegen jede Vernunft den schwereren Weg zu gehen und den leichten zu verlassen?

Es kann nur eine Kraft sein, die mächtiger ist als wir, mächtiger als jede menschliche Vernunft. Es muss der Wille der Unsichtbaren sein, die für Eric und mich so und nicht anders entschieden haben. Dafür bin ich jeden Tag dankbar!

Was für eine Geschichte! Am liebsten hätte ich vor Begeisterung gebrüllt! Aber nein, ich habe nicht gebrüllt. Noch bevor der Casanova begriffen hatte, was gerade passiert ist, sprang ich mit elegantem Schwung auf die Bühne, mit einen süßen kleinen Blumenstrauß in der Hand. Irmi hat gestrahlt, mich liebevoll umarmt, mit ein paar Tränen in den Augen. Ich klopfte mir in Gedanken mit der rechten Hand auf die linke Schulter und flüsterte: »Gut gemacht, Georg. Geht doch!«

Einmal um die Erde

Alfred ist ein ganz Lieber. Er ist außergewöhnlich belesen und kennt fast jeden Bestseller, der in den letzten Jahrzehnten in den Charts war. Kein Wunder: Wenn man ihn irgendwo in der Residenz erblickt, ob in der Lobby, im Garten oder sonst wo, ist er in ein Buch vertieft.

Jeder von uns weiß, dass er schwul ist, wozu er sich offen bekennt. Schwul, lesbisch oder sonst wie ist in der Residenz kein Thema und spielt auch in unserem Alltagsleben keine Rolle.

Alfred lebte lange Zeit mit seinem Partner Herbert glücklich zusammen, was wir aus vielen Gesprächen mit ihm wissen. Heute will er uns seine Geschichte über eine außergewöhnliche Weltreise erzählen, die tatsächlich stattgefunden hat, wenn Alfred sie auch für diese Erzählung etwas aufgehübscht hat.

Hier sein großartiger Vortrag:

»Liebe Kulturkonsumenten, die meisten Besucher sahen mich damals zwar, nahmen mich aber kaum wahr. Denen, die mich wahrnahmen, konnte ich ihr Mitleid mit meinem Beruf und mir ansehen. Oft wurde getuschelt: »Der Arme, der tut mir leid.« Nicht selten wurde Rilkes wunderbares Gedicht »Der Panther« zitiert. Oder ich wurde mit einem Gefangenen in der Zelle verglichen.

Ich fühlte mich aber weder wie eine Großkatze im Käfig noch wie ein Häftling. Nein, im Gegenteil, ich war stets ein sehr glücklicher Mensch. Glücklich vor allem wegen meiner Arbeit als Museumswärter!

Den Job habe ich mir als junger Mann selbst ausgesucht. Als ich mich um die gerade frei werdende Stelle beworben habe, verlangte man von mir keinen Nachweis eines Schulabschlusses oder gar einer Ausbildung zum Museumswärter. Allein die Aussage, dass ich nicht vorbestraft sei, reichte, um die Stelle von

Rüdiger Rombach, dessen Versetzung in den Ruhestand damals unmittelbar bevorstand, zu bekommen.

Zyniker würden sagen:»Wie seltsam sich das anhört, dass ein Museumswärter in den Ruhestand versetzt wird. Als wenn Rüdi, wie er hier genannt wurde, nicht schon immer im Zustand der Ruhe gewesen wäre und ihm jetzt nur das Gehalt gekürzt würde, bei nahezu gleicher Tätigkeit, jetzt aber außerhalb des Museums. Ansonsten durfte er ja weiter, wie bisher, sein Leben mit maßvollem Umhergehen gestalten.«

Rüdi hat von seinem Ruhestand nicht viel gehabt. In der ersten Zeit nach seinem Ausscheiden ist er mindestens zweimal in der Woche sozusagen»zum Dienst erschienen«und ist mit mir manche Runde gegangen. Am Anfang empfand ich seine Begleitung als angenehme Abwechslung. Auf diesen Runden hat er mir den vollständigen Tratsch aus dem Kollegenkreis des Museums vermittelt. Mit der Zeit gingen mir diese Runden aber auf die Nerven, er wiederholte seine Erzählungen mehr und mehr und das mit wechselnden Pointen. Nach wenigen Wochen wurden Rüdis Besuche aber immer seltener, bis sie ganz versiegten. Es wurde gesagt, dass er den»freien Auslauf mit gekürzten Bezügen«nicht einmal ein Jahr lang genossen hat.

Mein Wechsel aus der Bank ins Museum vor fast drei Jahrzehnten war der Beginn eines unbeschwerten und glücklichen Berufslebens.

Es ist aber nicht ganz so, wie es aussieht. Der Beruf eines Museumswärters erfordert mehr, als nur stoisches Rundendrehen, das Herumtragen der Wärteruniform, quasi zur Demonstration des Amtes und der geltenden Regeln. Kurz: zur Abschreckung der Besucher.

Für uns alle hier im Museum, die wir dafür sorgen, dass der Betrieb läuft, wäre es schon eine immense Arbeitserleichterung, wenn alle Besucher die wenigen Regeln eines Museumsbesuches befolgen würden: Kein Eis oder sonstigen Verzehr mitnehmen, Mitbesucher nicht stören, den Exponaten nicht zu nahe kommen und beim Fotografieren das Blitzlicht ausschalten. Das war es schon, ist doch nicht so viel, oder?

Ich möchte euch nicht länger auf die Folter spannen und erklären, warum ich durch den Beruf des Museumswärters mein Lebensglück gefunden habe. Dazu muss ich vorausschicken, dass ich schon auf dem Gymnasium ein außerordentlich wissbegieriger Schüler war, wobei mich alles, was irgendwie mit Literatur und Kunst zu tun hat, bereits damals in den Bann gezogen hat. Soweit ich zurückdenken kann, waren die Literatur und die Kunst für mich das Maß aller Dinge. Ich liebte und liebe Bücher über alles und war unglücklich, wenn ich einen ganzen Tag keine Zeile lesen konnte.

Nach dem Abitur wollte ich natürlich Literatur- und Kunstgeschichte studieren. Wegen fehlender Unterstützung durch mein Elternhaus ist es dazu aber nicht gekommen. Stattdessen habe ich eine Lehre bei einer Bank machen müssen.

Nach der Ausbildung und einem drei Jahre langen Frondienst als Angestellter der Bank habe ich erkannt, dass meine Karriere in dieser Branche seinen Zenit erreicht haben dürfte.

Die Zeit in dem Geldhaus hat meinen Durst nach Literatur nicht geschmälert, sondern vielmehr noch vergrößert. Nach langem Nachdenken habe ich dann entschieden, meine Karriere in der Bank abzubrechen und als Museumswärter neu zu beginnen. Ich habe mir ausgerechnet, in diesem Beruf mehr Zeit als bei sonst einer anderen bezahlten Tätigkeit zu haben, um meinen schier unstillbaren Drang nach Literatur und Kunst zu befriedigen.

Ihr ahnt es bestimmt schon: Während ich im Museum meine Runden drehte, hörte ich Romane, Gedichte, Reiseberichte, Essays, Vorträge, einfach alles, was ich auf Tonträgern bekommen konnte. Die zufällig anwesenden Besucher störten dabei enorm, ich habe aber gelernt, sie weitgehend zu ignorieren.

Zu Beginn meiner bezahlten Lesezeit war es noch relativ kompliziert, während des Dienstes meinem Hobby nachzugehen.

Damals gab es wenig, was in gesprochener Form zu bekommen war. Die üblichen Audiokassetten konnte ich nur auf relativ sperrigen Abspielgeräten, aber immerhin schon batteriebetrieben und mit Ohrhörern, abspielen. Das Verstauen des kompakten Gerätes in der Kleidung erforderte sehr viel Geschick, aber irgendwie hat es funktioniert, keiner hat etwas gemerkt.

Die Entdeckung der deutschen Blindenbücherei hat meine Ressourcen an gesprochenen Lesestoff schlagartig vervielfacht.

Über meinen Freund bekam ich unbegrenzten und kostenlosen Zugang zur gesprochenen Literatur, zu Romanen, zeitgeschichtlichen Berichten, wissenschaftlichen Aufsätzen und zu vielem anderen mehr.

Heutzutage wird fast jeder Stoff vertont, egal ob vernünftig oder schwachsinnig. Früher in Form von Hörbüchern auf CD, dann immer mehr als MP3-Audiodateien. Dann konnte ich mithilfe der Bluetooth-Technik ohne Kabel völlig entspannt hören. Die rasante Entwicklung der Speicher- und Funktechnik hat mir ohne Zweifel »voll in die Karten« gespielt.

Da die wöchentliche Dienstzeit im Museum am Dienstag begann und sonntags endete, legte ich meine nicht literarischen Tätigkeiten auf den Montag. Dieser Tag ist für mich, ehrlich gesagt, ein verhasster Tag. Nicht wegen der zu erledigenden Hausarbeiten, nein, die mache ich sogar gerne. Unzufrieden war ich, dass ich an diesem Tag nicht ins Museum durfte. Ich hätte ja montags zu Hause lesen oder hören können. Aber das wäre etwas ganz anderes gewesen: Der Museumsgeruch und das gelassene Schlendern entlang der vertrauten Bilder und Skulpturen waren für mich unverzichtbar geworden. Nein, das ginge gar nicht!

Wie gesagt, ich liebte meinen Beruf und ich versuchte, ihn so gut wie möglich auszuüben, wenn auch die Bezahlung im Grunde indiskutabel war.

Über die Dauerausstellung meines Museums hatte ich die volle Übersicht; für alle wichtigen Exponate konnte ich aus dem

Stand fundierte Erklärungen abgeben und, bei Bedarf, sogar ganze Vorträge halten. Leider machten aber die Audioguides meine didaktischen Bemühungen zunehmend entbehrlich. Im Grunde war es ja gut so: umso mehr konnte ich mich auf die Hörbücher konzentrieren.

Natürlich bereitete ich mich auch auf unsere Sonderausstellungen gründlich vor. Ich las jeden Artikel und hörte jeden Podcast über die Ausstellung und die einzelnen Kunstwerke. Für den Fall, dass ich von den Besuchern angesprochen werden sollte, erarbeitete ich mir eine eigene Führung. Für meine Erklärungen, die ich bewusst kurz und leicht verständlich hielt, erntete ich regelmäßig große Anerkennung, besonders für mein fundiertes Kunstwissen, das weit über die ausgestellten Objekte hinausreichte.

Wie immer um diese Zeit schloss das Museum und ich freute mich auf zu Hause, wo mein Lebenspartner Herbert bestimmt schon das Abendessen vorbereitet hatte und mich erwartete. Wir waren damals schon viele Jahre zusammen und immer noch so glücklich wie am Anfang unserer Beziehung.

Herbert erinnerte mit seinem Temperament an einen Dampfkessel. Seine Dynamik riss jeden mit, ob er wollte oder nicht. Er war ein herzensguter und lebensfroher Mensch. »Von Beruf bin ich Musiker«, sagte er oft bescheiden. In Wirklichkeit war er ein musikalisches Phänomen. Er sang im Opernchor unseres Theaters, spielte in Pianobars, trat bei Betriebsfesten, in Altenheimen, auf Kaffeefahrten und auf sonstigen Feiern als Alleinunterhalter auf, war immer auf Achse. Herbert war aber auch ein begnadeter Redner. Er war bei Festreden genauso gefragt wie bei Trauerfeiern. Er arbeitete auch als Vorleser im Tonstudio der Blindenbücherei und gelegentlich, als sogenannter Springer, sprach er die Nachrichten bei einem Rundfunksender. Herbert wurde sogar als Entertainer auf einem Kreuzfahrtschiff engagiert, wobei ich ihn begleiten durfte, kostenlos. Natürlich war Herbert seinerzeit in unserer Stadt sehr prominent, um nicht zu sagen: weltberühmt!

Obwohl Herberts Terminkalender immer voll war, fand er doch Zeit für uns beide, für Spaziergänge, Gespräche über Gott und die Welt und oft auch über den Roman, den ich im Dienst gerade hörte. Was die Literatur anging, verstand Herbert meine Leidenschaft für Bücher, wie er sagte, voll und ganz, wenn er auch den finalen Zugang zu dieser, meiner Welt nicht wirklich gefunden hat. Immerhin kam er zu Autorenlesungen gerne mit. Sagte er jedenfalls. Und er sorgte immer für Nachschub aus der Blindenbibliothek. Er war der Glücksfall meines Lebens.

Gemeinsam hatten wir einen großen Traum: Eine Reise um die ganze Welt! Dass wir diese Reise irgendwann einmal machen würden, war für uns von Anfang an klar. Nicht in 80 Tagen, wie es Jules Verne in seinem berühmten Buch beschrieben hat, aber, so weit wie möglich, schon entlang der gleichen Route. Das dafür nötige Reisegeld fehlte uns allerdings größtenteils noch, wir arbeiteten aber hart daran und legten jeden entbehrlichen Euro zurück.

Herberts Engagements und meine Dienstpläne im Museum waren keine idealen Voraussetzungen für eine harmonische Beziehung. Während ich meine Runden im Museum drehte, war Herbert meistens zu Hause und erledigte den Alltagskram. Wenn ich am Abend zu Hause war, trat er irgendwo auf. Wir waren also relativ selten zusammen, weil Herbert von Engagement zu Engagement eilte. Der Traum von der vorgesehenen Erdumrundung tröstete uns aber immer wieder.

In Jules Vernes grandiosem Roman »In 80 Tagen um die Erde« ist die Reise des Gentlemans Phileas Fogg ja durch eine Wette initiiert worden. Damals, ca. 1830, war eine Erdumrundung in nur 80 Tagen nahezu unmöglich, deshalb die Wette!

In dem Roman begann das Abenteuer in England, dann ging es über Frankreich nach Italien, mit dem Schiff nach Indien, auf dem Landweg nach China, dann per Schiff nach Japan und von dort über den Pazifischen Ozean nach Nordamerika. Von San

Francisco mit dem Zug bis New York und schließlich per Schiff über den Atlantik zurück nach England. Uns war schon klar, dass wir die fantastischen, im Roman ausführlich geschilderten Abenteuer nicht im Voraus buchen konnten. Dafür würden uns aber mit Sicherheit viele außergewöhnliche Begegnungen und Erlebnisse erwarten.

Eines Tages ist in meinem Museum ein seltsamer Besucher aufgetaucht. Wir hatten gerade eine Wanderausstellung zu Gast, eine Sammlung aus 137 Werken von Salvatore Dali. Die Ausstellung zog die Menschen wie ein Magnet an, täglich kamen hunderte Besucher, an den Wochenenden wurde es eng. Die vielen Menschen störten meinen Höralltag schon enorm, deshalb freute mich auf den Normalbetrieb, wenn die Sonderausstellung beendet sein wird.

Der »seltsame Besucher« schien besonders an Dalis surrealistischem Porträt von Paul Eluard interessiert zu sein, er fotografierte das Bild mehrfach und studierte sehr intensiv die Details. Dann suchte er Kontakt zu mir, konnte sich aber weder in Deutsch noch in Englisch äußern. Ich tippte, dass er aus Bulgarien kam.

Aus seinem Gerede verstand ich nur so viel, dass er das Bild kaufen möchte. Die Erklärung, dass die ausgestellten Bilder nicht verkauft würden, verstand er wohl nicht. Meine scherzhaft gemeinte Bemerkung, dass es sehr viel Geld erfordern würde, ein solches Kunstwerk zu erwerben, schien er aber zu verstehen. Er sagte: »Viel Geld, verstehen, kommen wieder«, und eilte davon, schnurstracks zum Ausgang, ohne den Rest der Ausstellung auch nur eines Blickes zu würdigen. »Es gibt schon seltsame Typen«, dachte ich, und setzte meine unterbrochene Runde fort.

Es vergingen einige Wochen, bis der, offenbar verwirrte, Besucher erneut auftauchte, kurz vor dem Ende der Sonderausstellung. Wieder trieb er sich vor dem Dali herum und kam dann auf mich zu mit den Worten: »Hier viel Geld, Bild nehmen, okay?«, und reichte mir einen prall gefüllten Umschlag.

Plötzlich aber wurde sein Gesicht kreideweiß. Als er die beiden Männer mit Hut im Nachbarraum erblickte, die sich jeden Besucher gründlich ansahen, wirkte er panisch überrascht. Als die beiden Typen jetzt schnurstracks auf uns zukamen, verließ der »Bulgare« ohne jede Äußerung fluchtartig den Raum in Richtung Ausgang und ließ mich stehen.

Mit dem dicken Umschlag in der Hand überlegte ich, was ich tun sollte. Da für so einen Fall die Museumsregeln nichts hergaben, steckte ich das Päckchen sicherheitshalber erst einmal in die Jackentasche und setzte meine unterbrochene Runde fort, als wenn nichts geschehen wäre.

Erst in meiner nächsten Pause schaute ich in den Umschlag: Es war, wie der »Bulgare« gesagt hatte, viel Geld drin. Ziemlich aufgeregt steckte ich den Umschlag wieder weg und verschob das Zählen auf später. Der Auftritt des seltsamen Besuchers hat mich ziemlich verunsichert, unmöglich, das gerade begonnene Hörbuch jetzt weiter zu hören.

Den Gedanken, den Vorfall der Museumsleitung zu melden, verwarf ich bei weiterem Nachdenken und betrachtete das Geschehene erst einmal als eine private Angelegenheit.

Zu Hause hörte sich Herbert gespannt meine Schilderung an. Am Ende konnte er sich ein schelmisches Grinsen nicht verkneifen und kommentierte knapp: »Wie im Kino.« Dann zählte er mit sichtbarer Wertschätzung das Geld.

»Das reicht«, rief er voller Begeisterung, nachdem er alles gezählt hatte. »Das reicht sogar für zwei Runden um die Erde, wenn wir sparsam damit umgehen. Das ist wie ein Lottogewinn, du bist ein richtiger Glückspilz, Alfred, ein Glückspilz, wie er im Buche steht!« Er klatschte ein paar Mal in die Hände und schaute mich voller Erwartung an.

»Hör zu Herbert, der Bulgare kommt bestimmt wieder und will den Dali haben! Oder das Geld! Ich kann froh sein, wenn er mich nicht erschießt, oder zum Krüppel schlägt. Dieses Geld gehört uns nicht! Lass es zurückgeben, sonst kann ich keine Nacht mehr schlafen.« Herbert fragte grinsend: »Wem zurückgeben? Der Mafia? Oder dem bulgarischen Volk? Oder dem Verein Notleidender Museumswärter? Nein, wir legen es erst einmal in den Schrank, unter die Bettwäsche!«

Herbert meinte noch, dass es hier bestimmt um eine ziemlich komplizierte Sache geht, Mafia, Geldwäsche, alte Rechnungen, Rache, wer weiß? »Vielleicht musste dein Freund fliehen oder er sitzt im Gefängnis. Möglicherweise hat ihn eine Kugel getroffen und er kann sich nicht mehr bewegen. Das wäre wohl das Beste, aus unserer Sicht natürlich.«

Die folgenden Wochen im Museum waren für mich die Hölle! Am Anfang erwartete ich meinen »bulgarischen Freund« jeder Minute. Er kam aber nicht! Mit der Zeit baute sich die Spannung dann langsam ab. Nach wenigen Wochen dachte ich kaum noch an ihn, dafür immer mehr an unsere Reise.

Wie selbstverständlich begann ich jetzt mit den Vorbereitungen für unsere Erdumrundung. Die Reisekasse war ja gut gefüllt.

Als Erstes besorgte ich das Hörbuch mit Jules Vernes Roman, um die Stationen auf der Route und den Reiseverlauf noch einmal aufzufrischen. Ich hörte die Geschichte mehrmals, natürlich mit anderen Ohren als früher! Dann klopfte ich bei der Museumsleitung an und fragte wegen eines unbezahlten Urlaubs von drei oder vier Monaten nach, eine Art Sabbatical. Die Chefin war zwar erstaunt, sagte jedoch, dass dem grundsätzlich nichts entgegenstehen würde, ich müsse aber für eine zuverlässige und kompetente Vertretung sorgen.

Herbert kümmerte sich inzwischen um den Reiseplan, wobei er voll in seinem Metier war. Visa besorgen, Fahrpläne von Eisenbahnen und Passagierschiffen auswerten, Hotels vorauswählen und vieles mehr. Natürlich konnten wir Flüge und Hotels nur für den Anfang der Reise fest buchen, nur für ein paar Tage. »Danach lassen wir uns treiben«, meinte Herbert. Aber einen ungefähren Plan, wie die Reise verlaufen soll, brauchten wir schon!

»Von mir aus können wir bis zu vier Monate unterwegs sein, dann werde ich wieder im Museum erwartet«, habe ich meine Position dargestellt. Herbert tat sich mit seinen Terminen da schon schwerer. Besonders das Absagen einiger Engagements während der Reisezeit tat ihm sichtlich weh. Aber irgendwie war eines Tages alles geregelt und es ging los!

Eine genaue Beschreibung des größten Abenteuers unseres Lebens würde den Rahmen unseres Erzählabends sprengen. Das kann bei Bedarf an anderer Stelle geschehen. Wenn ihr eine spezielle Frage habt, sprecht mich einfach an! Zusammengefasst nur so viel: Wir waren fast vier Monate unterwegs. Einmal rund um die Erde zu reisen und dabei den Alltag völlig zu vergessen, war unbeschreiblich schön, wir möchten keinen einzigen Tag davon missen.

Es begann mit einer Schifffahrt von Portsmouth nach Saint-Malo an der Küste von Nordfrankreich, dann weiter mit dem Zug nach Paris, von dort quer durch Europa nach Brindisi in Süditalien, weiter mit dem Schiff durch den Suezkanal nach Bombay. Es folgten Kalkutta, Hongkong und Shanghai, von wo aus wir nach Yokohama in Japan übersetzten. Von Japan aus haben wir mit einem großen Kreuzfahrtschiff den Pazifik bis nach San Francisco überquert und sind dann mit dem USA-Transkontinental-Zug bis New York gefahren. Ein Passagierschiff brachte uns schließlich über den Atlantik an den Ausgangspunkt zurück.

Auf der gesamten Route von rund 40 000 Kilometern sind wir nur eine kurze Strecke geflogen und haben stattdessen fast alle Abschnitte mit Zügen oder Schiffen zurückgelegt. Das hat uns die Größe und Schönheit unseres Planeten sehr nahegebracht. Die unglaublich vielfältigen landschaftlichen Eindrücke wurden durch hunderte Kontakte mit den so unterschiedlichen Bewohnern der einzelnen Regionen noch verstärkt. Es lag an uns, diese Kontakte in Zukunft zu einem weltweiten Netzwerk auszubauen und so eine ganz neue Sicht auf unser Leben auf diesem herrlichen Planeten zu entwickeln.

Für Herbert und mich war diese Erdumrundung wie eine Hochzeitsreise: Sie hat unsere Partnerschaft gefestigt und uns beide noch mehr zusammengeschweißt.

Kurz vor der Einschiffung in New York lief uns zufällig ein älterer Zeitungsartikel der New York Times über den Weg, in dem von einem dreisten Kunstraub in Berlin berichtet wurde. Ein bedeutendes Bild von Salvatore Dali, das surrealistische Eluard-Porträt, wäre am helllichten Tag von unbekannten Dieben einfach aus dem Museum herausgetragen und mit einem Lastwagen abtransportiert worden. Die Diebe waren mit den Sicherheitsvorkehrungen offensichtlich gut vertraut und haben die Alarmanlage mit einem Originalschlüssel ausgeschaltet. Sie sind seitdem spurlos verschwunden und haben sich bisher weder im Museum noch bei den Medien gemeldet, um zum Beispiel einen »Finderlohn« auszuhandeln.

Zurück an meinem Arbeitsplatz im Museum fand ich in meinem Spind den Originalschlüssel für die Alarmanlage und einen Umschlag mit einer kurzen Nachricht in kyrillischer Schrift, die ungefähr mit:»Dankeschön für die gute Zusammenarbeit« übersetzt werden kann. Da ich mir keinerlei Zusammenarbeit bewusst bin, muss es sich wohl um ein Missverständnis handeln.

Herbert sagte dazu: »Schade, ich habe gehofft, dass dein Freund einen neuen Umschlag bringt. Für unsere nächste Reise.«

Einige von uns haben in ihrer Jugend Jules Vernes »Reise um die Erde in 80 Tagen« gelesen und haben heute Abend begeisterte Bemerkungen zu Alfreds Bericht vorgetragen. Aber auch Mitglieder ohne entsprechendes Wissen haben angeregt diskutiert und Details des Dali-Raubes kommentiert.

Während der Veranstaltung hatte ich mit Irmi einige Male kurzen, für mich aufregenden Blickkontakt. Nach der Diskussion über die Erdumrundung nahm ich all meinen Mut zusammen und überfiel sie ohne Umschweife mit der Frage:»Möchtest du mit mir einen Tanzkurs machen?« In einem einschlägigen Ratgeber mit dem Titel»Frauen anmachen, aber richtig« habe ich nämlich gelesen, dass eine Einladung zum Tanzkurs – wenn nichts anderes hilft – von einer Frau niemals ausgeschlagen würde.

Und tatsächlich, Irmi freute sich riesig und sagte:»Ja. Aber nur aus Respekt vor deinem Alter.«

Das Mädchen ist gerade mal drei Jahre jünger als ich!

»Damit sollten wir aber sehr bald beginnen. Wer kann schon sagen, wie lange du das noch hinkriegst?«, legte sie nach. Und weiter:»Bilde dir aber nichts darauf ein. Nur tanzen! Kein Händchenhalten, kein Schmusen oder was euch Männern sonst so am Herzen liegt«, stellte sie klar und verabschiedete sich schmunzelnd.

Ich komme also bei Irmi voran, wenn auch in kleinen Schritten! Beharrlichkeit zahlt sich am Ende doch aus. Und so ein Tanzkurs wird mich bestimmt nicht gleich umbringen.

Dieser Abend war, alles in allem, durchaus erfolgreich und ich freute mich auf die Stunden mit Irmi in der Tanzschule.

Eno

Am Zimtgewürz, das in der Residenz seinen Duft verbreitete, konnten wir riechen, dass die Adventszeit gekommen war. Natürlich wurde darüber gesprochen, ob am nächsten Freitagabend eine Weihnachtsgeschichte vorgetragen werden sollte. Besser: vorgetragen werden muss, egal, ob erlebt oder ausgedacht. Eine Weihnachtsgeschichte ist Pflicht, war die mehrheitliche Meinung in unserer Gruppe.

Also haben wir einen Aushang am Schwarzen Brett gemacht und um eine Person geworben, die am nächsten Freitag freiwillig eine originelle Weihnachtsgeschichte vortragen möchte. Es gab mehrere Kandidaten, von denen Horst Liebknecht den besten Eindruck machte und den wir ausgewählt haben. Horst wollte seine eigene Lebensgeschichte erzählen, an deren Anfang eine einfache Lernschwäche stand. Horst, der im Übrigen ein allseits respektierter Mitbewohner unserer Residenz ist, erzählte seine außergewöhnliche Lebensgeschichte sehr ruhig und gelassen, ohne ein einziges Mal auf einen Spickzettel zu sehen:

Liebe Freunde,
   meine Lebensgeschichte begann mit meiner stark verspäteten und ausgesprochen komplizierten Geburt. Alles, was es an Unregelmäßigem gibt, war zur Stelle: Steißlage, Nabelschnur um den Hals, Rhesusfaktor negativ und noch einiges in der Art mehr. Meine arme Mama!
   Aber entgegen den Prognosen der Ärzte habe ich überlebt!
   Ich war das fünfte Kind meiner Eltern, ob gewünscht oder unerwünscht, das war damals keine Frage. Meine Geburt kann in die Kategorie »Lauf der Dinge« eingestuft werden. Sie nannten mich Horst, nach meinem Patenonkel »Horsti«.

Das Erste, woran ich mich erinnern kann, sind Wäschekörbe, die überall in unserer Wohnung herumstanden. Sie wurden immerfort gebracht und abgeholt. Trotz der vielen Kinder hat Mama als Waschfrau dazu verdienen müssen. Für mich als Kind war das normal, ich kannte es nicht anders.

Papa fegte die Straßen in unserem Ort, wie schon vor ihm sein Vater, mein Opa und dessen Vater, mein Urgroßvater und so weiter, bestimmt mehr als 100 Jahre zurück!

Meine vier Brüder waren furchtbar. Sie sollten sich um mich kümmern, alle waren stärker als ich. Ich musste gehorchen, mein Leben war also vom ersten Tag an ein Kampf!

Bevor ich in die Schule kam, hat niemand etwas von meiner Behinderung bemerkt. »Der Junge wird schon noch«, hieß es immer. Mich hat das damals auch nicht geängstigt.

In der Schule staunte ich aber schon, dass meine Mitschüler sich Sachen merken konnten, die für mich unmerkbar waren. Von den sechsundzwanzig Buchstaben konnte ich mir, trotz größter Anstrengung, nur drei merken: E, N und O. Deshalb wurde ich Eno und nicht Horst genannt. Wegen meiner Schwäche wurde ich von den anderen Schülern gehänselt, als behindert beschimpft und auch so behandelt.

Am Anfang war meine Lehrerin mit mir sehr geduldig, irgendwann hat sie es aber aufgegeben, mir das Lesen und Schreiben beizubringen, Schluss mit der Inklusion. Weil ich mir aber vieles andere merken und auch einigermaßen Kopfrechnen konnte, wurde meine Schwäche unter den Teppich gekehrt. Am Ende meiner Schulzeit hieß es: geburtsbedingter Analphabetismus.

Nach der Hauptschule hat mein Vater seine Beziehungen als langjähriger und erster Straßenfeger der Gemeinde spielen lassen. Zur großen Freude meiner Eltern wurde ich als Lehrling in den Stadtreinigungsdienst unserer Gemeinde aufgenommen. Die Arbeit war weder schwer noch leicht, ich bekam eine Ausbildungsvergütung und wurde mit meinen Aufgaben von Tag zu Tag besser fertig. Lesen und schreiben brauchte ich in meiner Ausbildung nicht. Alles lief sehr gut, meiner Meinung nach. Schon nach wenigen Monaten konnte ich tadellos Straßen fegen, Mülleimer leeren und was sonst so an Aufgaben anfiel. Ich war mit meinem Leben nicht nur zufrieden, sondern mehr als das: sehr zufrieden.

Natürlich war es schon doof, dass ich kein Plakat, geschweige denn eine Zeitung oder gar ein Buch lesen konnte. Einen Brief zu schreiben war für mich genauso unmöglich wie eine E-Mail zu lesen. Aber wozu auch, es ging auch ohne solche Kenntnisse ganz gut.

Mein Leben plätscherte viele Jahre vor sich hin, bis eines Tages das nicht Vorhersehbare geschah: Die Gemeinde musste sparen und hatte den gesamten Bereich der Stadtreinigung an ein privates Unternehmen übertragen.

Der Manager des Unternehmens City-Cleaning, Herr Richtarsky, hat sich jeden von uns Fegern einzeln vorgenommen und das Arbeitskonzept der Firma erklärt. Demnach sollten wir von nun an nicht nur die Straßen fegen, sondern auch unsere Kehrerfolge in Formulare eintragen. Über besondere Vorkommnisse sollten schriftliche Berichte angefertigt werden. Damit sollten die Grundlagen für eine bürgernahe Arbeit des Unternehmens geschaffen werden.

Ich habe erklärt, dass ich keine Art von Berichten schreiben könnte und darum gebeten, alles beim Alten zu belassen.

Richtarsky aber war uneinsichtig und hat mich gefeuert. Damit war ich nicht nur ohne Arbeit, sondern auch ohne Einkommen. Da mein Vater zu diesem Zeitpunkt nicht mehr öffentlich bedienstet war, konnte er mir mit seinem vermeintlich großen Netzwerk auch nicht helfen.

Die ersten Wochen ohne Arbeit waren für mich eigentlich ganz okay. Ich konnte lange schlafen, stundenlang abhängen, durch den Wald laufen oder einfach gar nichts tun. Meine Betreuerin von der Arbeitsagentur, Frau Hilde Schäfer, hat mir versichert, dass sie mich als Analphabet, wenn überhaupt, bestenfalls als Toilettenwärter im Rathaus, vermitteln könnte. Ansonsten hat sie einen Alphabetisierungskurs, zusammen mit syrischen Flüchtlingen, empfohlen und angeboten, den auch finanziell zu fördern.

Da beschloss ich selbstständig zu werden!

In dieser Zeit des Aufbruchs habe ich Rosi, meine spätere Ehefrau, kennengelernt. Weshalb sie mich genommen hat, kann ich bis heute nicht sagen. Vielleicht gefiel ihr, dass ich viel Zeit für sie und ihre Kinder hatte. Rosi ist der Glücksfall meines Lebens: Sie kann schreiben, lesen und rechnen, ist recht hübsch, immer freundlich, ausgeglichen und hilfsbereit. Ihre drei Töchter aus früheren Ehen sind meistens ziemlich lieb, zwei pubertierten damals gerade, eine ging noch in die Grundschule. Alle drei können schreiben und lesen, was für ein Glück. Und alle unterstützten meinen Start-up. Was wollte ich mehr?

Meine Firma nannte ich »Eno räumt auf«, kurz: ERA. Zu meinen Kernkompetenzen gehörten im Wesentlichen: Privatstraßen oder Höfe kehren, Lagerräume säubern, Müll entsorgen, kurz: mich um jeden Dreck kümmern. Die Geschäftsidee war gut, die Aufträge kamen von allein. Dass ich schnell, zuverlässig und preiswert arbeitete, hat sich blitzartig herumgesprochen.

Was soll ich sagen: Schon bald konnte ich die Arbeiten nicht mehr allein bewältigen, ich musste Leute anstellen, nach und nach Geräte, Fahrzeuge und Maschinen anschaffen.

Rosi machte den Papierkram und kümmerte sich auch um das Personal, ich räumte auf. Als unsere Belegschaft auf mehr als hundert Mitarbeiter angewachsen war, haben Rosi und ich geheiratet und eine geräumige Villa im Grünen gekauft. Es ging uns richtig gut, Geld für alles war immer genug da. Die Mädchen studierten fleißig, Rosi und ich verstanden uns wie am ersten Tag. Dass ich Analphabet war, wusste kaum einer, auch ich selbst habe die meiste Zeit nicht mehr daran gedacht. Wozu auch?

Damit die Firma weiterwachsen konnte, musste ich ein neues Betriebsfeld erschließen, das in meiner Branche immer größere Bedeutung erlangte: die Entsorgung von Problemmüll, wie Asbest, Chemieabfälle, Batterien und solche Sachen. Dazu musste ich mich weiterbilden, was in meinem Fall natürlich Komplikationen mit sich brachte. Aber Rosi hat mich zu dem Seminar begleitet, mir die Arbeitsblätter usw. vorgelesen und bei der schriftlichen Abschlussprüfung die Kreuze auf dem Prüfungsbogen an den richtigen Stellen gemacht. Auf diese Weise haben wir beide das Sondermüll-Entsorgungszertifikat der hiesigen Handelskammer bekommen, was in der Branche ziemlich einmalig war.

Nach und nach übernahm ich in der Region alle Aufträge des Unternehmens City-Clean, der Firma, die mich vor vielen Jahren gefeuert hatte und die jetzt mit meinen Preisen nicht mithalten konnte.

Ich wurde, weit über meinen Heimatort hinaus, zunehmend geachtet und geschätzt. Natürlich in erster Linie als Großsteuerzahler. Aber auch wegen meiner vielen Spenden für kulturelle und mildtätige Zwecke.

Besonders bei der Finanzierung einer Einrichtung zur Förderung lernbehinderter Kinder habe ich mich sehr großzügig engagiert. Es gab sogar Stimmen, die mich als nächsten Bürgermeister vorgeschlagen haben. Das konnte natürlich nichts werden, etwas Lesen und Schreiben verlangt ein solches Amt wohl schon.

In diesem Jahr hat mich der amtierende Gemeinderat zum Ehrenbürger unseres Ortes ernannt. Noch vor Weihnachten, am vierten Adventssonntag, wurde mir in einer feierlichen Zeremonie der Stadtschlüssel überreicht. Anschließend durfte ich mich in das goldene Buch der Stadt eintragen. Es war wohl als Weihnachtsgeschenk gedacht. Meine Familie und ich waren mächtig stolz. Es wurde auch in der Presse darüber berichtet. Schade, dass ich es nicht lesen konnte! Aber das Bild von mir konnte ich gut erkennen.

Die Ernennung zum Ehrenbürger fand im Rahmen eines feierlichen Aktes im Ratssaal statt. Danach wurde ich an das Rednerpult gebeten, von wo aus ich meine Dankesrede gehalten habe. Die Rede habe ich mir vorher überlegt und auf einem Spickzettel notiert. Natürlich nicht in lateinischer Schrift, versteht sich. Ich habe ein paar einfache Bilder, die den Inhalt meiner Rede wiedergaben, auf einen Zettel gekritzelt. Zum Beispiel ein Herz mit einer Hand für »herzlichen Dank« oder eine Sonne mit einem Strichmännchen für »Heute ist ein schöner Tag für mich« und so weiter. Während des Vortrages habe ich ab und zu auf meinen Zettel geschaut, als ob ich den Text ablesen würde. Keiner hat etwas gemerkt.

Als ich nach der Feier dem Bürgermeister eine handschriftliche Eintragung in das goldene Buch abschlagen musste, war der natürlich sehr erstaunt, behielt mein Eingeständnis jedoch für sich. Ein einfaches Kritzelkratzel als Namenszeichen hat dann auch gereicht.

Allerdings konnte er mein Schreib- und Lesedefizit mit meiner erfolgreichen Karriere nicht in Einklang zu bringen. Mit großer Anteilnahme äußerte er beim Hinausgehen, dass er sich nicht vorstellen könnte, was aus mir geworden wäre, wenn man mir von Anfang an das Lesen und Schreiben beigebracht hätte. Das wäre ja nicht auszudenken!

»Da braucht man sich nicht viel auszudenken, Herr Bürgermeister«, antwortete ich bedächtig, »wenn ich vor 20 Jahren Lesen und Schreiben gekonnt hätte, hätte mich Herr Richtarsky von der Firma City-Clean nicht gefeuert. Und ich hätte mit Sicherheit bis heute die Straßen unseres Ortes gefegt!«

Wenn jemand wissen möchte, wie ich denn die Geschichte habe aufschreiben können, der kann sich bei meiner lieben Frau Rosi und den Töchtern Annette, Beatrix und Claudia bedanken. Sie haben nach meinen Erzählungen alles aufgeschrieben und auch lektoriert. Ob am Ende alles richtig geschrieben steht, kann ich beim besten Willen nicht sagen!

Frohe Weihnachten und ein gutes neues Jahr!«

Enos Erzählung hat alle sehr bewegt. Keiner äußerte Zweifel daran, dass solche Fälle durchaus vorkommen können. Es gab letztlich keine Diskussion, dafür aber große Anerkennung für den flüssigen Vortrag, der, wie gesagt, nicht abgelesen, sondern frei gesprochen worden ist.

Zur ersten Unterrichtsstunde in der Tanzschule hat sich Irmi groß herausgeputzt; ich musste wegen meiner Strickweste und der Sandalen einen derben Rüffel einstecken. Das passiert mir nicht noch einmal!

Der Unterricht in der ersten Stunde verlief aus meiner Sicht optimal, wir erlernten die Grundschritte des Blues. Ich hatte damit keine nennenswerten Schwierigkeiten und konnte mich sogar auf die Führungsarbeit konzentrieren, was seitens der Tanzlehrerin als beispielhaft gelobt wurde . Nach dem Unterricht konnte ich Irmi auf ein Glas stilles Mineralwasser einladen, was ich als einen nicht unbedeutenden Annäherungserfolg wertete. Nächstes Mal soll es mit Tango weitergehen. Ich habe schon begonnen, mich zu erkundigen, was man dazu anzieht.

Der Arbeitskreis

Nachdem wir einige weitere Freitagabende im Friedhofscafé ausgesprochen interessante Vorträge genossen hatten, fand die Beerdigung einer unserer Freundinnen statt, die außerhalb der Residenz lebte. Es war Christina, die als Angestellte in der Residenz im Empfang beschäftigt gewesen ist. Sie war zu allen, die mit ihr zu tun hatten, immer herzerfrischend freundlich. Wenn auch so gut wie keiner von uns je ein längeres Gespräch mit ihr geführt hat, haben ihr die meisten von uns die letzte Ehrerbietung nicht verweigert. So haben wir sie auf ihrem letzten Weg, von der Kapelle bis zum Grab, begleitet.

An Christinas Grab sprach unser Gemeindepfarrer bedächtig die letzten Worte:

»Wir haben uns heute hier versammelt, um Abschied von unserer lieben Mitschwester zu nehmen. Sie war ein guter Mensch und wir sind traurig. Traurig, dass sie schon so früh von uns gegangen ist. Ihr vorbildliches Eintreten für die Armen und Schwachen war ein leuchtendes Zeichen in unserer vom Egoismus geprägten Zeit. Sie wird uns immer in Erinnerung bleiben! Jetzt ist sie im Reich Gottes und wartet auf den Tag des Jüngsten Gerichts und die Auferstehung von den Toten.«

Christina wurde in ihrem Umfeld zwar hier und da von ihren Mitmenschen wahrgenommen, doch nicht einmal die direkten Nachbarn konnten über sie etwas sagen. Sie war vor vielen Jahren in unser Dorf gekommen, niemand wusste, woher sie stammte und was sie eigentlich hier wollte. Das einzige Bekannte war, dass sie in der Seniorenresidenz am Empfang gearbeitet hat.

Ihre Beerdigung war, wie schon viele davor, deprimierend, ohne echte Trauer und ohne Mitgefühl, einfach nur kalt!

Nach der Beisetzung haben elf, alle in der Residenz residierenden Seniorinnen und Senioren, spontan einen »Club« ins Leben gerufen, der sich mit dem Thema »Sterben und Tod« auseinandersetzen sollte. Dem Club haben wir den Namen »Arbeitskreis Finale«, kurz »AkF«, gegeben. Die Clubgründung war nicht als Ersatz, sondern als Ergänzung unserer Erzähler-Freitagsrunde gedacht.

Alle Clubmitglieder besaßen reichlich Erfahrung mit Freud und Leid, im Umgang mit fast allen gängigen Krankheiten und auch mit Sterbenden. Altersbedingt interessierte uns der Themenbereich »Sterben und Tod« natürlich brennend, war doch jeder von uns ein absoluter Top-Kandidat für die Besetzung der Hauptrolle bei der nächsten Beerdigung.

Die Gründungsidee unserer Gruppe war es, sich in regelmäßig stattfindenden Gesprächen systematisch dem Themenbereich »Sterben und Tod« zu nähern, und das in möglichst objektiver und unaufgeregter Form. Natürlich erhoffte sich dabei jeder von uns beruhigende Informationen für den eigenen Abgang, sei er auch noch so fern.

Konkret wurde vereinbart, dass die Gruppe Fragestellungen zum Thema »Sterben und Tod« formuliert. Jeweils ein Freiwilliger – und nach Möglichkeit Sachkundiger – aus unserem Kreis soll sich mit einer der Fragen intensiv auseinandersetzen, Literatur auswerten, im Internet recherchieren und so weiter. Das Ergebnis seiner Arbeit und natürlich auch seine Meinung dazu soll sie oder er den übrigen Mitgliedern des Arbeitskreises in einer »Vollversammlung« präsentieren, was dann als Basis für eine zielgerichtete Diskussion dienen sollte. Diese Versammlungen sollen jeweils im Anschluss an eine Beerdigung stattfinden.

Angesichts der vorangegangenen Sterbefälle dürfte im Mittel eine Veranstaltung pro Monat stattfinden, sofern uns der Tod keinen Strich durch die Rechnung macht.

Soweit die Ziele unserer spontan gegründeten »Selbsthilfegruppe«. Wegen der voraussichtlich starken Fluktuation bei den Mitgliedern haben wir uns von Anfang an die Wahl eines Vorsitzenden verkniffen, um nicht unentwegt unsere Kraft mit

Wahlkämpfen zu vergeuden. Dafür ist unsere Zeit zu kostbar. Da aber ein Verein ohne Vorstand nicht handlungsfähig ist, wurde aus nahe liegenden Gründen festgelegt, dass jeweils das jüngste Clubmitglied, sozusagen der Benjamin, diese Aufgabe für mindestens ein Jahr übernimmt, solange es ihm möglich ist. Somit war das vorerst ich.

Für die erste Veranstaltung haben wir mehrheitlich das Thema »Die Religionen und das Jenseits« bestimmt. Es ging also um die Antworten verschiedener Religionen auf die schlichte Frage: Gibt es ein Leben nach dem Tod? Selbstredend auch darum: Wie ist das mit dem Fegefeuer und der Hölle, worauf müssen wir uns einrichten?

Für diesen ersten Vortrag hat sich unsere allseits beliebte Freundin Adelheid freiwillig gemeldet, was von der Gruppe mit großer Anerkennung quittiert wurde.

In der Hoffnung, dass keiner von uns der Anlass für die erste Vollversammlung des AkF sein wird, warteten wir auf die nächste Beerdigung!

Exakt drei Wochen später saßen wir, nach der Beerdigung eines stadtbekannten pensionierten Verwaltungsamtmanns, vollzählig im Café am Friedhof zusammen und erwarteten voller Spannung den Beginn der ersten Vollversammlung.

Es war Adelheids Tag. Mit der *Missio* der katholischen Kirche ausgestattet, hat Adelheid viele Jahrzehnte ihres Berufslebens in der Mittelschule Religion unterrichtet. Sie ist ein kleines, zartes Persönchen und der Sonnenschein unserer Seniorengruppe, immer froh und aufgeschlossen. Im wahrsten Sinne des Wortes kann man sie als eine »lustige Witwe« bezeichnen – nicht nur hinsichtlich ihrer Witwenschaft, sondern besonders wegen ihres herzlichen Humors. Ich muss gestehen, dass ich sie sehr mag, wenn es auch etwas ganz anderes ist als mit Irmi.

Adelheid war bei fast jeder Beerdigung dabei und oft verärgert über die, wie sie sagt, respektlosen und einfallslosen Beisetzungsrituale, die in der Regel wie eine verstaubte Oper daherkommen!

Weil am Tag der ersten Vollversammlung des AkF kein Beerdigungskaffee spendiert wurde, konnte Adelheid, die ein wenig aufgeregt wirkte, sofort zur Sache kommen.

»Liebe Kandidatinnen und Kandidaten für das Leben danach, auf unserer Erde gibt es zurzeit mehr als 50 halbwegs bekannte Religionen, die alle um die beste Antwort auf die Frage nach dem Jenseits, dem Leben danach wetteifern.

Als ich vor drei Wochen die Aufgabe übernommen habe, die Vorstellungen der wichtigsten Religionen über das Leben danach in zusammengefasster und leicht verständlicher Form darzustellen, wusste ich nicht, was ich mir damit aufhalsen würde.

Bei meinen Recherchen bin ich auf einen unüberschaubaren Berg von Informationen zu diesem Thema gestoßen, wodurch mir schnell klar wurde, dass der Anspruch auf eine zusammenfassende Darstellung nur unter Inkaufnahme gröbster Vereinfachungen zu erfüllen ist. Deshalb bitte ich vorsorglich um Nachsicht, wenn ich dem einen oder anderen zu ungenau oder gar flapsig daherkomme.

Das Ergebnis meiner Suche nach Informationen ist nicht nur sehr komplex, sondern leider auch nicht befriedigend. Die Meinungen der Theologen sind oft unterschiedlich und können sich zudem im Zeitverlauf teilweise gravierend ändern. Daher ist manches, worüber ich berichte, möglicherweise nicht aktuell oder gibt auch nur eine von mehreren Möglichkeiten wieder.

Bevor ich aber mit Details beginne, zuerst die gute Nachricht: Ohne Ausnahme haben alle Religionen ein Leben danach im Repertoire, wenn auch in sehr unterschiedlichen Ausprägungen. In den Reihen der Gläubigen wächst allerdings weltweit die Zahl der Zweifler an der Existenz des *Danach* stetig. Das liegt vermutlich an der unbefriedigenden Beweislage in dieser Angelegenheit. Bis heute hat ja kein glaubwürdiger Forscher einen auch für Ungläubige glaubhaften Nachweis für das Leben danach liefern können, da fällt das Glauben schon schwer!« Für diesen großartigen Glaubenssatz bekam Adelheid spontanen Applaus, schaute verschmitzt in die Runde und fuhr fort: »Die Religionen unserer Erde werden von den Wissenden entweder der westlichen Religionsgruppe (Judentum, Christentum und Islam) oder der östlichen Religionsgruppe (Hinduismus, Buddhismus und chinesische Traditionen) zugeordnet. Wenden wir uns zunächst den westlichen Religionen zu. Die originalen Quellen für unsere Frage sind hier die heiligen Schriften: Bibel, Thora und Koran. Man muss beim Lesen der jeweiligen Übersetzungen natürlich beachten, dass die Schriften Kinder ihrer Zeit sind. Sie stehen im Kontext der damaligen Lebensumstände ihrer Verfasser und sind in unsere Gegenwart selbstverständlich nicht eins zu eins übertragbar. So werden heute die dort gezeichneten Bilder von Himmel und Hölle nicht als konkrete Orte, sondern vielmehr als Zustände gedeutet, was in der Zukunft möglicherweise wieder anders gesehen werden könnte.

Im Christentum ist es zurzeit wohl so – und jeder von euch weiß es aus dem Kommunionsunterricht –, dass schlimme Sünden durch den Tod nicht einfach gelöscht werden. Vielmehr wird für jeden von uns eine Art »Verzeichnis« mit allen Vergehen, aber auch mit den guten Taten erstellt und irgendwie (in einer Art Cloud?) gespeichert. Irgendwann werden wir dann auferstehen und für unsere Taten geradestehen müssen.

Ohne Schuld werden dann nur wenige Ausnahmetypen sein, also Heilige, die kommen nach dem Tod sofort ins Paradies. Die Übrigen müssen, wie auch immer, büßen oder werden in einen Zustand versetzt, der mindestens unangenehm ist und der, je nach Strafmaß, länger oder kürzer sein kann.

Der eine oder andere von euch mag bei diesem buchhalterischen Ansatz eine Benachteiligung gegenüber Mitgliedern anderer Religionen sehen, wo es eventuell nicht ganz so genau zugehen könnte.

Aber sehen wir weiter:

Für das Judentum beginnt nach dem Tod ein nachtähnlicher Zustand, der erst endet, wenn das ewige Leben beginnt. Ein Teil der Juden glaubt, dass Gott über jeden Einzelnen schon unmittelbar nach dem Tod richtet. Andere glauben an den Tag des jüngsten Gerichts, an dem alle wieder lebendig und dann individuell gerichtet werden. Deshalb verbrennen die Juden ihre Toten nicht und geben auch die Gräber ihrer Vorfahren nicht frei.

Die Moslems dagegen glauben, dass ihr Leben und damit auch ihr Todestag von Anfang an festgelegt ist. Der Einzelne wird dennoch bei der Auferstehung der Toten und dem Jüngsten Gericht zur Rechenschaft gezogen. Da das Leben nach einem festen göttlichen Plan (Kismet) verläuft, wird die Angst vor dem Tode durch Hoffnung auf Barmherzigkeit gemildert.

Kommen wir nun zu den östlichen Religionen. Für diese stellt sich das Szenario des Lebens nach dem Tode deutlich anders dar. Es ist vom Grundprinzip der Wiedergeburt, der sogenannten Reinkarnation, geprägt.

Im Hinduismus glauben die Menschen an einen ewigen Kreislauf aus Leben und Wiedergeburt. In jedem Leben erwirbt ein Mensch positive oder negative Lebensenergien (Karma). Je nach der Karma-Bilanz seines jeweils vergangenen Lebens wird er in einer entsprechend anderen Lebenskategorie wiedergeboren. Nur mithilfe eines sehr großen Karma-Guthabens kann er aus dem unendlichen Rad der Wiedergeburten austreten und das Nirwana, den Zustand des vollkommenen Friedens, erreichen.

Auch im Buddhismus glauben die Menschen an die Wiedergeburt. Anders als im Hinduismus geht es hier aber nicht darum, möglichst viel gutes Karma anzuhäufen, sondern, möglichst gar kein Karma zu hinterlassen, um den Zustand der Erleuchtung zu erreichen. Hierbei helfen die Methoden der Meditation und die Abwehr irdischer Verlockungen.

Es gibt auf der Erde, wie gesagt, mehr als 50 religiöse Gruppierungen mit zum Teil sehr abenteuerlichen Erwartungen an das Leben danach. Zusammenfassend ist festzustellen, dass die vielen Wahrheiten der einzelnen Religionen faszinierend vielfältig sind und jede auf ihre Weise schlüssig erscheint. Gerade diese Vielfalt aber gibt zu denken. Kann es denn sein, dass das Leben nach dem Tod je nach Religionszugehörigkeit unterschiedlich abläuft? Je nachdem, in welchen Kulturkreis ein Mensch hineingeboren worden ist, soll es für Verdammnis und Paradies verschiedene Alternativen geben? Ist es vorstellbar, dass so viele verschiedene Parallel-Paradiese, Fegefeuer oder Höllen existieren, wie es Religionen gibt? Da stimmt offensichtlich etwas nicht!

Unter der nicht ganz von der Hand zu weisenden Annahme, dass es im Jenseits für alle Menschen nur ein *Danach* gibt, kann entweder nur eine Religion richtig sein oder aber keine! Vermutlich keine und die Wahrheit dürfte auch nicht in der Mitte, sondern an einer ganz anderen Stelle zu finden sein. Aber wo?

Logisch wäre für mich, dass es irgendwo im Kosmos ein zentrales Paradies für das ganze Universum gäbe. Bestenfalls mit vielen Zweigstellen, wegen der langen Reisezeiten.

Alles in allem können uns also die verschiedenen Religionen, global gesehen die Frage nach dem Leben danach nicht befriedigend beantworten. Deshalb kann für jeden von uns nur der individuelle Glaube zählen, praktisch eine Religion pro Individuum. Ein Konzept mit nur einem Gott für alle und einem einheitlichen Leben danach ist bei fast allen Religionen zwar im Ansatz erkennbar, eine Große Koalition aller Glaubensrichtungen für diese Lösung ist zurzeit aber nicht in Sicht.

Das könnte auch einer der Gründe sein, weshalb nach aktuellen Umfragen rund ein Drittel der Menschen glaubt, dass nach dem Tod gar nichts kommt, dass dann sozusagen »Schicht« ist. Diese fatale Lösung hätte immerhin den Charme, dass wir uns keine Sorgen wegen irgendeiner Bestrafung im Leben danach zu machen bräuchten. Meine persönliche Meinung dazu ist, dass alle Religionen dieser Erde nichts anderes sind als von vornherein zum Scheitern verurteilte Versuche, die für uns Menschen nicht zu verstehenden universellen Zusammenhänge in vereinfachenden Bildern darzustellen. Diese Versuche sind vielfältig, weil die Möglichkeiten der Erklärung unseres Seins in diesem Universum unüberschaubar vielfältig sind.«

Adelheid holte tief Luft und nahm ihren Applaus mit sichtlicher Erleichterung entgegen, es hinter sich gebracht zu haben. Das Reden vor einem Publikum ist noch nie ihr Ding gewesen, jetzt aber war sie froh, es doch einmal gewagt zu haben. Ich fand sie einfach großartig!

Die anschließende Diskussion wurde zum Teil kontrovers geführt. Es folgten Nachfragen zu weiteren Religionen, wie zum Beispiel den Zeugen Jehovas, den Mormonen, Methodisten, Scientologen und so weiter. All dies änderte an Adelheids zusammenfassenden Ausführungen nichts. Gott sei Dank müssen wir im Club nicht zu einer einstimmigen Meinung über die eine oder andere These kommen.

Zum gelungenen Verlauf der ersten Vollversammlung des AkF gratulierten wir uns gegenseitig und vertagten die Runde bis zum nächsten Sterbefall.

Theo, unser ehemaliger Dorfapotheker, verpflichtete sich, in der nächsten Versammlung als Hauptakteur aufzutreten. Er wird dann zur Frage »Auf welche ärztlichen Hilfen können wir beim Sterben hoffen?« referieren.

Zum Abschied wünschen wir uns gegenseitig, auch das nächste Mal wieder aktiv dabei sein zu können.

Auf den Tod kann man sich verlassen: Genau drei Wochen später fand die zweite Vollversammlung des AkF statt. Dieses Mal trat der Tod infolge eines Verkehrsunfalles auf die Bühne.

Es gab zwar einen Beerdigungskaffee, zu dem allerdings nur Besucher mit Beerdigungskaffeekärtchen eingeladen waren, die aber keiner von uns vorweisen konnte.

Damit begann unsere zweite Vollversammlung unmittelbar nach der Beerdigungszeremonie in unserem Café. Alle waren natürlich sehr gespannt auf Theos Vortrag und seine Erkenntnisse über die zu erwartenden Hilfestellungen von Medizinern beim Sterben. Die Informationen konnten ja möglicherweise schon in Kürze für jeden von uns von großer Bedeutung sein. Theo war für das vorgesehene Thema einfach die Idealbesetzung. Nicht nur, weil er als ehemaliger Apotheker auf ein umfassendes medizinisches und insbesondere pharmakologisches Wissen zurückgreifen konnte, er ist zudem ein sehr sympathischer, Vertrauen erweckender und auch charismatischer Mensch. Früher, wenn er mit ernster Stimme und großen Augen seine selbst gedrehten Pillen anpries, musste man sie einfach kaufen, ob man sie brauchte oder nicht.

Hier seine Rede:

»Liebe Vollversammelte,

seit wir geboren wurden, leben wir dem Sterben entgegen. Früher oder später muss jeder von uns durch den viel zitierten Tunnel zum Licht, wovor wir alle, unabhängig vom Ansehen und angehäuften Kapital, eine Heidenangst haben. Die Gründe für die Angst – und nicht selten für irrationales Handeln – sind vielfältig. Sei es ein schlechtes Gewissen, keine Idee, was kommt, Sorge um die Angehörigen oder anderes.

Das Sterben ist weitverbreitet, immerhin verzeichnen die Statistiker allein in Deutschland jährlich fast eine Million Todesfälle. Es handelt sich also um einen natürlichen Vorgang. Wenn man selbst davorsteht, macht es allerdings keinen Unterschied, ob sich das Sterben auf natürliche oder unnatürliche Weise vollzieht. Jeder hat Angst vor dem Ungewissen und vor dem Kontrollverlust, die in der Regel zum Sterben gehören.

Wir können aber die Angst mildern, unter anderem mithilfe von Informationen, wie ich sie zum Beispiel heute in unserer Versammlung vermitteln werde.

Was bei einer Geburt passiert, wissen unsere Mediziner inzwischen sehr genau. Es gibt schon Geräte, mit denen man die Augenfarbe des Ungeborenen erkennen kann. Was aber im Moment des Todes geschieht, gehört noch zu den ungelösten Geheimnissen der Menschheit.

Da wir nichts Näheres wissen, wird der Tod von unseren Ärzten in der Regel dem Versagen einzelner Organe oder Funktionen zugeschoben. Ein natürlicher Tod, zum Beispiel aus Altersschwäche, wird heute in den seltensten Fällen diagnostiziert. Wenn jemand ohne Hinweis auf ein Organversagen stirbt, wird sein Leichnam in die Pathologie gebracht, wo nachgesehen wird, welches Organ als Erstes das Handtuch geworfen hat.

Wie auch immer, der Arzt ist dem Eid des Hippokrates verpflichtet und hat die Aufgabe, uns nicht nur im Leben, sondern auch im Angesicht des Todes zu helfen, und zwar nach bestem Wissen und Gewissen. Nun gibt es aber unter den Ärzten, was sowohl das Wissen als auch das Gewissen angeht, eine breit gefächerte Vielfalt. Was wir brauchen, wenn wir sterben, ist nicht nur ein Arzt oder eine Ärztin, sondern eine allwissende, engelsgleiche Erscheinung. Derartige Wesen gibt es tatsächlich, ihre genauen Aufenthaltsorte sind aber in der Regel nicht bekannt oder nur schwer herauszufinden. Meistens reicht aber so ein toller Typ allein nicht aus. Wir brauchen zusätzlich noch die besten Pflegekräfte, liebevolle Angehörige, die besten Freunde der Welt und natürlich auch hervorragende Apotheker. Und – last but not least – brauchen wir eine Krankenkasse, die auch noch in Sterbende investiert! Mit so einem Team würde das Sterben zwar noch immer keinen Spaß machen, es wäre aber auf jeden Fall erträglicher.

Nun möchte ich zur folgenden Frage übergehen: Welche Möglichkeiten und Grenzen der ärztlichen Sterbebegleitung gibt es bei uns?

So gut wie jeder möchte am liebsten zu Hause sterben und dabei sanft und ohne Beschwerden vom Leben ins Jenseits gleiten. Das ist aber zunehmend seltener möglich, da die vor Ort betreuenden Ärzte ihre Patienten in der Regel am Ende doch in die Kliniken einweisen. Deshalb kann nur ein Viertel der Kranken zu Hause sterben, fast die Hälfte in Kliniken und ein weiteres Viertel in Heimen. Hospize und sonstige derartige Einrichtungen spielen statistisch noch eine untergeordnete Rolle. Am Anfang versuchen die Hausärzte zu helfen. Wenn sie die Kranken dann in die Kliniken überweisen, kümmern sich Fachärzte um sie. Wie weit die Fachärzte bei ihrem Kümmern gehen können oder dürfen, hängt erst einmal vom Willen des Patienten ab. Wenn er sich nicht mehr äußern kann, kommt es darauf an, ob eine Vorsorgevollmacht oder eine Patientenverfügung vorhanden sind. Die Patientenverfügung ist für den Arzt verbindlich. Man kann ihn damit zwar nicht zwingen, etwas Bestimmtes zu tun, man kann aber fast alles verhindern, zum Beispiel eine Zwangsernährung.

Wenn die Fachärzte mit ihrem Latein am Ende sind, kommt die Palliativmedizin zum Zuge. Dann geht es nicht mehr um Heilung, sondern um »Schadensbegrenzung«. Die englische Ärztin Isely Saunders, die als Begründerin der Palliativmedizin gilt, sagte treffend, es gehe nicht darum, »dem Leben mehr Tage zu geben, sondern den Tagen mehr Leben.« In Deutschland ist die Palliativmedizin eine noch junge, aber sich dynamisch entwickelnde Fachrichtung der Medizin. Sie befasst sich nicht nur mit medizinischen, sondern auch mit psychologischen, seelsorgerischen und psychosozialen Aspekten.

In vielen Krankenhäusern gibt es inzwischen Palliativstationen. Sie werden oft als Sterbestationen angesehen, was sie aber nicht sind. Auf eine solche Station, die mit einer Intensivstation vergleichbar ist, wird ein Patient nur verlegt, wenn eine besondere Krisensituation eintritt. Ziel der Behandlung ist die Bewältigung der Krise und anschließend die Entlassung nach Hause oder zurück auf die Normalstation.

Ganz entscheidend für die Sterbeversorgung durch Ärzte ist

deren Ausbildung in dieser Fachrichtung, woran noch systematisch gearbeitet wird. Dies gilt sowohl für die Ausbildung der Ärzte, als auch für die Organisation der Hilfeleistungen. Zum Beispiel entstehen nach und nach sogenannte SAPV-Teams, was »Spezialisierte ambulante Palliativversorgung« bedeutet. Diese Teams unterstützen die Hausärzte bei der ambulanten Betreuung besonders schwer erkrankter Patienten im Sterbeprozess. Bemerkenswert an der SAPV ist, dass in Deutschland jeder einen grundsätzlichen Anspruch darauf hat.

Unabhängig vom Versorgungssystem ist für uns ohne Zweifel entscheidend, welche Maßnahmen zur Schmerzvermeidung oder -linderung es heute für Sterbende gibt, wobei die Verabreichung von Morphium im Vordergrund steht.

Morphium und andere Schmerzmittel galten bei uns lange Zeit als Teufelszeug. Auch in diesem Zusammenhang wurden ihnen nicht nur schlimme Nebenwirkungen nachgesagt, sondern sie wurden zudem als suchtgefährdend eingestuft. Diese Pauschalurteile sind inzwischen in zahlreichen Studien grundlegend widerlegt worden. Ärzte, die auf dem aktuellen Wissensstand sind, haben kaum noch Vorbehalte gegen eine ausreichende Verabreichung von Schmerzmitteln, sodass grundsätzlich kein Patient mehr Qualen erleiden muss, die mit verfügbaren Medikamenten vermieden werden können.

Abschließend und zu eurer Beruhigung kann ich zusammenfassend feststellen, dass die Hilfe der Ärzteschaft beim Sterben noch nie so umfassend und wirkungsvoll war, wie wir sie heute erwarten können. Natürlich gibt es, wie das immer ist, noch genügend Verbesserungspotenzial.

Nicht angesprochen habe ich heute die Hilfe von Psychologen, Seelsorgern und sonstigen psychosozialen Diensten, das müssten wir ein anderes Mal bereden.

Danke, dass – wie ich sehe – keiner eingeschlafen ist.«

Für seine sehr gut vorbereitete, ruhig und frei gesprochene Rede bekam Theo beachtlichen Beifall, wobei er den Stolz auf seine Leistung durch Abwinken zu verleugnen suchte. Aufgrund der beruhigenden Informationen war die anschließende Diskussion relativ entspannt. Beispielsweise fragte Rudi, unser Spaßvogel, ob zur Schmerzlinderung, anstatt Morphium, nicht auch ein guter Rotwein verordnet werden könnte. Theo dachte kurz nach und antwortete im Radio-Eriwan-Stil: »Im Prinzip ja. Es ist aber zu bedenken, dass wegen der voraussichtlich erforderlichen Mengen weder die gesetzlichen noch die privaten Krankenkassen die Kosten übernehmen dürften.«

Für die nächste Vollversammlung wurde das Thema »Sterbehilfe« ausgewählt. Ohne Vorkenntnisse habe ich mich für den Vortrag gemeldet. Irgendwann muss ich, als Benjamin und Vorsitzender des AkF, wohl auch ans Pult.

Dieser Sommer war ungewöhnlich heiß. Offensichtlich hat sich auch der Tod hitzefrei genommen, denn wir hatten bereits sieben Wochen lang keinen Sterbefall.

Mitten ins Tanzfieber platzte die nächste Vollversammlung. Leichtsinnigerweise habe ich mir mit der Vorbereitung des Referats Zeit gelassen, sodass nur noch drei Tage dafür bleiben. Notgedrungen habe ich mich deshalb entschlossen, es kurz und bündig zu machen.

Trotz der Sommerhitze sind wieder alle AkF-Mitglieder und noch einige Neulinge gekommen. Die Aktivitäten des AkF haben im Dorf große Aufmerksamkeit gefunden, so dass fünf weitere Interessenten um die Aufnahme in den Club nachgesucht haben. Natürlich sind uns neue Aktivisten sehr willkommen. Ich muss aber mit dem Kaffeehauswirt darüber reden, ab welcher Personenzahl die Räumlichkeit aus den Nähten platzt. Notfalls sind ein Aufnahmestopp und eine Warteliste für die

Sicherstellung geordneter Verhältnisse erforderlich. Der Tod scheint in unseren Kreisen großes Interesse zu finden.

Hier mein Beitrag zum Thema »Sterbehilfe«:

»Liebe Mitglieder des Arbeitskreises, der Artikel 1 des deutschen Grundgesetzes garantiert die Unantastbarkeit der Menschenwürde. Darin ist auch die Selbstbestimmung des Einzelnen über Leben und Tod eingeschlossen. Und auch, dass der Patientenwille über dem Willen der Ärzteschaft steht. Dabei ist natürlich die Ansage des Patienten wichtig. Falls er sich nicht mehr äußern kann, gilt, was in der Patientenverfügung steht. In der Praxis wird auch mit Hypothesen über den mutmaßlichen Willen des Patienten gearbeitet, der allerdings schlüssig begründet werden muss. Ohne Patientenverfügung oder Vorsorgevollmacht ist der Kranke jedenfalls Außenstehenden ausgeliefert.

Man stelle sich das mal vor: Rund die Hälfte der über 65-Jährigen hat weder eine Patientenverfügung noch eine Vorsorgevollmacht. Kaum zu glauben!

Was aber ist genau unter »Sterbehilfe« zu verstehen?

Zur besseren Einordnung wird der Begriff »Sterbehilfe« nach aktiver und passiver Hilfe untergliedert.

Als »aktive Sterbehilfe« wird die Tötung eines unheilbar kranken Menschen bezeichnet, der sterben will, dies aber ohne fremde Hilfe nicht kann. Das ist in Deutschland nicht erlaubt und steht unter Strafe. In besonderen Fällen hat der Patient jedoch Anspruch auf den »Schierlingsbecher«. Er muss ihn aber selbst zu sich nehmen, so dass die Hilfe vor dem Gesetzgeber nicht mehr als aktiv zu bewerten ist.

Unter »passiver Sterbehilfe« versteht man den Verzicht auf lebenserhaltende Maßnahmen, wozu zusammenfassend das »Abstellen der Apparate« zählt. Das ist erlaubt und auch regelmäßige Praxis, selbstverständlich unter palliativer Begleitung.

Die bestehenden Regelungen sind für die Kranken Segen

und Fluch zugleich. Es beruhigt sehr, zu wissen, dass die Überlebensmaschinen auf Wunsch abgestellt werden können. Die Möglichkeit eines selbstbestimmten Todes kann aber auch einen Erwartungsdruck, zum Beispiel durch Angehörige, erzeugen. In diesem Fall ist die Selbstbestimmung auch nicht mehr so ganz eindeutig.

Die Schweiz ist das einzige Land der Welt, in welchem die Beihilfe zum Suizid auch ohne ärztliche Betreuung erlaubt ist. In den Niederlanden sowie in Luxemburg und Belgien, kann die Sterbehilfe deutlich weniger kompliziert praktiziert werden, als bei uns. Dafür muss man allerdings nicht nur zahlungs-, sondern auch transportfähig sein, was ja überwiegend nicht der Fall ist.

Soweit meine Zusammenfassung. Wer mehr wissen möchte, findet zu diesem Thema im Internet oder in Bibliotheken zahllose Beiträge, die das Pro und Kontra der Sterbehilfe beleuchten sowie Meinungen zu ethischen, religiösen, gesellschaftlichen, psychosozialen und vielen weiteren Aspekten diskutieren. Ich habe eine Menge davon zu Hause und leihe sie gerne an Interessenten aus.

Für mich selbst stelle ich fest, dass das Wissen um die bei uns praktizierte Sterbehilfe, zusammen mit einer guten Palliativversorgung, meine Angst vor Schmerzen und Kontrollverlust in der Sterbephase erträglicher macht. Ein Ausflug in die Schweiz erscheint mir nicht nur unbequem, sondern auch überflüssig.

Denjenigen, die noch keine Vorsorgevollmacht oder Patientenverfügung haben, sage ich dringend: Holt das umgehend nach! Eine Beurkundung beim Notar kostet wenig, kann aber viel Leid verhindern und schafft ein gutes Gefühl.

Ich danke für eure Aufmerksamkeit!«

Der Applaus für meinen Vortrag hielt sich in Grenzen. Trotz der im Großen und Ganzen ermutigenden Möglichkeiten für ein humanes Sterben wollte keine beschwingte Stimmung aufkommen. Das Thema ging offensichtlich zu tief unter die Haut.

Da mir das alles schon vorher bekannt war, kam ich schneller auf schönere Gedanken, welche natürlich um meine Tanzpartnerin Irmi kreisen, die sehr aufmerksam zugehört hat.

Bei Irmi und mir ging es mit dem Tanzen weiter, wenn auch nicht immer ohne Störung. Zum Beispiel führte der Tangounterricht, trotz meiner korrekten Bekleidung, nicht zu dem von mir erhofften Fortschritt. Leider gab es einige Missverständnisse, sowohl über die Schrittfolge des Tanzes als auch über meine Körperhaltung. Irmi hatte hier und da andere Schritte im Kopf als ich. Die Tanzlehrerin meckerte, weil ich angeblich meine Schritte ständig mit dem Blick auf die Schuhe verfolgte, anstatt stürmisch nach vorne zu eilen und leidenschaftlich in verschiedene Richtungen zu schauen. Es gab Maßregelungen, die meinem Selbstbewusstsein deutliche Dämpfer versetzten. Zwischenzeitlich war ich sogar ziemlich sauer! Wegen der tanztechnischen Irritationen kamen Irmi und ich in der Pause über das gemeinsame stille Wasser nicht hinaus. Dabei habe ich auf eine weitere Annäherung bei einem Glas Sekt gehofft.

Schließlich gibt es aber doch erfreuliches zu berichten: Irmi und ich hängten noch einen Fortgeschrittenenkurs dran.

In meiner Unerfahrenheit mit Frauen habe ich Anfänger nicht bemerkt, wie nahe wir uns mit der Zeit gekommen sind. Beim Abschlussball des Fortgeschrittenenkurses hat Irmi dann, wie üblich, die Sache in die Hand genommen und angedeutet, dass aus ihrer Sicht einer Verlobung nichts im Wege stände. Völlig überrumpelt habe ich viel zu laut »Ja« gerufen.

Als wir es den anderen Teilnehmern des Abschlussballes gesagt haben, gab es Beifall auf offener Szene. Irmi und ich mussten dann ganz allein aufs Parkett und haben einen einzigartigen langsamen Walzer hingelegt – den besten meines Lebens, ich schwöre es.

Nach dem Walzer hakte sich Irmi, glücklich lächelnd, bei mir ein und fragte: »Du bist doch sicher damit einverstanden, dass wir Josef, den Casanova, fragen, ob er unser Trauzeuge werden möchte?«

Das war aber der letzte Auftritt von Casanova! Unsere anschließenden Reisen zur Elbphilharmonie in Hamburg, zur chinesischen Mauer bei Peking und auch zum Nordkap in Norwegen haben wir natürlich zu zweit genossen.

******